continuity is the father of magical power
Ricky illustration kiltkaiki
JN086910

継続は魔力なり 6
～無能魔法が便利魔法に進化を遂げました～
continuity is the father of magical power

リッキー

TOブックス

主な登場人物

レオンス・ミュルディーン……この物語の主人公。前世の記憶を持った転生者。幼少期に頑張ったおかげでとんでもない魔力を持っている。愛称はレオ。

シェリア・ベクター……主人公の婚約者で、帝国のお姫様。美人だが、嫉妬深いのが玉に瑕。愛称はシェリー。

リアーナ・アベラール……主人公の婚約者で、聖女の孫。シェリーとは凄く仲が良く、いつも一緒にいる。愛称はリーナ。

ベル……主人公の専属メイド。真面目だけど緊張に弱く、頑張ろうとするとよく失敗してしまう。

カイト・エミ……王国が新たに召喚した勇者。電気魔法を使った超高速移動が得意。

エレメナーヌ・アルバー……アルバー王国の第一王女。宝石狂いの姫と人々から呼ばれている。

Leonce

Shelia

Rihanna

Belle

Kaito

Elemenanu

ルー……………………………悪徳商人に騙されて奴隷にされ、闇市街に閉じ込められていた女の子。現在はレオの奴隷。

フランク・ボードレール………ボードレール家の次男で、次期当主。レオとヘルマンは親友であり、学校ではいつも一緒にいる。

ジョゼッティア・ルフェーブル……ルフェーブル家の長女。学校ではレオたちと同じクラスで、リーナと仲が良い。

ヘルマン・カルーン……………勇者の右腕と名高いカルーン家の末っ子。レオのことを師匠として慕っており、今はレオを守る騎士である。

アルマ…………………………ミュルディーン家の騎士団に所属する少女。ベルと同じ孤児院に所属しており、剣の腕はヘルマンと並ぶ。

ゲルト・フェルマー……………レオと同じで前世の記憶を持つ。付与魔法を使い、恐ろしい兵器を王国に提供している。

ギーレ…………………………消えた父親の代わりに竜王をしているドラゴン娘。強がろうとするが、意外と泣き虫だったりする。

目次

continuity is the father
of magical power

イラスト／キッカイキ　デザイン／舘山一大

第十章　勇者結婚編

continuity is the father
of magical power

第一話　久しぶりの家族

今日は姉ちゃんの結婚式。

俺《おれ》は姉ちゃんの結婚パーティーに参加していた。

「姉ちゃん、結婚おめでとう。会長……いえ、バートさんもおめでとうございます」

綺麗《きれい》な花嫁衣装で着飾った姉ちゃんと、立派な貴族の衣装が似合うバートさんに笑顔で祝福した。

バートさんとは久しぶりに会うけど、随分と大人になっちゃったなあ。

まあ、成人しているんだからもう大人なんだけど。

それにしても格好いい。美人な姉ちゃんにふさわしい旦那《だんな》さんだな。

「ふふ。ありがとう」

「ありがとう。しばらく見ない間に、随分と大きくなったな？　初等学校に入りたての君が懐《なつ》かしいよ」

「ああ、バートさんはあの時からお姉ちゃんのことが好きだったんですもんね～」

あのからかっていた時のことが懐かしいよ。

会長、顔が真っ赤だったもんな～。

「君にからかわれた時か。あれは懐かしいな。ただ、訂正《ていせい》させて貰《もら》うと、僕はもっと前からヘレナのことが好きだったさ。そう。初めて会った九歳の頃からね」

「ひゅ～う」

バートさん、思っていた以上に姉ちゃん一筋だったんだな。もっと早く思いを告げていればもっと楽だったろうに。

「もう。恥ずかしいことを言わないでよ」

「ごめん。つい、君の大好きな弟の前だから」

大好きな弟の前？

「そんな理由？　だから、あなたもちゃんと好きだって言っているじゃない」

〝も〟ってなんだよ。あれ？　姉ちゃん、もう弟離れは済んだと思っていたんだけど？　まさか、冗談《じょうだん》だよね？　俺が原因で離婚《りこん》とか本当に勘弁《かんべん》だからね？

「ははは……あ、姉ちゃん。俺からのプレゼントはどうだった？」

乾いた笑い声をあげ、これ以上面倒な話にならないよう、俺は話題を無理矢理変えた。

姉ちゃんと約束。ドラゴン料理が美味しかったら母さんに黙っておいて貰うという約束だ。

「うん。最高よ。ちゃんと約束は守ってあげる」

「本当？　それは良かった～」

「何を守るって？」

か、母さん!?　い、いつの間に背後に？

「い、いや、何も……あ、姉ちゃん。ビルがおめでとうございますだって」

「あら。嬉《うれ》しいわね。ありがとう。また会った時までに、私を楽しませてくれるくらいには強くなりなさいって伝えておいて」

「了解。伝えておくよ」

姉ちゃんが俺の領地にいた半年、いや……もっといたな。その間、毎日のように孤児院に行っていたと思ったら、ビルに剣術を教えていたみたいだ。

本人が言うには、ビルくらいの時の俺と関わることができなかったのが悔しかったらしく、それをビルに剣を教えることで晴らしていたそうだ。

姉ちゃんはビルに師匠と呼ばれ、ビルは姉ちゃん式の魔法と剣術を合わせた無駄のない戦い方を目指し、日々努力をしている。

もちろん、あれは相当な練習をしないと使い物にはならないから、まだまだ強くなるには時間がかかりそうだけどな。

「あと。私が行けなくなる分、レオが孤児院に顔を出してあげるのよ？　皆、あなたに会いたがっているんだから」

「わかっているよ。だから、ビルの伝言を持って来られたんじゃないか。最近仕事が一段落したし、暇《ひま》を見つけて行くようにしているよ」

ちゃんと行っているさ。ビルの相手もしてやっているしね。

久しぶりに戦った時、動きが前と段違いで本当にビックリしたよ。

「そう。じゃあ、私の弟子を頼んだわよ」

「もちろん」

「ヘレナの弟子か〜。ヘレナ、そのいい加減な性格で人に教えられるの？」

「できますけど何か？　それなら今度、ビルと一騎打《いっきう》ちをやってみなさい。そうすれば、私の愛弟子《まなでし》の強さと私の素晴らしい教授力《きょうじゅりょく》がわかるでしょうから」

「やめておくよ。どうせ、いつものようにボコボコにされてしまうからね」

え？　姉ちゃん、いつもバートさんのことをボコボコにしているの？

とんだ鬼嫁《おによめ》だ……バートさん、これから頑張《がんば》ってください。

「あら。まだ、あなたと五分五分《ごぶごぶ》くらいの強さよ？」

へ～。バートさんは今のビルくらいの強さか。

だとすると、ビルは相当才能があるな。

「いやいや。いいさ。僕はこれから統治力《とうちりょく》を磨《みが》いていかないといけないからね」

統治力か。確かに、これからバートさんは公爵領《こうしゃくりょう》を統治していかないといけないんだもんね。

大変だ。人ごとじゃ無いけど。

「ふふ。まあ、そうね。私もレオのところで学んできたから助けになると思うわ」

あ？　そういうことなの？　だから、あんなに積極的にフレアさんの手伝いをしていたのか。

なんだかんだ言って、夫思いなんだね。

「ああ、ありがとう」

「うんうん。二人はお似合いだな」

お姉ちゃんもちゃんと夫を支える良き奥さんになってくれて、弟は感激です。

「そうね～。でも、逃がさないわよ？　二人の約束、私に聞かせてくれないかしら～？　もちろん、パーティーが終わってからだけど～」

まだいたのか……。頑張ってスルーしていたんだけど、ダメだったか。

「は、はい……」

「ふう」

どうも。母さんには逆らえないんだよな……。

「くくく。何をやらかしたんだ？」

「イヴァン兄さん……」

「レオも母さんに怒られるんだね。ヘレナはしょっちゅうだったけど」

俺が溜息《ためいき》をついていると、イヴァン兄さんとアレックス兄さんがやって来た。

ちなみに、二人の奥さんであるユニスさんとフィオナさんは俺と一緒に来たリーナと楽しそうに会話している。

あとで二人にも挨拶《あいさつ》しておかないと。

そんなことを考えながら、兄さんたちとの会話を続けた。

「姉ちゃんが怒られていた？　あんな完璧なのに？」

ペンを持っても剣を持っても一流な姉さんが怒られることがあるのか？

「完璧？　ヘレナが？　ハハハ」

「兄さん、笑ったらダメだって。今はあんなに立派になったんだから」

今はか。確かに、小さい頃は俺にベッタリでちゃんと子供だったか。

「そうだな。母さんがヘレナのことを嫁に出せないって嘆《なげ》いたけど、全く問題なかったな。なんせ、公爵家の長男を捕まえてきたんだから」

「フォースター家を継ぐ僕としては、ヘレナに凄《すご》く感謝しているよ。公爵家とつながりがあるのは心強いからね」

そうだ。俺も感謝しないと。姉ちゃんのおかげで、貴族仲間が増えるんだから。

「確かにな。だとすると、あとでヘレナを褒《ほ》めてやらないとな。それに、公爵家とのつながりといえば、もう一つのつながりができそうじゃないか？」

「ああ、レオか。そういえば、成人と同時に公爵になるんだっけ？」

「まあ……そういうことになっているよ」

「嬉しくなさそうだな？」

そりゃあそうでしょ。

「もちろん。次の戦争の最高責任者だよ？　普通、十代の俺がやること？」

いくら人手不足だからだとしても、おかしくない？

頼りなさすぎるでしょ？　まあ、皇帝は俺の名声でどうにかできると考えているんだろうけど。

「ああ……それは確かに嫌だな」

「でしょ？　はあ、帰ったらまた仕事だ」

帰ったら、エルシーと会議だ。

「下手したら、この国で一番お前が忙しいかもな」

「間違いないよ……」

まあ、今は学校の準備が終わったからそこまでじゃないけどね。

ピークの時なんて、再生のスキルがなかったら確実倒れていたな。

「んなこと言うなって。俺ができる限り助けてやっているだろ？」

ぽんっと肩に手を置かれて、振り返ると父さんがいた。

「父さん……」

「人材育成学校、もうすぐ始まるんだろ？」

「うん。二週間後。父さんのおかげで教師が集まって良かったよ。特に、魔法使いを派遣《はけん》してくれてありがとう」

父さんがいなかったら、魔法コースだけ一年遅らせるしかなかった。

「なに。少しこっちにも魔法使いを分けて貰えるんだから、いいってことよ」

分けるといっても、一学年九十人中五人だからな……。

そんなの、全然父さんの利益にならない。

「魔法使いはどこも人手不足だからね。これから定期的に増えていくなら、むしろ安い初期投資だよ。それに、家族を助けるのは当然さ」

年に五人だよ？　まあ、家族の為《ため》ってやつか……。

「そうだな。戦争の時は、最大限援助する」

「ありがとう……二人とも」

この恩は、何かで返さないといけないな。

「いいってことよ」

「それを兄さんが言う？」

「別にいいだろう？　俺だって、戦争の時は力を貸すぞ！」

「皇帝陛下をお守りしていなくても大丈夫なの？」

そうだよ。特殊部隊はその為の部隊だ。

西の戦争は囮《おとり》かもしれないんだぞ？

「それはおじさんがいれば大丈夫さ。それにたぶん、俺と数人は戦争に参加するように陛下から直々《じきじき》に命令されると思うぞ」

本気か？　おじさんがいたとしても、数で負けていたらどうするんだ？

「まあ、あいつ……おほん、陛下もレオのことを気にかけていたからな。できる限りの支援をしたいんだろうよ」

うん……。これは感謝しておくべきか。

「戦争……その前に三国《さんごく》会議か……。王国がどんなことをしてくるのか最大限に注意しておかないと」

「そうだな。三国会議……平和に終わるといいんだがな」

「まあ、無理でしょ」

たぶん、派手に何かしてくると思うぞ。

それこそ、勇者の力を見せつけるくらいはしてくるはずだ。

「そうだろうな。でも、無理はするなよ？　お前はまだまだ若い。だから、国に命を懸《か》ける必要はない」

「わかっているよ。でも、守らないといけないモノはたくさんある。それこそ、命を懸けてもね」

この国には俺の守りたいモノがたくさんある。

だから、何があっても守ってみせるさ。

まあ、死ぬつもりはないけどね。

「そうか。お前も男だな。本当、もうすぐ十三の小僧《こぞう》だとは思えん」

まあ、中身は大人だし……。

「だな。あっちこっち女の子に手を出しているあたりも、とても純粋な少年とは思えないな」

まあ、中身は大人だし……？　これは、大人かどうか関係なくないか？

「全く。フォースター家の男は皆、一途《いちず》なんだよ？」

皆？　まさか、じいちゃんは……ばあちゃんだけだ。父さんは……母さんだけだ。おじさんは……

エリーゼさんだけだ。兄さん二人も……。

「お、俺だって……五途だし……」

五人だけを愛しているんだぞ!!

「流石《さすが》にその言葉は無理があるだろ」

「「ハハハ」」

「それじゃあ、俺はこの辺で帰らせて貰おうかな。やらないといけないこともあるし」

まだパーティーは終わっていないけど長くいると面倒なことに……。

ガシ！

ユニスさん、フィオナさんに挨拶してからリーナを連れて帰ろうなどと思っていると、頭をがっしりと摑《つか》まれた。

「あら、ちょっと待ちなさい。今日くらい仕事を休んでも大丈夫だわ。さっき、一段落したって言っていたじゃない」

「あれ？　そんなこと言ったかな～。ちょっと俺、疲れているみたい。家に帰って休もうかな～」

「ふふ。それじゃあ、お母さんが可愛《かわい》いレオを家で優しく癒《いや》してあげるわ。ちょ～っと、正座になって貰いますけど～」

「ハハ、ハハハ……」

はい。久しぶりに母親というものを実感させてもらいました。

実際ドラゴンに殺されかけたし、もう成人まで魔の森に行くのは我慢しないとな……。

それと、ベルの雇《やと》い主《ぬし》は俺じゃなくて母さんであることを忘れていました。

ベル、まだメイドを辞めていなかったのか……。

第二話　多忙な一日

「入学おめでとうございます。私は、レオンス・ミュルディーン。この学園の理事長を務めています。あなたたちは記念すべき一期生。これから十年、百年と続いていく学園の先陣をあなたたちが切るのです。誇ってください。そして、後に続く後輩たちの良き模範《もはん》となってください。よろしくお願いいたします」

拍手が鳴り響くなか、俺は降壇《こうだん》した。

「ふう。終わった」

演説というのは、何度やっても慣れないものだな。

「お疲れ様です。良い挨拶でしたよ」

俺が座ると、隣の席の女性が笑顔で労《ねぎら》ってくれた。

ここの学園長……カミラさんだ。

「ありがとうございます。それにしても、よく引き受けてくれましたね」

まあ、俺がお願いしておいて言うことじゃないとも思うんだけど。

こんな面倒な仕事より、孤児院の院長のほうがよっぽど楽だ。

いや、あの悪ガキたちを纏《まと》めているのも大変か？

騎士科、魔法科、文官科の三つで四百五十人。

これは一学年だけで、今日入学した子たちが三年生になる頃にはこの三倍になっている。

千人を超えた生徒を管理するなんて、やっぱり孤児院に比べたら大変だよな？

「何を言っているんですか？　私に断る理由なんてありませんよ」

「そうですか？　孤児院のことは心配じゃないんですか？」

「大丈夫です。アンヌさんがしっかりと子供たちの面倒をみてくれますから」

アンヌさんか……あの人なら、大丈夫だろうけど。

「それより、奴隷《どれい》の私なんかが学園長になっても大丈夫なんですか？」

「え？　俺、あなたを解放したいって言いましたよね？　けど、嫌なんでしょ？」

学園長になるのには流石に首輪を取ったほうが良いと思ったけど、断られたんだよね……。

「はい。これがないと私の精神は保てませんから」

そう言われると、俺が何も言えないのをわかってるでしょ？

カミラさんの笑顔を見ながら、これは嘘《うそ》だな……と思った。

「まあ、わかりました。この領にいる限り、不便をさせることはありませんよ。だから、安心して学園長になってください」

カミラさん以上に適任者がいないし、人手不足なこの状況《じょうきょう》で奴隷だからどうこう言う奴は、俺から時間を奪おうとする敵と考えて追放することにしよう。

「了解しました。将来レオ様の下で働くとしても全く恥ずかしくない、立派な生徒を育ててみせますよ」

「それは楽しみですね。よろしくお願いします」

三年後、どんな子たちが卒業するのか凄く楽しみだな。

そして、入学式が終わると俺はすぐに次の仕事へと向かった。

今日はやらないといけないことが盛りだくさんだから急がないと！

「お久しぶりで～～～す。元気にしておられましたか～～～？」

「うん。バルスも相変わらず元気そうだね。で、調査の結果を教えてよ」

次の仕事は、バルスが王国で仕入れてきた情報を聞かせて貰う仕事。

バルスには、半年くらい調査して貰っていたんだ。

一昨日帰ってきて、昨日は疲れているだろうから休ませておいた。

さて、王国の様子を聞かせて貰おうか。

「了解しました～～～。まず、ゲルト・フェルマーについてですが～～～。しっかりと王国に取り入っていましたよ～～～。魔剣《まけん》、魔銃《まじゅう》～～～、さらには大きな魔銃～～～魔砲《まほう》と呼んでいましたけど～～～凄い威力《いりょく》でしたよ～～～。上級魔法一回分ってところでしょう～～～」

相変わらず、バルスの喋《しゃべ》り方がうるさい。

まあ、一々《いちいち》注意していたら今日の仕事が終わらなくなるから我慢するしかない。

それしても、魔剣に魔銃が作れるのは師匠の息子だから当然として、魔砲か……。

どう考えても大砲の魔法版だよな？　そんな物まで戦争に使われたら非常に面倒だな……。

魔銃なら初級魔法、うちの騎士のレベルなら大したダメージにはならない。

ただ、上級魔法となると話は変わってくるんだよな……。

「なるほどね。やっぱり、兵器と兵力の戦いになりそうだな……。俺も出し惜しみせずに準備しないといけないな」

「そうだと思いますよ～～～。そしてほんだ～～い！　勇者について～～～」

「どうだった？　強かった？」

「まだまだ～～～ですね。今の段階なら～～～うちのヘルマンのほうが断然強いと思いま～～～す」

「そうか」

ヘルマンより弱いか。それなら……とは、ならないのが勇者なんだけどな。

「ただ～～～」

「ただ？」

ん？　なんかあったのか？

「彼は召喚されてまだ一年～～～。そして～～～勇者の強さは驚異的な成長速度～～～。四年もあればうちの団長でもキツいレベルになるでしょ～～～う」

それは半年前の団長とだろ？　うちの騎士たちもとんでもないスピードで成長している。

まあ、それでも勇者の成長速度を侮《あなど》るのは良くないか。

「能力はやっぱり無属性魔法？」

じいちゃんが無属性だったし。

「それが～～～。今回は～～～非常にレアな勇者なんですよ～～～」

「レア？」

勇者にレアとかあるの？

「はい～～～。勇者にしか使うことができな～～～い。電気魔法の～～～使い手で～～～す」

「電気魔法？」

初めて聞く魔法だな。

「電気魔法の特徴は～～～スピードで～～～す。速さに特化した無属性魔法と思って頂いて結構で～～～す。あとは、剣に電気を流しま～～～す」

「速さに特化した無属性魔法か……。強そうだな。速さへの対策をしておかないと。あと、剣に電気を流すってことは、勇者の剣に触ることはできないってことか」

「そうで～～～す。触ったら終わりで～～～す」

はあ、厄介《やっかい》な相手が更に厄介になったな。

あいつが俺の所に来たら負けだと思って間違いないだろう。

勇者補正と一緒に使われたら、全く勝てる気がしない。

「なるほど、あとは何か情報はない？」

「王国の次期王は～～～第一王女エレメナーヌでほぼ確定しました～～～」

「第一王女って、あの宝石狂いで有名な？」

確か、闇オークションで俺の魔石《ませき》をとんでもない金額で買っていた奴だよな？

あれが王になるなんて、王国は大丈夫なのか？

「そうですよ～～～。ただ、それも一年前までの話～～～。今は～～～勇者を支える良き妻というところでしょうか～～～？　うちのヘルマンとアルマよりもアツアツですよ～～～。彼女が王になれば王国の悪政は改善されていくでしょ～～～う」

ヘルマンとアルマよりもか……って！　あの二人、いつの間にそんな仲に⁉　この前まで、ライバルだったんだよね？

いや、そんなことより。

「王女がそんなに心変わりしちゃったの？　それじゃあ、どうにか戦争させないで、王を変えたほうが良くない？」

今すぐ、王を暗殺しよう！　そうすれば、この忙しい日々から俺は解放されるんだ！

俺は全力で王女を応援するぞ！

「そういうわけには～～～いきません～～～。王国は王族に～～～貴族～～～どちらも～～～腐っておりま～～～す。戦争でそいつらを～～～消さない限り～～～王国は～～～良くなりませ～～～ん。それを王女とその側近《そっきん》アーロンもわかっておりま～～～す。絶対に～～～戦争はするでしょう～～～」

側近のアーロンね……。

もしかしたら、その人が和平交渉《こうしょう》の鍵になってくるかもな。

「なるほど……了解。今日は良い情報を聞けた。またよろしくな。次は、一カ月後か？」

「は～～～い。一カ月休んだら～～～また潜入《せんにゅう》しま～～～す」

「頼んだよ。それと、しっかり休んでくれ」

情報戦が今後の戦況《せんきょう》を左右するからね。

バルスには頑張って貰わないと。

「それでは〜〜〜また〜〜〜」

「ふう。疲れた〜。優秀なんだけどな〜〜」

あ、喋り方がバルスみたいになっちゃってる。


そして、今日の仕事はまだまだ終わらない。

バルスの報告が終わった俺は、すぐに帝都《ていと》に転移した。

「師匠。来ましたよ！」

「あ、レオ。兄貴なら作業部屋で籠《こ》もっているぞ」

師匠の店に転移すると、コルトさんがそう言って作業部屋を指さして教えてくれた。

「あ、コルトさん。お久しぶりです。やっぱり師匠、息子さんのことをまだ引きずっている感じですか？」

俺が師匠の息子さんの爆弾で死にかけたことを話したあの日から、何度も来ているけど悪魔に取《と》り憑《つ》かれたかのように魔法具《まほうぐ》の開発を進めているんだよね……。

今日は、その開発が一段落したから、来てほしいって言われて来た。

「そうみたいだな……。まあ、でも兄貴なりにケジメはつけようと考えているみたいだよ。直接聞いてみな」

「わかりました」

「師匠！　来ましたよ～」

作業部屋に入ると、相変わらず師匠は魔法具を作っていた。

いつ来ても魔法具を作っているよな。

「あ、レオ。久しぶりだな。元気にしていたか？」

「はい。師匠は……少し痩《や》せました？」

なんか、健康的な痩せ方をしてなさそうだけど……？

「まあな」

まあなじゃないんだよな……。

「ちゃんと飯を食べないとダメですよ？」

「いいんだ。あいつが帝国そして、レオに危害を加えた分、俺は次の戦争で貢献《こうけん》して償《つぐな》いたい。あいつがやってしまったことは、もう取り返しのつかないこと。もちろん、戦争が終わった後も俺は帝国に貢献していく。それが父親としてあいつにしてやれる最初で最後のことだろう」

そう言う師匠の目は、覚悟のこもった力強い目だった。

仕方ない。何を言っても止まらなさそうだから、ちょくちょく来て様子を見ることにしよう。

「そうですか……息子さん。無事王国に逃げることができたみたいですよ」

「やっぱり……兵器を開発しているのか？」

師匠は、自分の息子が作った魔法具を魔法具とは呼ばない。

人を殺すための兵器と呼んでいた。

魔法具は人が豊かになるためにあるもので、人を殺すために作ってはならない。

そう言っていた。

「はい。この半年で、王国に随分と力を貸しているみたいですよ。魔剣に魔銃。それに新兵器である魔砲を開発したそうです」

「魔砲？　なんだそれは？」

「魔銃を大きくした物らしいです。上級魔法レベルの威力が出せるらしいですよ」

「ああ、なんだ。単に大きくしただけか。なら、そこまで怖くないぞ」

「え？　どういうことですか？」

俺の説明を聞いて、興味をなくした師匠を見て、俺は思わず驚いてしまった。

上級魔法だよ？

「簡単だ。燃費《ねんぴ》が悪いんだよ。とんでもなく大量の魔力が必要になる。それこそ、レオが持っている魔石レベルのな」

なるほど、そういうことか。燃費が悪いのか。

「じゃあ、王国は使うこともできないと？」

「ああ、一発撃てるかどうかだと思う」

「なるほど……いいことを聞きました」

これはいいことを聞いた。まあ、魔砲への警戒は怠《おこた》らないけどね。

「んなことより、俺の発明品を見てくれ！　どうだ？」

ああそうだった。今日は師匠の発明を見に来たんだった。

そう思い、師匠に指された方向を見ると……立派な盾《たて》と鎧《よろい》が並べてあった。

「ああ。やっぱり、戦争となったら騎士が主体だろ？　高性能な盾と鎧を作った」

「それぞれどんな能力が？」

師匠が作ったんだ。絶対、何か能力があるはず。

「そうだな。まず、盾だ。こいつは、無属性魔法で硬くすることができる。それこそ、中級魔法程度なら何度当たっても大丈夫だろう。たぶんだが、上級魔法も一発は当たっても大丈夫だ」

流石師匠！　何て物を作ってくれたんだ！

「それは凄い……近接の魔法攻撃に対する耐性の弱さを補ったってわけか……これは戦争で使える」

もし俺が魔法使いを揃えられなかったとしても、これがあれば魔法使いの差を埋められる。

これは大きいぞ。

「だろ？　次に鎧についてだが……これは凄いぞ。無属性魔法を習得していない戦士でも、一分程度だけなら無属性魔法を使って戦うことができるんだ。一分だからあくまで緊急用だが、身体能力が倍以上に向上する。俺も使ってみたが、鎧を着たまま鎧を着ていない時よりも速く走れた」

「それは凄い。他にも使い方がありそうだし、さっそく量産してもらえるとありがたいです」

これが、無属性魔法を使えないたくさんの騎士たちを助けてくれるだろう。

「ああ、これも工場で作れば量産できるだろうよ。教育に時間がかかっちまうだろうが、工場で働いている奴らなら、半年もあれば担当の工程くらい覚えることができるだろう。まあ、その為になるべく簡単に作れるよう改良を重ねたしな」

「これが簡単？」

「これは盾と鎧？」

だって、自分の力を上昇させる鎧だよ？

「ああ。見た目は大きくて難しそうだが、そこまでじゃない。盾なんて、硬化の魔方陣が描ければ誰でも作れる。鎧に関しては、試作を重ねたら随分と簡略化できた。本店の奴らも簡単だって言っていたから大丈夫だろう」

まあ、師匠がそこまで言うなら大丈夫かな？

まあ、工場で量産されるならたくさん手に入るし、こっちとしてもありがたいんだけど。

「わかりました……無理しすぎないでくださいよ？」

「俺は頑丈《がんじょう》だからこれくらい大丈夫だ。お前こそ無茶するなよ？　まだ若いんだから」

普通逆じゃない？　若くないほうが無茶しちゃダメでしょ。

「まあ、お互いにってことにしましょう。師匠もちゃんと休んでくださいよ？」

師匠に倒れられたら困っちゃうから。

「ああ、わかったよ。あ、それと少し頼みたいことがある……」

「頼みたいこと……？」

「ああ、レオの魔石をいくつか分けてくれないか？　何を作るかはまだ決めてないが、一級品を作りたいんだ」

確かに、師匠が俺の魔石を使って魔法具を作ったらどうなるのか気になるな。

「……なるほど。わかりました。いいですよ」

魔石なんて、空き時間でいくらでも作れるし。

「本当か!?」

「はい。魔石は明日にでも持ってきますね。だから、今日はもう休んでください」

「う、嘘だろ？　お前ならすぐ……」

うん。転移ですぐに持って来られる。

「休んで貰う為ですよ。休まなかったら用意しません」

一週間は休ませたいけど、それをしたら今度は禁断症状が出てきそうだからな。

とりあえず一日で我慢してやろう。

「そこをなんとか！」

この人、全く休む気無いじゃん。

普通、用意しないって言われたら我慢して休まない？

「コルトさん！　師匠が休んでいたか明日教えてください！」

「あいよ！」

師匠だけだと絶対休みそうになかったから、コルトさんに監視して貰うことにした。

まあ、これで師匠も休まざるを得ないだろう。

「じゃあ、師匠また明日！」

「おい！　待ってくれ！」

師匠に捕まる前に俺は転移した。

そして次の日、師匠は魔方陣を描くペンを持って俺が来るのを待っていた。

俺がコルトさんに休んでいたことを確認してから魔石を渡すと、すぐ作業部屋に入って行ってしまった。

うん。やっぱり一週間も休ませるなんて無理だね。

第二話　久しぶりの寮《りょう》

俺が造った学校が始まってからもう三カ月も経ってしまった。

師匠の発明した盾と鎧の量産に向けて働いていたら、あっと言う間に時間が過ぎていった。

盾の量産化は始まり、鎧の量産体制はあと三カ月もすれば整えられるそうだ。

〈半年は工程を覚えるのに必要かな？〉とか思っていたんだけど、魔法具工場の従業員が思っていた以上に優秀で助かった。

そして、先月始まった学校のほうも今のところ順調だ。

カミラさんから、皆熱意があって非常に助かっていると言われた。

まあ、と言ってもまだ三カ月だからな。問題が起こるとしたら、もう少し先だろう。

無事、全員が卒業してくれるとありがたいな。

「レオ！　まだ準備が終わってないの？　もうそろそろ行かないと今日中に寮の片付けが終わらないわ！」

「あ、ごめん。もう行くよ！」

そうだ。今日からまた寮生活が始まるんだった。

もう二年近く経ってしまったけど、ようやく爆破された学校の修復が終わって、明日の始業式から学校が再開される。

ほとんど通わずに、俺たちはもう最高学年である六年生だ。

ちなみに先輩たちは、学校に通わず独学《どくがく》で魔法学校を受験する破目《はめ》になったらしい。

先輩たち推薦《すいせん》も貰えなかっただろうし、大変だったろうな～～。

そんな推測をしながら、俺は部屋を出た。

「もう、遅いわ。準備は大丈夫なの？」

いや、特に準備することはないんだけど……。

待たされて不機嫌なシェリーにまさかそんなことは言えず、適当に誤魔化《ごまか》しておいた。

「う、うん。二人は終わった？」

「はい。この中に入れておきました」

そう言って、たくさん物を入れられる魔法アイテムの袋をリーナが見せてきた。

これは、ダンジョンを攻略した時に俺があげたご褒美《ほうび》だ。

他にもダンジョン攻略に役立つワナテラス二号などの魔法アイテムを、階層を攻略する度にご褒美としてあげている。

ちなみに俺のダンジョンは現在、シェリーたちが八階、騎士たちが五階まで来ている。

姉ちゃんが帰ってから、少しペースが落ちちゃったらしくて、少しずつ騎士たちが挽回《ばんかい》してきている。

たぶん、学校に通っている間で騎士たちがシェリーたちを追い越すんじゃないかな？

月々戦力も増加し続けているわけだし、そろそろ勝ってほしいんだけどな。

「レオ？」

「おっと。じゃあ、行きますか。三人とも摑まって」

いけないいけない。考え込んでしまった。シェリーたちを待たせて不機嫌にさせてしまったのに、更に不機嫌にさせちゃダメじゃないか。

俺は慌てて転移した。

「よいしょ。着いたよ。じゃあ、また明日教室で会おう」

「なんでしょう……一年以上一緒に暮らしていたからでしょうか……？　なんだか、明日まで会えなくなるだけで寂しく感じますね」

うん。俺も自分で言って少し寂しく感じていたところだよ。

また明日会えるはずなんだけど、それが長く感じるな。

「そうね……。ねえ、片付けが終わったら夜にでもレオの部屋に行ったらダメ？」

「いいんじゃない？　俺たちを怒る人もいないだろうし。けど、もしかしたらフランクの部屋にいるかもしれないから、片付けが終わったら念話《ねんわ》して」

普通なら、女子が男子寮にいるのは良くないだろうけど、俺とシェリーたちの関係は有名だし、何しろ姫であるシェリーを怒れる人はいないからね。

まあ、俺の転移があれば見つからずに移動できるから何も心配ないんだけど。

「わかったわ。よ～し。リーナ、急いで片付けを終わらせるわよ！」

「はい！　レオくん、待っていてくださいね！」

少し元気を取り戻した二人は、急いで部屋に向かって行ってしまった。

「ベル、俺たちも部屋に向かうか」

「はい。なんだか、二人きりになるのは久しぶりですね」

「確かに。魔の森に行った時以来か？」

もう一年は二人きりになる時間が無かった。

寮生活の時までは、常に二人だけで生活したのにな〜。

「そうですね。正直、寂しかったです」

悪いと思うけど、シェリーやリーナもいるのに二人だけでいるのは流石にね……。

それに、ベルはシェリーたちとダンジョンに挑戦していて家にいなかったから仕方ないよ。

「それより、ちょっと気になったんだけどさ……。ベル、まだメイドのままなんだよね？」

この前、母さんに怒られた時に気になったんだけど、ベルって今どんな扱いなの？

「はい。まだメイドですよ」

「どうしてか聞いてもいいか？　メイドは辞めることにならなかったっけ？」

「簡単ですよ。専属メイドじゃないと、寮でレオ様のお世話ができないからです。メイドを辞めてしまったら、私だけの特権《とっけん》が無くなってしまうじゃないですか。この役目を他の誰かに譲《ゆず》る気はありません」

そんな、当たり前じゃないですか。みたいな目で見ないでくれ……。

「な、なるほど……。まあ、俺もベルに起こして貰わないと困るからありがたいんだけどさ。それじゃあ、寮生活が終わってからメイドを辞めるの？」

ベルって意外と自分の欲に忠実だよね。

ベルの部屋にあるコレクション然《しか》り……おっと、これ以上は危険だ。

「そうですね。といっても、レオ様のお世話はこれからもずっと続けますからね？」

「う、うん。末永くお願いします」

睨《にら》まれた気がして、俺は慌ててベルから目を逸《そ》らした。

そういえばまだ俺の衣服たちは……だからダメだって。

「す、末永く……」

どうやら、ベルはそれどころじゃないみたいだ。

自分でこれからもずっととか言っておきながら、そんな言葉で恥ずかしがるなよ。

本当、可愛いな。

「よし。さっさと片付けを終わらせてゆっくりするか」

「……といっても、俺は特にこの部屋から持ち出してないから新しい服を補充するだけなんだけどね」

久しぶりの部屋に戻ってきて早々、俺はリュックから服を机の上に取り出していた。

一週間分くらいの服だ。

俺は簡単に城と行き来できるから、そこまで荷物を持ってきていないんだよね……。

「服は私のほうで片付けておきます。レオ様は休んでいてください」

「俺も……いや、そうだね。悪いけど、俺がやっても邪魔になりそうだし、お願いするよ」

俺は収納場所とか細かいことはわからないから、ここは慣れているベルに任せてしまったほうが早く終わるだろう。

「これくらいなら、すぐに終わるので心配ありませんよ」

ピンポン！

「お？　誰だ？　俺が出るよ。ベルは服をお願い」

「わかりました。お願いします」

一体、誰が来たんだ？

「あ、なんだよ。フランクとヘルマンか」

ドアを開けるなり、見慣れた顔が並んでいた。

そういえばフランクは隣の部屋だから、俺が帰ってきたことに気が付くか。

「久しぶりだな」

「久しぶりです！」

「フランク久しぶり。ヘルマンは久しぶりか？　ずっと俺の領地で働いていただろう？　てか、本当に走って学校に来れたのか？」

実はヘルマン。俺と転移すれば一瞬で学校に来られるにも関わらず、鍛錬《たんれん》の為に走るとか言って、数日前に城を飛び出していったんだ。

全く、ストイックにも程があるだろう。

「はい。一昨日の昼に到着しました」

「そうなんだ。フランクは元気にしてたの？」

元気が有り余るヘルマンのことは放っておいて、久しぶりのフランクの話を聞こう。

フランクは、この長期休みの間に何をしていたんだ？

「まああかな……」

まあまあ？　そこまで元気がないのか？

「何かあったの？」

「ちょっとね……」

なんだその元気ない返事は……いかにも、相談に乗ってほしそうじゃないか。

「わかった。ここで話すのもあれだし、俺の部屋で話そうよ」

本気で悩んでいそうだし、ここは親友として相談に乗ってやらないとな。

俺はフランクを部屋の中に引き入れた。

「いいんですか？　師匠、まだ帰ってきたばかりですよね？」

「そうだよ。顔合わせに来ただけで、後で俺の部屋に来て貰うよう頼みに来ただけだから」

もう、遠慮するなよ。一緒にダンジョンを攻略した仲だろ？

「別に大丈夫だって。特に何かするわけでもないし、俺は暇だから。ちょうど、俺もフランクたちのところに行こうと思っていたんだ。ほら、入った入った」

「そ、それじゃあ……」

「お邪魔します！」

「で、何？　フランクはどうして元気ないの？」

この休み、家に帰っていたんだよな？

親に何か怒られたとか？

あ、俺と一緒で、ダンジョンなんて危ない所に行くなって怒られたか？

だとすると、悪いことをしたな……。

「なあ。好きってどんな気持ちなんだ？」

……ん？

「ごめん。聞き取れなかった、もう一回言ってくれないか？」

「だから、好きって気持ちはどんな気持ちなんだ？」

どうやら……俺の聞き間違いではないようだ。

「急にどうしたんだ？　誰か、好きな人でもできたの？」

ついにフランクにも春が来た⁉

「いや……そういうわけではないんだ」

なんだ。残念だな。

クールキャラのフランクが、珍しくデレているところを見られるかと思ったんだけどな。

「じゃあ、どうしたの？」

「この一年数カ月……俺、領地に帰っていたんだ」

「そうなんだ。で、家に帰って何かあったの？」

やっぱり、親に何か言われた？

「俺……次期当主だってことは知っているだろう？」

「うん……」

フランクは次男だけど、兄貴の素行《そこう》が悪くてとても当主になれないんだったよな。

「次期当主なら、もう婚約者が一人くらいいなければおかしいって、父さんに言われたんだ」

婚約者か……。

「へえ。そうなの？　まあ、次期当主だとそうなのか？　うちのアレックス兄さんも俺らくらいの歳にフィオナさんと婚約していたらしいし……」

あの夫婦は初等学校の時からの仲らしい。

小さい時からお互いに一途ってのもいいよな。

あ、俺もまだ初等学校に通っているんだから同じか。いや、一途かと言われると違うんだけど。

「いや、父さんも普通の状況なら、相手を用意してまで急がないと思うんだけどね……。どうしても、父さんは兄さんに継がせたくないみたいなんだ」

相手を用意して？　いや、それよりも。

「親に嫌がられるほどの問題児……そんなに酷《ひど》いのか？」

普通、馬鹿な貴族の息子って、親が甘いのが原因なんじゃないのか？

そこまで考えられる父さんなら、何で問題児になるまで放っておいたんだ？

自分の家の長男が問題児だなんて、公爵家にあってはならないことなんじゃないの？

「俺はもう何年も会うのを禁止されているから、わかんない。元々……貴族の間では素行が悪くて、嫌われ者だったんだ。それでも、初めは長男だったから父さんに許されていたみたい。でも、初等学校に通っていた時に、父さんをとても怒らせるような何かをやってしまったらしいんだ」

やっぱり、甘やかしていたのか。

けど、度を越えた何かをフランクの兄さんがやらかしたことで、当主にすることはできなくなってしまったと……。

「何かって何をしたんだ？」

「さあ？　怖くて聞けないよ。ただでさえ、俺と兄さんのどっちが当主になるのかで家の中がピリピリしているのに」

え？　ボードレール家ってそんな状況なの？

当主が決めたことなのに、まだ兄のほうを推《お》す奴らがいるのか？

だとすると、フランクは家に居づらいだろうな……。

「その状況だと、確かに聞けないな。わかった。じゃあ、俺が兄さんたちに聞いてみるよ。確か、フランクの兄さんと歳が近かったよな？」

「確か……うん。たぶん、レオの一番上の兄さんと同い年だったはず」

「イヴァン兄さんか。わかった。イヴァン兄さんなら会う機会が多そうだからいいや」

戦争に向けての会議とかでイヴァン兄さんがよく領地に来るから、次の会議の時にでも聞いてみるか。

「よろしく頼むよ……。家で事情を知らないのは俺だけだから……」

なんか、フランクの深刻な顔を見ていると気の毒に思えてきたな。

俺の兄さんたちは優しくて優秀で良かった。

「よし、とりあえずイヴァン兄さんの話を聞いてからだな……ん？　そういえば、好きについての話だったよな？」

そういえば、どうしてフランクの兄さんの話になったんだっけ？

「そうですよ。好きの話から婚約者の話になって、フランクの家の話になったんです」

俺の疑問をすぐにヘルマンが解消してくれた。

「そう。そうだった。好きって気持ちについてか……ヘルマン、代わりに答えてくれ」

「僕!? どうしてですか？ 師匠のほうが経験がたくさんあって……」

経験とか言うな。

「んなことないって。一途な恋について教えてくれよ。なあ？」

俺は一途じゃないからね～。

「ん？ もしかして……ヘルマンに相手が……？」

「ど、どうして？ 師匠が僕とアルマの関係を知っているんですか!?」

「あ、やっぱりそうなんだ」

バルスの言葉からして、怪しいと思っていたんだよね。

やっぱりもう付き合っていたか。

「鎌《かま》かけられた……」

「アルマって……あのレオの騎士になった？」

「そう。よく覚えているね」

フランクは入団試験の時にちょっと見ただけだよな？

「そりゃあね。あの入団試験を見た人なら、誰でも印象に残っているでしょ」

「まあ、確かにそれもそうか。じゃあヘルマン、アルマと何があったのか詳しく聞かせなさい」

この情報は、雇用主《こようぬし》として知っておかないといけないんだ。

決して、興味本位とかそんなんじゃないからな？

「うう……大したことないですよ？」

「気にするなって」

恥ずかしがるなよ。俺とお前の仲だろ？　ほら、早く。

「わかりましたよ……。アルマと毎日勝負していたのは知っていますよね？」

「うん。とんでもなく引き分けの数が多いんだよね？」

この約二年間でどんな引き分け数になったかは知らないけどな。

「はい。その……勝負が終わった後……よく二人で反省会と称して長々と話していたんです。それが楽しくて……気がついたら好きになっていました」

え？　それだけ？　いや、そんなことは言っちゃダメか。

「そ、そうか……何か、二人で困難を乗り越えたりとかしなかったの？　例えば、俺が造ったダンジョンを二人だけで挑むとか」

イヴァン兄さんとユニスさんみたいに吊《つ》り橋《ばし》効果の中で好きになったとか、何かエピソードが一つくらいあるでしょ？

「いや。流石に僕も成長したんで、師匠のダンジョンに二人だけで挑もうなんてそんな無謀《むぼう》なことはしませんよ？」

言われてみればそうなんだけど……。やっぱり、難易度設定ミスったかな？

「そ、そうだよね……ごめん」

ああ、もう少し劇的なドラマがあるものかと思ったんだけどな。

まさか、自分の造ったダンジョンに邪魔されるとは。

「あ、謝らないでください！　そ、そうか！　師匠は僕とアルマの二人だけでダンジョンを踏破《とうは》してほしかったんですね？　僕はそんなことも気がつかずに……」

「い、いや……」

そういうことを言いたいわけではなくてだな。

「わかりました。帰り次第、僕はアルマとダンジョンに挑みます。時間はかかってしまうかもしれませんが、きっと踏破してみせますよ。任せてください！」

「う、うん……楽しみにしておくよ」

まあ、挑んでくれるなら何かが起こってくれるかもしれないし、いいか。

「レオがダンジョンを造ったことについて詳しく聞きたいところだけど……それより、ヘルマンの話をもう少し詳しく聞かせてくれないか？　そ、その……好きな思いってどうやって伝えたんだ？　告白……したんだろ？」

何だこの初心《うぶ》な男の子は？

お前、もう少しクールキャラじゃなかった？

顔に真っ赤にして聞くとか、流石にキモいぞ。

「え、えっと……話の流れで……師匠には奥さんが多いって話になって……僕がアルマに師匠の奥さんたちとのエピソードを話していたんですよ」

「奥さんたちか……それは随分と長くなりそうな話をしていたんだな」

まだ奥さんじゃないし、『たち』をわざわざ強調しなくても……確かに、長くはなりそうだけどさ。

「はい。まあ、あの日は騎士団の練習が久しぶりに午前中に終わったんで、その分長く話せたんです」

本当、ずっと一緒にいたんだな。

そりゃあ、バルスにアツアツって言われるわ。

「そうなのか。で、レオの嫁の話で盛り上がった後にどうしたんだ？」

「アルマが……私も師匠みたいな強い人と結婚できたらいいなって……」

「あ、わかった。それで、レオに取られると思って焦って告白したんだな？」

え？　俺、そんなことすると思われてたの？

確かに嫁は多いかもしれないけど……人の女に手を出すほどの屑《くず》男ではないぞ？

「今思えば、そうだったのかもしれませんね……」

え？　マジ？　俺、そんな信用無かったの？

なんかショックだな……。

「も、もちろん。師匠が酷いとかそういうことではありませんからね。師匠が僕よりも強いのは事実ですから……。師匠に取られてしまうのは仕方ないことなんです」

酷くないって言いたいなら、取られるって言わないで！

なんか、めっちゃ心にダメージを食らったんだけど。

「あ、愛に物理的な強さとか関係ないと思うよ。うん」

そうだ。やっぱり、その人のことがどれくらい好きなのかで勝負しないと。

「そうでしょうか？　参考になります」

ほ、本当に参考にするつもりあるのか？

目が敵意むき出しだぞ！

「で、アルマの言葉を聞いて、ヘルマンはどうしたんだ？」

「僕は……確かに、師匠にどんなに頑張っても一生勝つことはできないでしょう。だから……アルマにこう言いました。今は、アルマと互角《ごかく》だけど……いつか僕が君に三連勝できたら、僕と結婚してくれって」

「ヒュウ〜〜」

かっけえ！！！　流石、我が弟子！

「で、相手は何て返事をしたんだ？」

「最初驚いていたんですけど……少し間を置いてから、できるものならやってみなさいって」

「なんだそれ……返事も格好良すぎる」

全く、二人はお似合いだな。

でも三連勝か……まあ、ヘルマンならやってみせるかな。

（レオ？　迎えに来てくれる？　片付け終わったわ）

ん？　シェリーか。

（もう終わったの？　了解。今行く）

「ごめん。二人とも、ちょっと迎えに行ってくる」

せっかくいいところだったけど、約束しちゃったから仕方ない。

俺は二人に謝って、シェリーたちを迎えに行った。

第四話　フランクの恋事情

「よっと。早かったね」

シェリーの部屋に転移すると、二人は嬉しそうに立っていた。

「ふふん。急いで終わらせたからね！」

「はい。頑張りました！」

「それはお疲れ様。俺はフランクの相談に乗っていたところだよ」

「フランクさんの相談？　フランクさんに何か悩みでもあるんですか？」

「きっと、この長期休暇の間に家で何かあったんでしょ？　ボードレール家は跡継ぎ争いで問題が多い公爵家として有名だからね」

おお、よくわかったな。へえ、ボードレールの跡継ぎ争いってそこまで有名だったのか。

これは、帝国貴族の特徴や現状を全て勉強する必要があるな。

「まさしくそうだよ。とりあえず、詳しい話は俺の部屋でしよう。摑まって」

俺は二人と手を繋いで、俺の部屋に転移した。

「戻ってきたぞ」

「お、おう。急にいなくなったと思ったら、本当に連れてきたのか……」

「何か悪い？」

「い、いえ……」

〈たぶん、男子寮に女子を連れて来て大丈夫なのか？〉って、俺に言いたかったんだと思うが、シェリーの鋭い睨みにフランクは黙ってしまった。

「バレなきゃ大丈夫でしょ。てことで、さっきの続きをしようか。女子がいたほうがまた違ったアドバイスが出てくるかもしれないでしょ？」

恋愛なら、女子視点でのアドバイスも必要だと思うぞ。うん。

男だけで話し合っても、意見が偏《かたよ》るかもしれないからな。

「た、確かにそうかもしれないけど……」

「よし。ベルも加えて、フランクの悩みを解消するぞ！」

こうして、フランクの恋の悩みを議題に六人で話し合いを始めた。

「それで、フランクの悩みってなんなの？」

「フランクの悩みは、家に帰ったら勝手に婚約者が決められちゃったことだよ。それで、好きとは何かについてヘルマンの話を聞いていた」

端的《たんてき》に言うとこんな感じだよな。

「ヘルマン？　ああ、アルマに告白したんだっけ？」

「どうしてシェリーが知っているの!?　俺なんて、最近知ったばかりなんだぞ！」

それに、ヘルマンやアルマと接点があったことに驚きなんだけど。

「当たり前でしょ。私たち、毎日ダンジョンに通って、騎士団の食堂で昼食を食べていたのよ？　その時に、騎士の人と会話ぐらいするわ。特に、アルマはベルが仲良かったからよく一緒に食べていたわ」

「な、なるほどね」

そうだった。シェリーたちは俺なんかよりも騎士団を見ているんだよな。

俺より騎士たちのことを知っていて当然か。

「アルマさん。ヘルマンくんに告白されて凄く喜んでいましたよ」

「負けたくないとも言っていたけどね」

「う、うう……」

シェリーとリーナの言葉に、ヘルマンの顔は真っ赤だ。

本当にアルマのことが好きなんだな。

「よし。ヘルマンの話はこのくらいにして、フランクの相談に乗ってあげて」

「そうだったわね。フランク、婚約者ができたって誰なの？」

あ、そういえば相手を聞き忘れていたな。

「教国《きょうこく》で二番目に偉い人の娘さんだよ」

教国で二番目の娘？　帝国で言うと誰だ？

公爵家と同じくらいの立場かな？　だとすると、相手としては十分だな。

「会ったことはあるの？」

「小さい頃に一回だけ。教国との貿易についての話し合いの時に」

なるほどね。貿易で少しでも良くして貰う為に、ボードレール家に嫁を送り込むわけか。

「本当に政略《せいりゃく》結婚だ……。なんか、珍しいわね」

確かに、最近の帝国では政略結婚なんて話は聞かないな。

ほとんどが自由恋愛だな。

「いやいや。ここ四十年くらいが異常なだけで、それ以前は政略結婚が当たり前だったんだからね？　どこぞの勇者様が自由恋愛して大丈夫な公爵家を造ったことで、他の貴族もそれに対応せざるを得なくなってしまっただけだからな？」

まったく、どこの勇者だろうな～？

その勇者は、きっと貴族の決まりとか風習とかが随分と嫌いだったんだろうね～。

「確かに。で、そのここ最近では珍しく政略結婚することになったフランクの相手はどんな人なの？　教国で二番目に偉い人って凄いのよね？」

「ああ、次期教皇《きょうこう》に一番近い人だよ」

あれ？　思っていたよりも偉い人？

それって、もう断ることもできないし、悩むのも馬鹿らしくない？

「へえ、教皇と親戚《しんせき》になれるんだ。良かったじゃん！」

フランクのことを元気づける意味も込めて、笑顔でフランクの背中を叩いた。

けど……余計にフランクが落ち込んでしまった。

「そうだな……」

「……なんかごめん」

どうやら、フランクなりに何か嫌なことがあるんだろう。

まあ、一回しか会ったことがない相手だからな。

同じ立場なら俺も悩むだろうから、これは俺が悪いな。

「いや……俺にはもったいないくらいの相手だと思うよ。普通は喜ぶべきだよな」

「なら、どうして？　相手がどんな人かわからないから？」

「そういうわけじゃなくて……」

シェリーの更なる追求に、フランクは黙り込んでしまった。

相変わらずシェリーは遠慮がないな。

もう……どんどんフランクが落ち込んじゃってどうするんだよ。

そんなことを思っていると、リーナが動いた。

「あの……フランクさん、少し耳を貸して貰えますか？」

遠慮がちにリーナがコソコソとフランクに何かを伝えると、フランクは目を見開いて驚いた。

「ど、どうして!?」

「大丈夫ですよ。彼女は私以外に話していませんから」

彼女？　リーナは何をフランクに伝えたんだ？

「そ、そうなんだ……」

「彼女って……誰なの？　もしかして、フランク……」

だから、シェリーはもう少し遠慮というものをだな。

まあ、俺も知りたいから良いんだけど。

「はあ、もう隠していても仕方ないから白状するよ。俺は好きな人がいる」

やっぱり……。他に理由が思いつかないもん。

でも、隠す理由もわからないな。恥ずかしいから、というわけでもないだろ？

「でも誰だ？　俺が知っている限り、フランクがシェリーやリーナ以外の女子と話しているところを見たことがないんだけど」

そう。学校ではもちろん、学校が終わった後もほとんど一緒にいる俺が一番フランクに女っ気がないのを知っている。

一体、いつどうやって好きな人ができたんだ？

「そりゃあ、バレないようにしていたからな」

マジか……隠されていたのか……。

「で、相手は誰なのよ」

「……同じクラスのジョゼだよ」

ジョゼ？

「え？　あの？」

ジョゼッティア・ルフェーブル。この前姉ちゃんが結婚したバートさんの妹だ。

なるほど、確かに公爵家同士なら会う機会はあるか。

「フランクがジョゼと？　想像できない……」

まあ、話しているところすら全く想像できないな。

「同じ公爵家だから小さい時から接点が多かったとしても、いつから好きだったんだ？」

「二年生くらいからだよ。毎朝、俺の机の中に手紙が入っているようになったのは」

二年生？　それじゃあ、まだ俺たちと同じクラスでもないじゃん。

でも、手紙なら会う必要もないから俺が知らなくて当然か。

「へー。ラブレターがジョゼからね～。フランクも返事を書いていたんでしょ？」

「そ、そうだよ。でも、これにはちゃんと裏があってだな」

「裏？」

「実はこの文通、最初の目的はジョゼのお父さんの目を誤魔化す為だけの文通だったんだ」

「ジョゼのお父さんを誤魔化す為？」

何を誤魔化すんだ？　父親としては、娘に男ができることのほうが嫌だから、むしろ手紙のやり取りをするほうが不味《まず》いでしょ。

「そう。ジョゼはお父さんに俺を口説《くど》くように命じられていたんだ。ジョゼを俺の嫁にするためにね」

あ、そっち。ジョゼの父さんってそんな感じの人なのか。

「まあ、娘をなるべく良い相手に嫁がせたいのはわかるけど……わざわざそんなことをね……」

当主がそこそこの家系の人と結婚しないといけないのは百歩譲ってわかるけど、継承権もない娘まで結婚相手を指定しなくてもいいだろ。

「今、帝国貴族では、親同士で相手を決める政略結婚より、子供同士が自由に相手を決める自由恋愛が当たり前みたいになってきているだろ？」

「まあ、そうだね」

どこかの勇者のおかげでね。

「で、ルフェーブル家は、親に指定された相手にどうにかして好きになって貰う方針になったんだ。親が指定するのは、今の帝国としては体裁《ていさい》が悪いからね。ジョゼのお兄さんも、レオの姉さんと結婚するよう小さい時から言われていたらしいぞ」

「バートさんもそうだったの⁉　普通に、姉さんに恋している目をしていたんだけどなあ」

ルフェーブル家は、勇者の影響でそんなことになっているのか……。

まあ、バートさんもジョゼさんのどっちも、相手に好きになって貰うのは成功しているから、結果論としてはいいのかもしれないけど。

嫁いだ姉ちゃんの子供が心配……いや、姉ちゃんなら大丈夫だろう。

最悪、バートさんとバートさんのお父さんをボコボコにしてでも認めさせそうだからな。

「あ、心配しないで。ジョゼの兄さんは本気でレオの姉さんを愛しているよ」

「なんでフランクが知っているのさ。あ、ジョゼに聞いたのか」

とか言ってみたが、バートさんが愛しているかどうかなんてこれっぽっちも疑ってないんだけど。

第一、あのブラコンで意志の強い姉ちゃんが、そんな命令だけで口説いている人のことを好きになるとは思えないし。

「そうだよ。ジョゼの兄さん、レオの姉さんに婚約を申し込む前に親と一悶着《ひともんちゃく》あったみたいだよ。ジョゼの兄さんは、レオの姉さんが冒険者になりたがっていたのを知っていたから、自分と結婚して夢を奪うのが嫌だったらしい。それで、成人するギリギリまで告白できなかったんだって」

なんだそれ……バートさんは俺が思っていたよりも男らしい人だったのかよ。

それに、姉ちゃんが冒険者になろうと思っていたことに驚きなんだけど。

あの性格と強さからしてあり得るけど、そんなことを公言していて母さんに怒られただろうな……。

「へえ。ヘタレなのかと思ってたら、そんなエピソードが隠されていたんだ」

バートさんは俺が想像していた以上に苦労したんだな。ヘタレとか思ってしまってごめんなさい。

こんど会ったら、何気なく謝りたいな。

「ヘレナお義姉《ねえ》さん、ちゃんと愛されているみたいで良かったわ」

「そうですね。結婚式でのお二人はとても幸せそうでした」

「ああ！　そうやってまた私が行けなかったのを！」

そういえば、姉ちゃんの結婚式にクリフさんが参加することが決まっていたから、シェリーは参加させて貰えなかったんだよね。

まさか、シェリーと姉ちゃんがそんな仲良くなるとは思わなかっただろうから、皇帝はとんだ災難だったろうな。

「まあまあ。それより、フランクの話に戻ろうよ。ジョゼが親の命令を守る為、フランクにラブレターを書くようになったんだよね？　それで、誤魔化すってどういう意味だったの？」

「簡単だよ。俺とジョゼは文通する仲ですよって見せつける為だな」

「普通に会って会話するのはダメだったの？」

「それをすると今度は俺の親がうるさいからな。うちの親は、どうしても教国の人間と俺を結婚させたいらしい。だから、昔から帝国の女とは会話すらするなって念を押されていたんだよ。レオの婚約者とこうして話している分には問題ないけど、流石にジョゼと会うのは不味いだろ？」

なるほどね……お互い複雑な家庭環境同士だと、そうなるのか。

ジョゼはどうしてもフランクに近づかないと親に怒られる。

逆に、フランクはジョゼが近づくと怒られる。

そして、優しいフランクはジョゼが怒られるのが可哀相だから、少しリスクを冒《おか》して文通を始めたと……。

ああ！　そういうことか！　だから、ジョゼはフランクの机の中に手紙を入れていたのか。

どうして家に送るなりしないのかな？　とか思ったけど、フランクの親にバレたらいけないから、フランクの家には送れなかったんだ。

なるほどね……。

「で、結局。文通をしている間にジョゼを好きになっちゃったけど、気がついた時には親が相手を決めてしまったのか……」

「そうだよ」

「本当に好きなら、正直に親に相談するべきなんじゃない？」

いや、相談して許される相手なら、フランクも馬鹿じゃないんだからとっくにしているさ。

それもできなかったから、ここまで一人で抱え込んじゃったんだろ？

「それで親が許してくれたとしても、流石に次期教皇との約束を破るわけにもいかないし」

ですよね……。なんか、『良かったじゃん』なんて酷いことをフランクに言ってしまった数分前の自分を無性《むしょう》に殴《なぐ》りたくなってきた。

「そうですね……。レオくん、何か案はありませんか？」

「うん……わかんない。ヘルマンは？」

別に、俺は万能ではないぞ。

特に恋愛とか苦手分野です。俺は、頭を使わずに気持ちだけで相手を決めてきたので。

「僕も……すみません」

「大丈夫だよ。ベルは？」

「わ、私ですか？」

「もちろん。何か良い案ない？」

話し合いに参加しづらそうにしている二人の意見も聞いておかないとね。

なんの為に同じ部屋にいるのかわからないじゃん。

「え、えっと……」

流石に言いづらいよな。

さて……どうすればいいのやら。

「どちらとも結婚するというのは……ダメなのでしょうか？」

お？　まさか、ベルが解決してくれる？

「詳しく聞かせて」

「えっと……二人のどちらとも結婚するのはダメなんですか？　現に、レオ様には五人の婚約者がいるわけですし……貴族は複数のお嫁さんがいても大丈夫なんですよね？」

「言われてみれば……」

公爵家《フランク》の次男なら、どっちか選ぶ必要もないのか。

「確かにそうね」

「うん。凄く良い案だ。それ採用！」

「ちょっと待ってくれ。俺の意見は？」

「これ以上に自分で納得できる案を出せたら認めてやる！」

さあ、何でも聞かせてみろ！　ないだろ⁉

「うう……」

「てか、貴族なら特に公爵家なら複数の嫁を持っているのも普通なんだろ？　なんか最近の帝国貴族、勇者に流《じいちゃん》されすぎじゃない？」

わかってる。さっきまで自由恋愛になったことで感謝していたのに、自分に都合が悪くなったから掌《てのひら》を返している自覚はあるんだ。

でも、そうしないと自分を否定していることになってしまうじゃないか！

「そうだけど……他に嫁がいるのはジョゼに悪い気もするんだが……」

くそ……フランクも勇者に毒されている。

これはどうにかして、こっちの陣営《じんえい》に引き込まないと。

「なら、明日直接聞いてみればいいじゃん。ジョゼにはもう事情は説明したのか？」

「いや、まだ……」

「なら、それも含めてだな。それで振られたなら仕方ないってことにしないか？」

本当に好きならフランクの状況を理解して、絶対振らないはず。振らないよね？

「そんな簡単に割り切れるかよ……」

「大丈夫です。ジョゼさんならきっと了承してくれますよ。ジョゼさんは、本気でフランクさんのことを愛していますから」

ほ、本当か？　俺はリーナの言葉を信じるからな？

よっしゃあ！　これで、できないと思っていた仲間ができるぞ！

「ククク。らしいぜ？　ここは、勇気を出して告白するべきだと思うぞ。やらずに後悔するより、やって後悔しようぜ？」

「わかったよ……告白すればいいんだろ？」

「おう。そうだ」

覚悟を決め、キリッとした目を向けてきたフランクに笑顔で背中をぶっ叩いた。

それにしても、まさか俺のことを女たらしとか言って馬鹿にしていたうちの一人であるフランクが同志になるとはな。

もう、ニヤニヤが止まらないぜ。

第五話　少女の気持ち

SIDE：ジョゼッティア
「ジョゼより……と、これで明日渡せるわ。お手紙を渡すの久しぶりだな……フランクさん、元気にしてたかな？」

フィリベール家のことは一生恨《うら》み続けます。

絶対、許しません。たくさんの子供を無差別に殺したこともそうですし、何より私の数少ない機会を奪ったのですから。

「はあ、もう六年生になっちゃった。この手紙のやり取りも今年で終わりだわ……」

貴族学校を卒業するまでにこれ以上進展がなかったら、お父様に怒られてしまいます。

それに、きっと誰かもわからない男と婚約させられるでしょう……。

もしかしたら、小汚いおじいさんかもしれません。

あの人はそれが当たり前だと思っています。お兄様の時だって、本気で代わりの結婚相手を用意していました。

「でも、フランクさんにも家の事情があるし……」

教国の女性と結婚しなくてはいけないフランクさんと結婚するなんて、無理なんです。

そんなことは前からわかっているんです。

それでも私は諦めきれず、手紙を書き続けてしまうんです。

そんなことを考えていると、自然と涙が溢《あふ》れてしまいます。

「お嬢様。お客様が……って、いかがなされました!?」

「大丈夫。何でもないわ。それで、お客様って誰が来たの？」

「リーナ様です」

リーナさん？　ああ、優しいリーナさんなら、寮に戻ってすぐに仲の良い友達に挨拶して回っていそうですね。

「リーナさんですか。それなら、私が出ます」

「もう、だから私だけで十分です。シェリーは部屋に戻っていてください！」

私がドアを開けると、隣のドアからリーナさんの声が聞こえてきました。珍しく、少し声を荒げています。

隣ってことは……シェリーさんと何か喧嘩《けんか》でも？

珍しいですね。あの二人はいつも仲が良いのに。

「わかったわよ……。終わったら、早く私の部屋に来なさいよ？　寂しいんだから」

「わかりました。終わったらそのままシェリーの部屋に向かいます。だから、部屋で待っていてください！」

うん……喧嘩ではなさそうですね。どちらかというと、じゃれ合っているように見えます。

やっぱり、あの二人は仲良しですね。

「あ、ごめんなさい！」

シェリーさんを部屋に押し込み、私に気がついたリーナさんが慌てて私のところまでやって来た。

「大丈夫です。リーナさんたちは今日寮に到着したんですか？」

「はい。レオくんの転移があったので、ギリギリまでミュルディーン領にいました」

そういえばそうでしたね。レオさん、転移のスキルを持っていました。

それと、シェリーさんとリーナさんは休みの間中、レオさんの領地にいたんですもんね。

「羨《うらや》ましいです。私なんて、領地から馬車で一週間以上かかりますよ」

海が綺麗なあの景色が恋しくなるのですが、移動時間が長いせいでなかなか帰れないんです。

「それは大変ですね。やっぱり私は、もっとレオくんに感謝しないといけませんね」

「そうですよ。あ、ここで話していても悪いので、中でお茶でもしながら話しません？」

もう少しリーナさんと話したかった私は、ドアを開けて部屋の中に誘った。

シェリーさんに早く戻るって言っていたし、断られちゃうかな？

「えっと……そうですね。お言葉に甘えさせてもらいます。私、どうしてもジョゼさんにお聞きしたいことがあったので」

「私に？　……わかりました。どうぞ」

何だろう？　私、何か聞かれるようなことがあったかな？

「お邪魔します」

「それで、私に何を聞くつもりだったんですか？」

私の部屋に入り、リーナさんと向かい合って座った私は、何を聞かれるのかモヤモヤするのが嫌だったからさっそく本題に入った。

「フランクさんとジョゼさんについてですよ。また、明日から文通を再開するんですか？」

「え？　あ、はい……そのつもりです」

予想していなかった質問に、私は返答に時間がかかってしまった。

まさか、リーナさんからそのことを聞かれるとは思いませんでした。

私から相談することはあっても、リーナさんから状況を聞かれることは一度もなかったから驚いちゃった。

「そうですか。ジョゼさん的には、この現状をどう思っているんですか？」

うう……今日のリーナさん、答えづらい質問ばかりしてくる。

「わかっていますよ。このままだと、私はフランクさんと結婚できないことは……。わかっているんです」

「焦りはあると……。それじゃあ、これだけ聞かせてください。ちゃんと心の底からフランクさんのことが好きで、どうしても……何があっても結婚したいんですか？」

「……」

冗談や興味本位……ではないみたい。

リーナさんの目が真剣そのものだもの。

これは私、試されているの？

「嘘や誤魔化すことはなしです」

〈正直に話さないと許さないからな！〉って、リーナさんの目力が更に強くなった。

うう……これは拒否できませんね。

「前にリーナさんに説明したとおり……初めは、お父様の命令でした。

私は、家の為にフランクさんと結婚しないといけない……と。

それで、どうにか仲良くなろうと考えたのですが……当時はクラスが違いましたし、わざわざ会いに行く勇気がありませんでした。

そんななか、私が思いついたのが手紙です。

最初は顔を合わせずに、フランクさんに私のことを知って貰えたら……と思って送りました。

返事なんて望んでいませんでした。

それなのに私が手紙を送った次の日、手紙が私に届いたのです。

綺麗な字で書かれたフランクさんの字を見た時は、どれほど私は喜んだことか……。

ただ、肝心《かんじん》の内容は、謝罪の言葉ばかりでとても喜べなかったんですけどね。

フランクさんは家の事情を丁寧《ていねい》に説明しながら、本当に申し訳なさそうに謝っていました。

それを見て、私は凄く胸が締め付けられました。

親に命令されて、軽い気持ちで手紙を送っただけなのに……フランクさんは私を傷つけると思って本気で謝っていたのが、本当に申し訳なくて……。

私は、急いで謝罪の手紙を書きました。親に命令されていることも全て書いた上で、騙《だま》すようなことをしてしまって申し訳ございませんでした。と謝りました。

そしたら、すぐにフランクさんからお返事が返ってきました。

書き出しは……お互い家の事情があるんだから、謝り合うのは終わりにしない？　でした。

それから手紙の最後は……これからも手紙のやり取りを続けない？　でした。

フランクさんは私の為に、自分が怒られるかもしれないのに手紙のやり取りを続けようと提案してくれたのです。

私はフランクさんのあの優しいところが大好きです。

私は、あの時から親とか関係なく心の底からフランクさんに惚《ほ》れてしまいました。

惚れて貰うはずだったのですがね……返《かえ》り討《う》ちにあってしまいました」

「ふふ。そこまで想いがあるなら安心しました。私たちもジョゼさんとフランクさんの仲を応援していますよ」

「私たち？」

「答え合わせはまた今度です。手紙は、また明日の朝？」

「はい。誰もいない時間に」

それより、答え合わせって何？

あー気になっちゃうじゃない。

「そうですか……わかりました。伝えておきます」

「え？」

伝えるって誰に？

「あ、気にしないでください。ただの言い間違いです」

「そうですか……」

うう……リーナさんが隠し事をしています。

これは、気になって今日の夜は寝られそうにありません。

明日、早起きしないといけないのに……。

「それじゃあ、私はシェリーを待たせているのでこの辺で失礼させて貰います。また今度、ゆっくりお話しましょう？　あ、私は今凄く幸せですよ。これだけ、忘れないで貰えるとありがたいです」

「え？　は、はい……わかりました」

確かに……リーナさんは幸せそうですけど……今言う必要ある？

案《あん》の定《じょう》、その日の夜はリーナさんの言葉の真意が気になりすぎてなかなか寝付けなかった。

第六話　二人の幸せ

SIDE：ジョゼッティア

学校再開初日、誰にも見つからずに手紙をフランクさんの机に入れる為、私は久しぶりに早起きをして教室に向かっていた。

ちょっと前まで、これが習慣でしたんですけどね……久しぶりの今日は凄く眠いです。

「今日も誰もいませんよね……」

いつもそう呟《つぶや》いてから教室に入る。

最初の頃はビクビク周りの目を気にしていましたけど、今は言葉だけでこれっぽっちも心配していません。

寮生活が始まってからは、皆さんギリギリで教室に来ますからね。

こんな早く教室に来る人なんていません。

そのはずなんですが……どうしてでしょう？　二人もいます。

「え、えっと……おはよう」

私が固まっていると、私を待っていたかのように二人組の片方が私のところまでやって来た。

「お、おはようございます……フランクさん。それと……レオさん」

「おはよう。俺はすぐいなくなるから気にしないで」

いなくなる？　どういうことでしょうか？

「……驚かせちゃってごめんね。授業が始まるまでまだまだ時間があるから……ちょっと二人で話さない？」

「お話ですか？　だ、大丈夫ですけど……」

フランクさんは大丈夫なのでしょうか？　二人で話しているところを見られてしまったら、不味いのでは？

あ、違うわ。これ、そういうことじゃない。

そうですよね……これで終わり……仕方ないですね。

「なら良かった。レオ、お願い」

私が一人悲しんでいると、フランクさんが覚悟を決めたように振り返った。

すると、少しニコッと笑ったレオさんが私たちのところまでやってきた。

「はいはい。ジョゼ、少しだけ手を貸して」

「え？」

フランクさんの手を握ったレオさんに手を差し出され、私はキョトンとしてしまった。

こ、これから何をするつもりなのでしょうか？

「大丈夫。ちょっと場所を変えたいだけだから」

レオさんがそう言って混乱している私の手を取ると、辺りの景色が一瞬で変わった。

こ、ここは？　それに、今のは……転移ですか？

「ここなら誰も来ないし、盗み聞きもできないよ。フランク、終わったら連絡して」

「わかった。ありがとう」

「いいってことよ。それじゃあ、頑張れよ！」

え？　……え!?

状況が呑《の》み込《こ》めません。私、今どういう状況ですか？

誰もいないはずの教室にフランクさんとレオさんがいて……急にどこかに連れて来られ、レオさんはどこかに消えてしまい……部屋には私とフランクさんだけ。

「ごめん。混乱しているよね」

「は、はい……」

フランクさんの問いかけに、私は遠慮がちに頷《うなず》いてしまいました。

とても、平然としていられません。

「えっと……こうして話すのは初めてだよね」

「……はい」

確かに、挨拶以外で話すのは初めて。それができなくて手紙を書いていたんですから。

「こんなに長く手紙のやり取りをしていたのに、本当おかしな話だよね」

「仕方ないですよ……お互い事情がありましたから」

「事情か……事情さえなければ……」

そうですね。本当に事情さえなければ……。

「ああ……ダメだ。そんな話をしたいんじゃないだろ？」

「え？　なんて？」

「あ、違う。そ、そう。ちょっとこっち来て。ここから景色、凄いから」

私が聞き取れず聞き返すと、フランクさんが慌てたように外を指さした。

「は、はい……え？　これは……凄く賑やかな街ですね。こんなたくさん人がいる街なんて……帝都ではないですし」

フランクさんに言われ、窓をのぞき込むと見知らぬ街が下に広がっていました。

あんな数の人が行き来している街なんて見たことがありません。

帝都でもここまでは……私たち、どこに連れて来られたのでしょうか？

「ここは、レオの街だよ」

「なるほど……それなら、納得です。今、ミュルディーン領に領民が移ってしまうことをお父様が頭を抱えるくらいですから」

世界の中心とされる街。初めて見ましたが、ここまで凄いとは。

ここまでなら、確かにうちから人が出て行ってしまうのも仕方ない気がします。

「あ、ルフェーブル家も？　うちの親も商人たちが減ってしまったって頭を抱えてたよ。本当、凄いよな……俺たちと同じ歳でこの街を運営して、更に拡大しているんだぜ？」

「そうですね……。とても、同級生だとは思えません」

「だよな……ずっと間近で見てきたけど、あいつは本当に凄いよ」

そう言うフランクさんは、どこか誇らしげで……嬉しそうでした。

「フランクさん、よく手紙にレオさんのことを書いてくださいますよね。実はあれ、読んでいて凄く楽しかったです」

何より、書いているフランクさんが楽しそうだった。それが伝わってくるだけで、私は嬉しかったんです。

ああ、そうですよね……もうそれも読めなくなってしまうのか……。

「そうか？　まあ、とんでもないことに巻き込まれることも多々あったけどな。ダンジョンに連れて行かれた時は、本当に身の危険を感じた」

「最後の手紙の内容ですね」

「最後……そうだった……あの後、爆発が起きて手紙のやり取りが途絶えたんだった」

「はい……」

悲しい顔を我慢するのは無理でした。

作り笑顔が崩れ、私はうつむいた。

「本当、フィリベール家は余計なことをしてくれたよ。国を裏切るなんて、貴族として一番やってはいけないことだ」

「そうですね……」

あれさえなければ、もう少しフランクさんと手紙を送り合えていたのに。

「そうだ。あの時もレオが俺たちを助けてくれたんだ」

「あの壁ですね」

そう。爆心地の間近にいたにも関わらず、私が生き残っているのはレオさんに壁で守って貰えたからです。

自分が瀕死《ひんし》になってまで……。

「フィリベール家も爆弾で殺され……その爆弾を作製した男は今、帝国との戦争に向けて王国に力を貸している。本当、やり返したくてもできなくて嫌になってしまうよ」

「戦争……」

凄く不安です。ただでさえ、爆弾でたくさんの人が死んでしまったのに……これからまた多くの人が死んでいくなんて。

「大丈夫さ。レオなら、きっと勝てる。あいつは本当に凄いんだぞ。常に誰よりも先を進んでいくんだ。レールも道も整備されていない茨道《いばらみち》をあいつみたいに走り続けるなんて、俺にはできないよ」

「そうですね……レオさんの功績や出世話に目が行きがちですが、レオさんは本当に苦労されていますよね」

親に縛られない生き方を羨ましく思った時期もありましたが、よくよく考えればレオさんはその分たくさんの苦労を経験しています。

私は、ただ文句を言いながら親の敷いたレールに沿って進んでいるだけ。

レールから逸れる勇気なんてない私に、羨む権利なんてありません。

「ふふふ。実は私、学校でレオさん、フランクさん、ヘルマンさんのやり取りを見ているのが凄く好きだったんです。三人で楽しそうに会話しているのを見ていると、私まで楽しくなってきて」

前の席で三人が楽しく会話しているのを眺《なが》めているだけで、私は凄く幸せだったんですよね～。

また、今日からそれが見られると思うと私は凄く幸せですね。

もう一年しかそれが見られないと思うと……ちょっと寂しいですが。

「見られてたんだ……」

「はい。ずっと、私はフランクさんのことを見ていましたよ」

ふう、と一息つき、私は決心して踏《ふ》み出《だ》すことにしました。

世間話をしに来たわけではないんですから……ここは、私から切り出しましょう。

「私、心の底からフランクさんのことが好きですから」

「え？」

「私、親のことなど関係なく、フランクさんのことが大好きです。それだけは知っていてほしいです。たとえ、今日で手紙のやり取りが終わるとしても……」

そう。フランクさんに今日、終わりを告げられても、私の気持ちだけでも知っておいてほしかったんです。

フランクさんがこれから教国の女性と結ばれても、私が知らない人と結婚したとしてもそれだけは知っておいてほしい。

私は心からフランクさんのことが好きだってことを。

「えっと……いろいろと答えないといけないな。その前にまず、一つだけ確認させてほしいんだけど……手紙のやり取りが終わるってどういうこと？」

「え？　違うのですか？　もう、手紙のやり取りができない。それを伝える為に、二人だけになったのでしょう？」

じゃあ、どういうことですか？

「いや……。うん。そうだよな。伝えないと何も伝わらない。伝えないで後悔するより、伝えて後悔しろ……。そうだったな」

独り言のように呟くと、フランクさんは決心したかのように力強い目で私を見つめた。

「今から、ちょっと辛《つら》い話をする……少しだけ我慢して聞いていてくれないか？」

「……はい。大丈夫です」

まったく話の流れがわかりませんが……覚悟はできています。

「俺、実は次期教皇の娘と婚約することになった」

「あ、ああ……そ、そうですか……お、おめでとうございます」

覚悟はしていたけど、あまりの現実に私は言葉がすぐに出てきませんでした。

フランクさんが婚約してしまう事実……その相手が私にはかなわない相手であることに……あまりのショックに……膝《ひざ》の力が抜けてしまった。

「待ってくれ。まだ話を聞いてくれ」

まだ何かあるのですか？　もう、何も聞きたくありません！

耐えられなくなってしまった私は、耳を手で塞《ふさ》いでうずくまってしまった。

覚悟してたのに……何を言われても平気な顔してようと思ってたのに……。

「ジョゼ。顔を上げてくれ」

イヤイヤと顔を横に振るなか、私の手が温かい手に優しく包み込まれた。

少し驚き、顔を上げてしまうと……しゃがみ込んだフランクさんと目が合いました。

「俺も、心の底からジョゼのことが好きだ。ジョゼの手紙を読むのが凄く楽しかったし、手紙の内容を考えて生活するのが凄く楽しかったんだ。手紙を通して、君の素直な気持ちや優しさが凄く伝わってきた。気がついた頃には君に惚れていたよ……」

「そ、そんな……そんなこと……そんなこと言って困らせないでくださいよ……」

余計に悲しくなってしまうじゃないですか。

片思いだったらまだ諦められたのに……。

「ごめん。親の決定には逆らえないんだ。これを断れば、ボードレール家は完全に分断してしまう。それはどうにかして、避けないといけないんだ。ボードレールを第二のフィリベールにはしたくない」

「わかってます。私たちは貴族です。特権に見合った責任があることも……」

わかっているんです。でも、でも……。

もう、耐えられず、私はフランクさんに抱きついて泣いてしまった。

こうして、甘えられるのは最初で最後。

そう思うと、更に涙が流れてきます。

「ごめんよ。でも、まだあとちょっとだけ俺の顔を見て話を聞いてくれないか？」

そう言われ、私は涙を止めようと目を擦《こす》り、真っ赤になっているであろう目でフランクさんを見つめました。

「諦めていたんだけどね……俺の親友がそうさせてくれないんだよ。そうだな。俺も茨の道を進んでみようかな」

「え？」

「ジョゼ、俺と結婚してくれ」

そ、そんな……。

「いけません……ダメなんです。フランクさんには家があります」

その言葉をずっと……ずっと……待ち望んでいました……待ち望んでいましたけど、ダメなんです。

凄く甘えたい……甘えたいよ……。でも、フランクさんのことを考えたら絶対に良くありません。

「大丈夫。家は俺がどうにかしてみせるさ」

「次期教皇の娘さんとの結婚はどうするんですか？　まさか、断るつもりですか？」

「ああ、断るよ。許して貰えるかはわからないけど、直接謝りに行く」

「そ、そんな……謝って済む話ではありません」

大問題です。もしかしたら、教国との関係が悪化してしまうかもしれません。

ただでさえ、王国との戦争が控えているのに……。

「本当はな。今日、この場でジョゼに俺の側室《そくしつ》になってくれって頼む予定だったんだ。昨日レオたちに相談して、そうしろと言われて」

「そ、そんなことが……」

それで、先ほどレオさんがいらしたのですか……。

ああ、昨日リーナさんが私の部屋に来た意味もわかりました。

リーナさん……そうですね。

「でも、それじゃあどうしても納得できなかったんだ。ジョゼがついでになってしまう気がして……凄く嫌だったんだ。それに、ここでこの意見に流されていたら一生後悔する気がしてね。だから、俺はジョゼと結婚することに決めたんだ！」

「……嫌です」

じっとフランクさんの目を見て、私は断った。

「え？」

「嫌です！　フランクさんだけが苦しい結婚なんて！　私にも茨の道を歩ませてください！　夫婦とは、そういうものじゃないですか⁉」

「え、え⁉」

「別に、私は側室で構いません。側室が不幸かと聞かれたら、私はそう思いません。だって、少なくともリーナさんは凄く幸せそうですから！」

「そうですよ！　リーナさん、いつも楽しそうにレオさんやシェリーさん、他のお嫁さんたちと楽しく生活しているじゃないですか！

　そんなリーナさんの幸せを、私は否定できません！

「……」

　私の気持ちが伝わったのか、フランクさんはハッとして黙り込んでしまった。

「茨の道も、二人で歩けば少しは楽ですって。それとも、フランクさんは私が側室だったら愛してくれないんですか？」

「そんなことない」

「なら、いいです。フランクさん、末永くよろしくお願いしますね」

「……わかったよ。そうだな。よく考えたら、レオも別に一人で茨の道を歩いているわけでもないもんな。あの嫁さんたちに支えられているんだ」

「そうですよ。フランクさんも一人だけで頑張る必要なんてないんです」

「そうだよな……うん、そうだ……。ああ……もうダメ」

　うんうんと頷きながら、フランクさんの目に涙が溜まっていき……耐えられなくなったのか、私に抱きついて泣き始めてしまった。

「ちょっと。泣かないでくださいよ。私、やっと落ち着いてきたんですから……もう」

　せっかく、涙を止めたのに……。

　私もフランクさんを抱きしめて、また泣き始めました。

「ごめん。これから、茨の道のお供を頼むよ」

「任せてください。フランクさんも、私に飽きても捨てないでくださいよ？」

「絶対に飽きないいし、絶対に捨てないから大丈夫さ」

「その言葉、信じますからね。旦那様」

「ま、まだ気が早いって……」

ふふふ。旦那様……凄く良い響きですね。

「ちょっとくらい良いじゃないですか。これが私の夢だったんですから」

「旦那様って呼ぶのが？　まあ、いいけど……」

「ふふふ。それじゃあ、二人きりの時だけそう呼ばせて貰いますね」

「わ、わかったよ……」

やったー！　許可を貰いました。

これから、二人きりになるのが楽しみですね。

「あの……これからいいところなのは重々承知なのですが……タイムリミットです」

「きゃあ（うおお）！」

急に間近で私じゃない女の人の声がして、私と旦那様は大きな声で驚いてしまいました。

声がしたほうを見ると、申し訳なさそうに謝るリーナさん……その奥にニヤニヤと笑ったレオさんがいました。

「驚かせてごめんよ。でも、久しぶりの授業に出ないのは不味いでしょ？」

「わかりました……旦那様、続きは放課後」

うう……授業休んで一日中こうしていたいのに……！

でも、授業を休むのはよくありません。

私は断腸《だんちょう》の思いで旦那様から離れた。

「そ、その呼び方は二人きりの時だけだって……」

「リーナさん、昨日はありがとうございました。おかげで、凄く勇気が出ました」

私はフランクさんの訴えを聞き流しながら、隣にいたリーナさんに頭を下げた。

リーナさんの言葉がなかったら、ずっと後悔していたと思います。

もし旦那様の提案に乗っていたなら、嬉しさよりも旦那様に対する申し訳なさが勝っていたはずです。

そんな気持ちでは、とても幸せにはなれなかったでしょう。

「いえいえ。私も、ジョゼさんの思いが叶って凄く嬉しいです。後で、話を聞かせてくださいね？」

「もちろんです！」

いつも、リーナさんには甘い話を聞かされていましたからね。お返しをしなくては。

「旦那様が無視されて拗《す》ねているぞ～。それと、マジで遅刻するから話は後にしよう」

「は、はい！　あ、旦那様、無視してごめんなさい」

拗ねた顔をした旦那様を見て、内心可愛いなあなどと思いながら謝った。

これからこんな顔も見られるのですか……私、とても幸せですね。

「だから……」

「ふふ。冗談ですよ。旦那様」

あ、癖になっちゃった。

フランクさんと呼ぼうと思い、口から旦那様と出てきたことに思わず口を押さえてしまった。

学校で呼んじゃうかも……。

「アツアツだな……」

「なんだか、私もレオくんを旦那様って呼んでみたくなってきました……」

「別に、リーナはどこでも遠慮せず呼んでもいいよ」

「本当ですか!?　それじゃあ……」

「ゴホン。遅刻するんじゃなかったのかな?」

さっきまで、早くしろと言っていた二人がイチャイチャし始めたのを見て、旦那……フランクさんが咳払いをして注意しました。

ああ、これからこの二人のやり取りも間近で見ても大丈夫になったのですよね……。

本当、手紙を書き続けていて正解でした。

何度やめようと思ったかはわかりませんが、続けていて……諦めないで良かった。

あ、そういえば今日の手紙を渡していませんでしたね。

「旦那様。これ、今日の手紙です」

「あ、ああ……帰ったらすぐに呼んで返事を書かせて貰うよ」

「ふふ。楽しみにしておきますね」

あ〜。もう、明日が待ち遠しいですね。

第七話　公爵会議

フランクとジョゼの婚約が決まってから約半年が経ち、俺は十三になった。

この半年間は特に大きな問題はなく、強いて言えばフランクとジョゼの婚約がちゃんと両方の親に認めて貰えたってことくらいかな。

あとは、休学期間に遅れた授業をどうにか取り戻そうと授業の時間が普段より伸びた。

領地のほうも着々と発展が進んでいる。

それでも、元フィリベール領の再開発をするには資金が心許《こころもと》ないんだけど。

戦争まであと三年。フィリベール領にまで手が回るかな？

さて、話題を今日に変えさせて貰うと実は今日から学校は休みだ。

魔法学校入学に向けた準備期間ということになっている。

それぞれ、「入試対策と魔法練習を頑張ってくれ」期間だ。

まあ、俺たちSクラスは入試免除の推薦入学だから単純な長期休みなんだけどな。

さらに言えば俺、魔法学校に行くつもりないし。

『え!?　魔法学校に行かない？』

「そう」

現在、俺は受験休みの初日だから昼間から俺の部屋に集まっている皆に魔法学校に行かないことを伝えていた。

皆、当然驚いた顔をしていた。

「ど、どうしてか聞いても……？」

「俺が学べることは少ないだろうし、これから戦争に向けて忙しくなっていくなかで授業に時間を取られるのはキツい」

正直、これから三年間で元フィリベール領を戦争の拠点にしていくことを考えると、これまでとは比にはならないくらい忙しくなっていくはず。

とてもじゃないが、学びの少ない授業に時間を割くことはできない。

「なるほど……確かにレオが魔法学校で学べることは少ないと思うけど……」

最初に理解してくれたのはフランクだった。

フランクなら、理解してくれると思ってたよ。

「だろ？　だから、俺の最終学歴は貴族初等学校卒だな」

さて、問題のシェリーとリーナの反応は……。

「それじゃあ、私も魔法学校に行かない」

「え？」

シェリーの思わぬ発言に、一同、目が点になった。

「だって、私もどうせ学べることはないでしょ？　ダミアンさん以上に魔法の扱いが上手い教師がいると思えないし」

そりゃあ、おじさんより魔法が上手い人はいないだろうけど……。

てか、おじさんと比べるのは魔法学校の教師が可哀そうだろ。

「そうだけど……。皇帝に許して貰えるの？」

「それはどうにかなるわ」

うん。どうにかなりそう。

「じゃあ、私も！　おばあちゃん以上に聖魔法を使い熟《こな》せる教師がいると思いません」

「マジか……学校には行ったほうが良いと思うぞ？」

二人ともまだ若いんだし、まだまだ青春を楽しんだほうがいいと思うな。

「それをレオが言う？　良いのよ。どうせ、私たちはレオのお嫁さんになるだけだし、魔法学校卒の肩書きは別に必要ないもの」

「そうだけど……」

そうなんだけどさ……わざわざ俺に合わせなくても。

「師匠……僕も」

「お前が行かないのは予想済み」

だって、剣一本のお前が魔法学校に行く意味ないもん。

「は、はい」

「フランクとジョゼはもちろん行くだろ？」

「もちろん。親がうるさいからな」

「はい。私はそんなに急いで何かしたいことはありませんので」

普通はそうだよな。

「そうなると、フランクたちとは当分会えなくなってしまいそうだな」

「大丈夫だよ。手紙ぐらい送るさ」

「手紙書くのは得意だもんな」

「うるせえ」

俺が茶化すとムッとしたフランクが俺にデコピンを食らわせた。

毎日会って話しているのにまだ文通を続けているんだから、本当ラブラブだよな。

「あ、そうだ。卒業式まで二人ともこっちにくる？　どうせ暇でしょ？　俺がいないとこうして部屋で話すこともできないだろうし」

「いいのか？　忙しいんだろう？」

「いいよ。ちょっと手伝って貰うことはあるかもだけど。孤児院の子供たちの相手をして貰うとか」

ちびっ子たちも、たまには新しい遊び相手が欲しいだろうからな。

「あ、仕事で思い出しました。来月、騎士たちの最強決定戦を開催するそうで、その回復係を頼まれていたのですが、良かったらジョゼさんも手伝って貰えませんか？」

そういえば、そんな催《もよお》しがあるって言っていたな。

もちろん俺も招待されている。皆、どこまで成長しているのか楽しみだな。

「もちろん。泊めて貰うなら、それくらい働きますよ」

「よし。それじゃあ、明日からあっちに行くから準備しておいて」

「は～い」

ということで、今日は解散！

元々、午後は仕事があったしね。

「じゃあ皆を送ったらヘルマン、仕事に行くぞ」

「はい！」

「ん？　ヘルマンも？　何の仕事？」

「会議だよ。今日は年に一度の公爵家会議だ」

ヘルマンは、付き添いの騎士だ。

何でも、そういう格式の高い集まりでは護衛と文官を侍《はべ》らせるのが慣例《かんれい》らしく、ヘルマンとフレアさんを連れて行くことにした。

領地の細かいことは、フレアさんに任せちゃってるからいないと困ってしまうのでありがたい。

「まだ公爵になっていないのに、呼ばれたのか？」

「まあ、今回は三年後の戦争について話し合いたいらしいからな。当事者の俺がいないと決められないんだって」

三国会議はミュルディーン領が会場だし、戦争では重要な拠点になるだろうからね。

「確かに。大変だな……」

「もう慣れっこだよ」

それから、シェリーたちを女子寮に送り、ヘルマンと一旦ミュルディーン領にやって来た。

「あ、やっと来ました～～～」

ああ、そういえばバルスも連れて行かないといけないんだっけ……。

あっちの情報を一番知っているとはいえ、この口調で説明させないといけないのか。

「待たせてごめん」

「心配なく～～～。私が早すぎただけで～～～す」

うん。やっぱり心配になってきた。

今から代役を考えようかな……。

「ヘルマン、騎士の格好に着替えて来い。俺も正装に着替えてくるから」

「わかりました！」

「バルスはフレアさんを呼んできて」

「了解しました～～～」

それから着替えが終わり、フレアさんとも合流して帝都の自宅に転移した。

「わざわざ馬車を経由しなくても～～～。レオ様なら一瞬で城に入れるじゃないですか～～～」

「こういうのはちゃんと馬車で向かうものなの」

「そうですか～～～。それは失礼～～～」

んん……そんなことより、俺はお前のその口調が皇帝や他の公爵家の面々の気分を損《そこ》ねないかどうかが凄く心配だ。

「到着。俺たちが一番乗り」

「みたいですね～～～。予定どおりじゃないですか～～～」

こういうのは、一番若い俺が一番先に来てないといけないかな？

ということで、早めに来てみた。

けど、少し早く来すぎたな……。

それから、俺たちは三十分くらい待つことになった。

最初に現れたのはフランクとジョゼの父さん。ルフェーブル家とボードレール家の当主だ。

それぞれ後ろに騎士と文官を連れているので、急に部屋の人口密度が上がった。

「やあ、久しぶりだね。うちの息子がお世話になっているよ」

「こちらこそ。いつも助けられています」

「そうか？　婚約の件まで助けて貰ってしまったからな。今度、何かお礼をさせて貰うよ」

そういえば俺が手助けしたことを説明したって言っていたな。

まあ、悪いことをしたわけでもないからいいか。

「お礼を言うのは私のほうだ。フランクくんとの結婚は、私も流石に諦めていた」

「まあ、うちの決まりがありますからね。それに、最近は側室を取るのがあまり良く評価されない時代ですから」

やっぱり、貴族ではそんな風潮があるのか。

全てはじいちゃんのせいだな。

「まあ、その風習もレオくんがぶっ壊してくれたがな」

「確かに、英雄に四人も側室がいるとなると誰も咎《とが》めることはできませんね」

え、英雄って……それに、なんか褒められているのに嬉しくない。

「ということで、ちゃんと礼はさせて貰う。まあ、詳しい話は会議でしょう」

会議で？　なんか、戦争関連で支援でもしてくれるのか？

「わかりました」

「お、もう皆来てるのか」

ボードレールとルフェーブルの当主と話が纏まると、それを待っていたかのように父さんがやって来た。

父さんも二人騎士と文官を連れている。

「俺たちは今来たところだ」

「そうか。なら良かった。お、君がヘルマン君か。これからもレオをよろしくな」

「は、はい」

父さんに手を出され、ヘルマンは遠慮がちに握手していた。

「ヘレナから聞いたぞ。凄く強いんだってな？　もし良かったらうちに来ないか？　レオより高い給料を出すぞ～」

「ちょっと」

「冗談だ。うちはラルスがいるからな。問題ない」

そう言って、自分の後ろにいる騎士の肩をポンポンと叩いた。

ちなみに、ヘルマンの父さんだったりする。

「フォースター家の右腕と名高いカルーン家か。ちゃんと次代にもその強さが受け継がれているようだな」

「まあ、強くしたのはレオだけどな」

「自ら育成するとは、やっぱりやることが違うな」

「まあ、人手が足りなくて学校を造る男だからな」

「そうだ。忘れていた。今日はそのことで話したいことがあったんだ。その学校に、我が領民を毎年三人ほど入学させて貰えないだろうか？　なに、タダでとは言わん、学校運営費の一割を負担させて貰う」

一割!?　たったの三人で一割だと？

「いいですけど……逆に、三人だけで一割も出して貰ってしまってもよろしいんですか？」

「なに。無属性魔法の技術が教われるなら、安いもんだ。それに、文官はうちも不足気味なんでね」

ああ、無属性魔法が狙いか。

まあいいか。秘匿《ひとく》しているつもりもないし。

それよりも今は、戦争の準備資金のほうが大事かな。

「なるほど。なら、いいですよ。詳しい話はまた後で」

「了解」

「待ってくれ。私もその話に乗っからせて貰いたい。条件は同じで構わない」

「了解しました」

ボードレール家とルフェーブル家で合わせて二割、額にしたら相当な金になりそうだ。

これは、お互い悪くない商談になったかな。

「それでは、年一回の定例公爵家会議を行う。さて、今回の主な議題は三年後に控えた戦争に向け、各家で分担する仕事についてだ。議長は、ディオルク・フォースターが行うこととする」

皇帝も到着しそれぞれ着席すると、父さんの言葉によって公爵会議が始まった。

「それでは、陛下から」

「諸君、遠路はるばるご苦労。今回は事前に知らせたとおり、戦争に向けた具体的な支援要請が主な議題だが……その前に、戦争の作戦について説明させて貰おう」

「作戦？　西の国境でただ守るだけでは？」

確かに、細かな作戦は必要かもしれないけど、単純な防衛戦にここで話しておきたい作戦なんてあるのか？

「そうだな……本来なら、西の国境で王国を食い止めるのが一番だ。だが、壊された城壁の修復が……防衛拠点とするには到底三年では間に合いそうにない。それに、旧フィリベール領には食料の備《び》蓄《ちく》が一切ない。この状況では、国境付近で戦うのは逆に不利だ」

「なるほど……確かに、国境付近まで食料を運ぶとなるとかなりのコストが……」

そうだよね。最短の領地でも俺の所か。フィリベール領はとても余所《よそ》に回せるほど食料に余裕がない。

となると……。

「王国の兵をミュルディーン領まで誘い込むと？」

俺の代わりにジョゼのお父さんが皇帝に聞いてくれた。

たぶん、皇帝はミュルディーン領を防衛拠点にする考えだろう。

「そういうことだ。王国が攻め込むとしたら、最低目標はミュルディーン領だと思う。荒れた旧フィリベール領を奪い取っても王国にはうま味がないからな。確実に、奴らはこの誘いに乗ってくる」

まさか……ここで俺が行った荒らしが効いてくるとは。

違う手で王国兵士を追い返していたらどんな未来が待っていたんだろうか？

「さらに、この誘いには他にも狙いがある。ミュルディーン領までの移動で王国の兵士を疲弊《ひへい》させられる。移動途中、何度も奇襲《きしゅう》をかけることで、奴らに警戒させ続ける。ミュルディーン領手前で敵の食料を枯渇《こかつ》させることができたら御《おん》の字《じ》だな」

まあ、そうだろうね。ただでさえ長距離で疲労が溜まる遠征《えんせい》。

これが成功すれば、相手に長期戦に持ち込ませなくて済む。

休む暇を与えなかったら、何人も脱落者が出て来るだろう。

「なるほど……それでは、奇襲部隊も用意しなくてはなりませんね」

「それについてだが、それはレオに任せたいと思う。転移のスキルは奇襲にこれ以上ないほど効果的だ」

おっと、俺か。まあ、転移があれば特に問題ないか。

なんなら、魔物を造って襲わせるとかもできるし。

「なるほど……ですが、レオンス殿の負担が大きくなるのでは？」

ご心配なく、少し魔力を使う程度ですから。

「奇襲作戦は、ミュルディーン領から兵が歩いて四日の距離までをレオに、それ以降は他の家に任せたい」

別に、大丈夫だけどな……。

まあ、流石に衝突直前で防衛拠点に指揮官がいないのは不味いか。

「それじゃあ、その仕事はうちに任せて貰います。危険な仕事は兵に余裕があるフォースター家で引き受けるべきでしょう」

「そうか。それなら、フォースター家に頼もう」

「次に、長期戦を想定した補給部隊をミュルディーン領に比較的近いボードレール家に任せたい」

長期戦にはしたくないけど、その準備も怠らない、か。

王国の様子を知っている俺からすると、本当に頼りがいのあるリーダーだな。

「はい。補給物資もこちら持ちで構いません」

ん？　戦争での補給物資って相当するだろ？

「いいのか？」

「はい。レオンス殿には借りがありまして」

いやいや。俺、大したことしてないし。

これは、フランクに感謝だな。

「そうか。なら、頼んだ」

「最後に、残ったルフェーブル家は補給経路の確保を頼みたい」

補給経路の確保？　ああ、戦争中にそっちを狙われないようにするためか。

ん？　だとしたら……。

「すみません。発言のお許しを」

「かまわない」

「補給物資についてですが、僕が直接運ぶ形で構わないかと」

俺の鞄《かばん》と転移があればすぐに終わる。

何も危険を冒す必要はない。

「いや、それも考えたが指揮官が戦場を離れるわけにはいかん。もしかしたら、レオが指揮から抜け出せなくなる時がくるかもしれない。戦争は何が起こるかわからないから、非効率だが確実な方法を取るしかないのだよ」

　言われてみればそうか。今回、俺は自分が大将なのを自覚しておかないと。

「そういうことですか……失礼しました」

「気にするな。それで、ルフェーブル家は大丈夫か？」

「はい。そうですね……補給拠点になりそうな近隣の貴族への協力要請と拠点造りはうちにお任せください」

「それはありがたいが……そうすると、負担が大きくならないか？」

「ご心配なく。ボードレール家同様、個人的な借りを返したいだけですから」

だから、俺は大したことはやっていないんだけどな……。

「そうか。それぞれ準備のほうを頼んだ」

「それでは次の議題に。王国の現状を説明して貰いたい。半月前まで王国に潜入していたバルス殿、頼めるか？」

　ついに来たか……。頼むから皇帝たちをなるべく不快にさせないでくれよ？

「はい。まず、王国は攻城兵器に力を入れているようです。迅速《じんそく》に城壁に穴を開け、中に攻め込むという作戦です」

ん？　誰だ？

　俺が驚いて振り返ると、確かにバルスが真面目に話していた。

こいつ、普通の話し方もできるのかよ……。

「攻城兵器というのは、どのような物が？」

「魔砲と呼ばれる上級魔法を撃ち出すことができる大きな魔銃を発明していました。ただ、必要な魔力がとても多く、これから三年間魔力を溜めたとして撃てても五発とのことです」

最近確認できたことだけど、師匠が言っていたとおり魔砲はとんでもなく燃費が悪いみたいだ。

それでも、一発で城壁に穴を開けられる威力は恐ろしいものがある。

「そうか……なら、国境付近で使い切らせるのもアリだな」

うん。それがいいかな。

元々中に誘い込むつもりなら、軽い抵抗だけで数発使って貰えるならありがたい。

「そうですね。それでは、その役目は僕だけで行います」

これは俺以外に適任はいないだろ。

「ミュルディーン家だけで？　それは無茶では？」

「いや、僕だけです。僕一人で大砲を使い切らせてみせます」

なんなら、敵の数もそこで減らすのも良いかもな。

「いや、流石にそれは……」

「大丈夫です。僕には、死なないゴーレムの兵士がいますので」

さて、三年後に向けてレッドゴーレムのストックを増やしておくとしますか。

素材は問題ない。ドラゴンはこの前乱獲した。

「なるほど……わかった。その費用は帝国が出す」

「了解しました」

と言いつつも、貰えないけどね。

ドラゴンの素材大量分の費用なんて、流石に帝国が破産してしまう。

「それと、勇者についても説明をして貰っても？」

「はい。現在、勇者は着々と強くなっております。そうですね……三年もあればダミアン殿と互角になるかと」

「なるほど……それなら、レオが戦えば？　いや、指揮官が前線に出るのは良くない」

「大丈夫ですよ。うちの騎士も三年あればおじさんと同等にまで強くなれる人がいますから。それに、一対一で戦う必要もありませんし」

地獄の特訓を毎日熟《こな》しているからね。三年もあればヘルマンたちなら戦える。

俺は、斜め後ろにいるヘルマンに目を向けた。

ヘルマンは少し驚きながらも、力強く頷いた。

「そうか。それと、王国の後継者問題はどうなった？」

あ、その話題か……。これについては、先に皇帝と二人きりで話しておくべきだった。

「それにつきましては、ほぼエレメナーヌ王女で確実かと。八カ月後、十八の誕生日に合わせて勇者との結婚式を盛大に挙げるそうです」

「そうか……そうなると、使者として皇族……シェリーを送る必要があるか。流石に、戦争が起きる前に断ることはできない」

そう、そうなんだよ……。王国、絶対わざとこのタイミングで結婚させただろ。

単なる嫌がらせか……何か思惑《おもわく》があるのか？　流石に、そこまではバルスもわからなかったみたいだ。

「となると……護衛としてレオンス殿も同行するのが一番ですかね？　もし何かあったとしても転移ですぐに帰って来られますから。ただ、ミュルディーン領の戦争準備に支障が出てくる可能性も……」

「大丈夫です。どうにかしてみせます。僕以外に適任者はいないでしょう……」

他の誰かにシェリーを任せるなんてできない。

ここは、無理をしてでも俺が同行するべきだろう……。

「そうか。負担をかけてすまんな」

「いえ、お気になさらずに」

逆に考えれば、勇者がどんな奴なのか知ることができるチャンスだ。

それに、俺自身が直接行ければできることがいろいろと増える。

俺のネズミ……なぜかバルスにはくっつけないみたいだからな。

「実際、王国は戦争前にレオンス様を確認しておきたいみたいです。レオンス様が噂《うわさ》どおりの強さなのか気になると言ったところでしょう」

俺が勇者を気にしているように、王国も俺を気にしていると……。

「やはりな。仕方ない。これに関しては、王国にしてやられたと思うしかない。王国に力を見せつけて威圧《いあつ》するか、力を隠して油断させるかはレオに任せる」

「了解しました」

今はノープランでいいかな。

あっちに行ってから考えよう。

「では、戦争に向けた話し合いはこれで一旦終わりとさせて貰う。次に、帝国の予算について……」

それから、俺は話し合いには参加せず他の四人の話し合いを聞いていた。

流石に、俺が国の予算について言えることはないからね。

と思っていたら、これから三年間帝国の予算三割がミュルディーン領の補助に使われることが決まってしまった。

貰いすぎな気もするけど、正直ありがたいかな。

第八話　成長

SIDE：カイト
あの決闘から約一年。俺は十七になり、戦争まであと三年となった。

エレーヌとは自分で言うのはちょっとおかしい気もするけど、毎日ちゃんとラブラブです。

この国の貴族や王族は十代で結婚が当たり前らしいから、そろそろプロポーズしないと……。

肝心な実力のほうは、順調に強くなっている。

電気魔法もレベルが5まで上がったし、この調子でいけば世界最速を名乗っても大丈夫な気がする。

まあ、それを名乗るのはアーロンさんに勝ってからだけどね……。

「それじゃあ、最後のお手合わせといきましょうか」

今日も一通りの稽古《けいこ》が終わり、最後の腕試しの時間だ。
この二年間、俺が勝てたことは一度もない。
今日こそ、そう毎日思って戦っている。
「お願いします。しゃあ！」
開始と同時に全力の電気魔法でアーロンさんに攻撃をしかけた。
もちろん、初手《しょて》は避けられる。
でも大丈夫。速度はそのまま、直角に方向転換する。
流石に、この距離ではアーロンさんでも避けられまい。
これ、できるようになるまで随分と時間がかかったな。
「まだ甘い！」
決まったと思ったが、真横から蹴《け》り飛《と》ばされた。
「くっ……まだまだ！」
何回転か転がり、すぐに起き上がる。
今度は当たるまで気を緩めてはいけない。
そう自分に言い聞かせ、アーロンさんに攻撃をしかけた。
避けられる度に方向転換を繰り返す。
くそ……当たらない。全部、攻撃が読まれてる。
このままだと……いつもどおりだ。
どうする？　静電気を飛ばす？

どこに？　それに当たったとして、アーロンさんは隙《すき》を見せてくれるか……？

……そうだ！

「ふう……」

初めて、俺の剣はアーロンさんに触れていた。

俺が思いついた作戦は、静電気をアーロンさんの目に向けて飛ばすこと。

いくら静電気でも、目に当たるのは怖いでしょ？

だから、アーロンさんはしっかりと避けてくれた。

流石のアーロンさんも避ける動作をすれば剣の回避が間に合わなくなり、俺の勝ちとなる。

「いやはや。ついにこの日がやってきてしまいましたな。嬉しい反面少し寂しいですね」

「いえ、ここまで強くなれたのはアーロンさんのおかげですよ。今日までありがとうございました」

二年間、本当に感謝しかない。まさか、勝てる日が来るとはな……。

「おっと。カイト殿にはもっと強くなって貰わないと困ります。これからは自分との戦いが続きます」

「そうだよな……ダンジョンにでも挑もうかな」

そろそろ、レベル上げをしていかないと……。

技術が上がっても、ステータスでごり押しをされたらかなわない。

「良い考えだと思います。ダンジョンを一つでもクリアできたとすればスキルが手に入り、とても大きな力になります」

スキルか……。一つあるだけで、戦況が変わるくらい凄いんだっけ？

「なら、一つくらいは狙っておいたほうがいいよな」

「そうだと思うぞ。何せ、あっちはスキル保持者が複数人いる」

「え？」

聞き慣れない低い声に驚いて振り返ると、一度も見たことないお爺《じい》さんが立っていた。

「はじめましてだね。いつも孫がお世話になっておるよ」

「孫……？」

誰のお爺さんだ？

「前国王フィルス様ですよ」

俺が対応に困っていると、アーロンさんが耳打ちしてくれた。

前国王フィルス様……え!?

「あ、ああ！　申し訳ございません！」

俺は慌てて頭を下げた。

「気にすることはない。普段は王宮にはいないからな。わからないのも無理はない。それにしても、アーロンに勝ったか。なかなか成長しているようだな」

「ありがとうございます」

おお、褒められた。

あの国王からは想像できないくらい威厳があるな……。

どうして退位してしまったんだ？　まだ、体力的にはいけそうだけどな？

「勘違いするな。褒めていないぞ。その程度では、戦争で敵将にたどり着く前に死んでしまうだろう。なにせ、レオンスの部下はアーロンと同等の強さの奴が三十はいる」

「え？」

王国最強と名高いアーロンさんが三十人も？

しかも、レオンスって侯爵家だよな？　帝国全体で考えたら……。

あまりの事実に俺は思わず身震いしてしまった。

「まあ、仕組んだ私が言うのも何だが……相変わらず王国は能天気だな。本気で王国が帝国に勝てると思うか？　カイト君といったかな？　君は、帝国の勢力をどのように理解している？」

「前勇者の家系が勢力を伸ばしていて……」

そういえば、帝国のことはほとんど知らないな……。

自分が強くなることしか頭になかったから、と言い訳しても仕方ないか。

確かに、俺は能天気だったな。

「その程度の情報ではダメだな。君には、我が馬鹿息子の跡を継いでもらう。剣だけ握っていてはいけない。馬鹿息子と違って、君は国を統治する役目があるのだから」

「す、すみません……」

そうだ……俺はエレーヌと結婚して国王になるんだ。

その自覚が足りなかった。

あの国王を馬鹿にしている場合ではなかったんだ。

「いいさ。私は、荒れた世界を眺めているのが好きなのだよ。君が更に荒らすならそれでも構わない」

「……」

これは皮肉だろう……くそ、何も言い返せない。

もっと勉強しておけば良かった。

「ご心配なく。私がいますから。頭を使うことは私の役目。そうでしょう？　大丈夫です。お爺さまはどうか国のことなど気にせず余生を楽しんでください」

「……エレーヌか。お前は……何とも言い難いくらい変わってしまったな。賢さは備わったようだが……。まあいい。結婚式、次のお前の誕生日に決めておいたぞ」

エレーヌが登場すると、フィルス様の顔が少し曇《くも》った。

まあ、すぐに元の意地悪《いじわる》な顔に戻ってしまったんだけど。

「え？」

「それと、私はこの国の行く末を見るまで死なんぞ。じゃあな」

エレーヌがキョトンとしている間に、フィルス様は部屋から出て行ってしまった。

「言いたいことだけ言って行っちゃった……」

俺、一言も言い返せなかったな。

本当、自分の馬鹿さ具合を痛感した。

「いつものことよ。何考えているかわからないから、私も苦手」

「フィルス様はとても聡明《そうめい》な方でして……魔王討伐は、フィルス様が働きかけて世界を纏めていたからこそ成功したようなものです」

そんな凄い人だったんだ……。あの息子とは正反対だな。

「ただ、波乱《はらん》を求める性格でして……」

「波乱を求める？」

とても魔王討伐に貢献した人には思えないモノを求めているな。

「はい。平和を平凡と考え、荒れた世界や争いを見て喜ぶ御方です。現在の帝国と王国の関係がここまで拗《こじ》れているのも、全てフィルス様が発端です」

「なるほど……」

とんでもない爺さんだ。

知能が高い分、同じ悪党でも現国王よりたちが悪い。

「ねえ、そんなことより、二人ともお爺さまが最後に言っていた言葉を覚えてる?」

「この行く末を見るまで死なないってやつ?」

あの爺さんなら、あと十年二十年は生きそうだよ。下手したら百歳を超えそう。

「その一つ前よ。結婚式、私の誕生日にやるって言ってなかった?」

あ、そんなこと言っていたな。

「確かに……。その相手って、俺で良いんだよね?」

俺、まだプロポーズしてないぞ。

「それ以外に誰がいるのよ。バカ」

ですよね~。ちょっと安心。

「ご、ごめん」

うん……これはプロポーズを早急にしなくては。

でも、この世界ではどうプロポーズしたらいいのか。

あとでこっそりアーロンさんに相談だな。

「なるほど……お嬢様も、もう十八ですからな。結婚して、跡継ぎを産んでいてもおかしくない歳ですね」

「あ、跡継ぎなんて……」

やめろ！　そんな顔を赤くするな！　こっちまで赤くなっちまうじゃないか……。

「いえ。それも姫様の重要な役目ですぞ」

「わ、わかっているわよ……」

「姫様の誕生日となると……約十カ月後ですかな？」

「そうだわ」

「ふむ……」

アーロンさんが何か考える仕草をした。

十カ月後が何か引っかかるのか？

「どうしたの？」

「いえ、フィルス様がわざわざ決めたと言っていたことが引っかかりまして……」

十カ月後じゃなくて、フィルス様が決めたこと自体か。

確かに、引退したのにわざわざ口出ししたわけだからな……。

「え!?　お爺さま、私の結婚式で何か企《たくら》んでいるの？」

「……基本、フィルス様は興味がないことは放置ですから」

「私の結婚式に興味があるってこと？」

俺とエレーヌが幸せになってほしいってことか？

「いえ、結婚式に絡《から》んだ何か波乱に興味があるのかと……」

ですよね～。

「何よそれ。お爺さま、本当に勝手なんだから」

まあ、そうだよね。

あの人は興味があることしか動かなくて……その興味は波乱を巻き起こすもの。

「とすると……俺の所に来たのにも何か考えがありそうだな。策略か……勉強したほうがいいよな……」

もしかしたら、あの爺さんは俺を試そうとしているんじゃないか？

だから、俺の無知をあそこまで煽《あお》ったんだ。

「何を言っているのよ。あなたの役目は強くなること。お爺さまの言葉に惑《まど》わされたらダメ。王国の戦力はあなた頼りなのよ？　あなたが弱かったら、その時点で戦争は負け」

「そういうことか……」

逆だ。爺さんは俺を惑わせることが目的だったんだ。

よくよく考えれば、波乱を求めている爺さんがわざわざアドバイスなんてするはずがない。

俺は強くなることが正解なんだ。

「頭を使うことは私に任せなさい。きっと、私がお爺さまの思惑は阻止してみる」

「……わかった。何か、俺の力が必要になったらすぐに言って」

「もちろんよ。いつもどおりじゃない」

そうだ。今までどおり助け合っていけば良いんだ。

俺たち二人なら問題ない。

SIDE：アーロン

「久しぶりだな」

カイト殿と別れ、自室に戻るとフィルス様が椅子《いす》に座っていた。

「久しぶりだな、ではありませんよ。何ですか？　先ほどのは」

二年ぶりの再会を喜べないではありませんか。

まったく……。

「お前は相変わらず堅いな。別に良いではないか」

「そんなわけ……まあいいです。それで、今日はどうしてここに？」

フィルス様の言葉に一々反応していたら話が進みません。

ここは、怒らずに次に進めたほうが賢明でしょう。

「お前を孫に取られたから仕返しに」

「……」

「冗談だ。ちょっとした布石《ふせき》だよ。まあ、半分は孫に潰《つぶ》されてしまったが」

無言の睨みが効いたのか、やっとフィルス様は真面目に回答してくださいました。

やはり、何か企んでいましたか。

半分となると、残りは姫様とカイト殿の結婚式ですな。

一体、何をしでかそうと……。

「エレーヌ、馬鹿息子同様に愚王《ぐおう》になると思ったんだけどな。それが、私の野望を邪魔できるようになるとは」

愚王とおっしゃいますが……あなたがわざと教育を怠り、早々王にしてしまった結果ではないですか。

姫様までこの人の思いどおりになられなくて本当に良かった。

「嬉しいことに、姫様は変わられましたから」

私は思わず笑ってしまった。

この人が嫌がることは平穏、即《すなわ》ち平和だから。

「それは良かったな」

私の笑顔に、フィルス様はムッとしてしまった。

それを見て、私はちょっと驚いた。

私がフィルス様を悔しがらせられたのは、人生で今日が初めてかもしれませんね。

口では、絶対に勝てない相手ですから。

「はあ、あと三年でこれ以上私にできることはもうなくなった。あとは世界の行く末……孫の頑張りを見るのも、まあまた一つの楽しみかな」

おお、今日のフィルス様は本当に珍しい。

フィルス様が負けを認めるとは、わかってはいましたがカイト殿だけでなく姫様まで大きく成長なされたようですな。

「そうですよ。一緒に孫たちの頑張りを見守ろうではありませんか」

表舞台から去った私たちがすることはもうありません。

若い者たちの頑張りを見るのも楽しいものですよ。

少なくとも、私はこの二年間とても楽しかったですから。

第九話　会議後の会議

公爵会議翌日。

「それでは、これから昨日の公爵会議を踏まえて、戦争までのミュルディーン領の方針を決めていきたいと思います」

フレアさんの進行で、ミュルディーン幹部（俺が呼んだ人）会議を始めた。

呼んだメンバーは、フレア、エルシー、ベルノルト、バルス、ヘルマン、アルマとシェリー、リーナの八人だ。いや、俺の後ろで控えているベルも合わせて九人か。

「まず、昨日決まったことを私から簡単に説明させて貰います。昨日の主な議題でした各家に割り振られる仕事についてですが、ミュルディーン家は防衛と奇襲を任されました。防衛は、ミュルディーン領におびき寄せ、王国を準備の整った状態で待ち受けることになりました。奇襲についてですが、王国兵士がミュルディーン領まで移動する間に士気を削ぐ為に行います。これは、レオ様の転移が有効だとしてミュルディーン家に任されました」

「なるほど……。ここでの防衛戦は、逆にありがたいですね。慣れない土地よりも愛着のある街を背に戦ったほうが死に物狂いで戦える。それと、奇襲についてですが……転移で移動となるとそこまでの人数は使えませんよね？」

フレアさんの説明が終わると、ベルノルトが感想と俺に対して質問をした。

俺が直接触れる人数だから、転移で運べるのは頑張っても十人は無理だろう。

「まあ、そうだね。だから、少数精鋭五人くらいで相手の補給物資を狙って貰おうかな。相手と戦う必要はない。相手とは、俺が造った魔物かゴーレムでも戦わせればいいと思う」

魔物ならその場で大量に造れるし、ゴーレムは鞄に入れとけばどんな数でも運べる。

そう考えると、俺って敵からしたらとんでもなく理不尽《りふじん》な相手だよな。

音も立てずに近づくことも可能だし、無生物の兵士を大量に造り出せるし……我ながらズルすぎる。

まあ、負けたら死ぬ戦いだし、遠慮するつもりはないけどね。

「そうですか。では、その部隊は私が編制《へんせい》させて貰います。気配を消す訓練もしないと……」

「あとは……相手の使用回数が制限されている魔砲を西の国境で使い切らせるのを、俺一人でやることになった」

「え？　一人で!?　何を言っているの？　俺たちの間違いよね？」

案の定、シェリーが食いついてきた。

リーナとエルシーも信じられないと顔をしている。

そりゃあ何万の兵士を一人で相手にするとか、頭おかしいからね。

「実際に戦うのは俺が造ったゴーレムだから心配しないで」

「でも……相手が一番元気な時に、レオ一人だけで戦うってことでしょ？」

「それはそうなんだけど……まあ、そうだね。何か絶対に死なないように対策しておくよ」

なんなら、ゴーレムを大量に排出して俺は退散するとかでもいいかな。

魔砲を使って貰えさえすれば、その戦いは俺の勝ちだし。

「私たちが同行するわけにはいかないのですか？」

「俺が負ける前提の戦いだからね。人の犠牲は出せない。それに、転移で逃げる時に俺以外に人がいると逃げ遅れる可能性がある」

急いで逃げる時に、俺以外に人がいると触って転移を使うまでに時間がかかってしまう。

もしかしたら、その数秒が命取りになってしまうかもしれない。

「そうですか……わかりました」

「まあ、今は騎士団の強化だけを頼んだよ。結局、戦争で勝負の分かれ目になるのは兵士の数と質だから」

それと、俺とゲルトによる兵器の勝負になるかな。

「わかりました。お任せください。全員が最低でもAクラスの冒険者程度の強さにしてみせます」

「頼んだよ。それと、強化といえばエルシー」

「はい？」

「鎧と盾の量産はどうなった？」

師匠が最近発明した魔法具をエルシーさんに量産出来ないか頼んでいた。

製造難易度的には、量産できるギリギリのラインだったみたいだ。

「随分と進みました。照明ほどの生産速度はありませんが、戦争までには騎士たちに行き渡ると思います」

おお、流石エルシー！

「それは良かった。あと、闘技場のほうはどう？　来月の最強決定戦には間に合いそう？」

闘技場とは、地下市街に新しく造っていた新施設。

本当は、魔法具を使った映画館とか造りたかったんだけど……師匠があの状態では頼みづらくなっちゃってね。

結局、俺の魔法アイテムを使った特別な闘技場にすることにした。

「はい。ほとんどの設備は整いました。今は、細かい点検をしている状態です。問題無く間に合うと思います」

「それは良かった。一カ月後が楽しみだな」

ちょっと前に、どうせ一般公開前のテストを行うなら豪華《ごうか》賞品を懸けて騎士団の最強決定戦を行おうという話になった。

まあ、半分は祭りだ。負けた奴からたくさん飲んで食って貰う。

少しでも普段のストレスを解消して貰えたら嬉しいな。

「楽しみにしていてくださ～～い。騎士たちも仕上がっていますから～～～」

「出場しないお前が言うセリフじゃないだろ。それと、その口調を直せと何度言ったら……」

ハハ。バルスは来月からまた王国に偵察《ていさつ》だからな。

王国が結婚式で何を企んでいるのか、ぜひとも探ってきて貰いたい。

「まあまあ、俺は気にしていないから良いよ。それより来月、皆がどれくらい強くなったか楽しみにしておくさ」

「はい。ぜひ！」

「あとは……あ、そうだ。シェリー、あと八カ月後に王国に行かないといけなくなったから」

「え？　どうして」

「第一王女の結婚式だって。噂の勇者と結婚だ。それに、皇族のシェリーが参加することになった。もちろん、俺がついて行くから心配しなくて大丈夫だけどね」

何をされても大丈夫なように、今からがっちり対策を練っていくからね。

手始めに、即死爆弾の対策からだな……。

「な、何それ……王国、絶対何か企んでるでしょ」

「そうだろうね。だから、俺もやりたい放題やらせて貰う」

とりあえず、勇者の強さは知っておきたいな。

「そう……もちろん、リーナも一緒よね？」

「それは構わないんじゃない？　一応皇帝に聞いておくよ」

「わかった」

「ということで……昨日話し合った内容はこんなところかな。これを踏まえて、今後の予定を立てるとなると、これまでどおり騎士の強化と鎧、盾の量産。それと平行して……奇襲の準備と王国に行く準備かな」

「そうですね。防衛拠点がここなら、特段変える必要はないと思います」

逆に、元フィリベール領に急いで手を加える必要がなくなったから、仕事は減ったと見ていいかもな。

「そうか。それじゃあ、解散！　あ、ヘルマンとアルマには頼みたいことがあるから昼食を済ませたら俺のところに来てくれ」

「え？　あ、はい。了解しました」

アルマがキョトンとし、遅れて返事をしたのを見て、俺は会議室を出た。

溜まった書類仕事を午前中に終わらせないと……。

そして午後になり、

「失礼します！」」

ヘルマンとアルマが元気よく入ってきた。

「お、来たか」

「師匠、頼み事って何ですか？」

「二人に一カ月でダンジョンを踏破して貰いたい」

ヘルマンの質問に、俺は単刀直入に答えた。

「「え？」」

もちろん二人は、〈何を言っているんだ？〉という顔になった。

「一カ月で……ダンジョンを？」

「そう。移動を含めると攻略にかけられる時間はもっと少ないと思うぞ」

場所は、そこそこ近いダンジョンだけど、それでも往復で一週間はかかるな。

「ど、どうしてそんな急に……」

「簡単。アルマにスキルを一つくらい持っていて貰いたいから」

「スキルを一つくらいって……複数スキルを持っている人なんてレオ様くらいですよ？　まあ、それは置いといてどうして私がスキルを持つ必要に？」

「さっき、説明したでしょ？　シェリーが王国に行かないといけないのを」

「はい」

「それで、アルマには俺が近くにいられない時の護衛を頼みたいんだ」

どうしても、女性だけになる場面が出てくるはず。

その時、アルマに頑張って貰わないといけないんだ。

「なるほど……。それで、スキルを得て強くなれと？」

「そう。もし、勇者と戦うとしたら、スキルを一つくらい持っておいたほうが良い」

他の人は大したことないだろうけど、スキル持ち相手にスキルを一つも持たないで勝つのは厳しいだろう。

「勇者と……そうですね。わかりました。きっと、お役に立てるスキルを得て来ます」

「うん。期待しているよ。で、流石に一カ月でダンジョンを挑むなんて無理を言っているのは自覚しているんだ。だから、そのお詫びとしてアルマの装備を新調したいと思うんだ。ヘルマンは三日でダンジョンを踏破したことがあるから心配ないよな？」

「はい。僕はこれ以上貰えません！」

そう言って、俺が造ってやった剣を掲《かか》げてみせた。

まあ、あれ以上の物を造るのは無理だな。

「よし……まず防具は、ヘルマンと同じ物を着ておけ。これ、俺が造れる中でたぶん一番の性能だから」

ヘルマン、フランク、俺が持っている魔王の鎧を女性用に変えて造った物を渡した。

これ以上の防具は、まだ素材的に造れない。

いつか、暇になったらダンジョンにでも潜《もぐ》ってみるか。

「わかりました。ありがとうございます」

「それと、アルマの剣だな。これは、もう俺の中でレシピがある」

そう言って、俺は魔石にミスリル、ヒュドラの牙《きば》を出して、創造魔法を使った。

できたものは、紫色の光沢を放つ綺麗な双剣《そうけん》だ。

〈邪双剣エメリ・エミリ〉
認めた主と念話ができる
主に毒への絶対耐性を与える
刃に触れた者に主の望む毒を与える
毒の斬撃《ざんげき》を飛ばせる
修復、召喚《しょうかん》能力あり

今回もなかなかの剣が創造できた。

掠《かす》りでもすれば致死の攻撃になる剣。

軽い攻撃のアルマにはピッタリの剣だ。

これはまた強くなりそうだな。

「……これでよし。持ってみろ」

「ありがとうございます……あ、嘘……手に馴染む」

それはそうだろう。ヘルマンの時同様に今アルマが使っている剣をイメージして造った。

「それ、ヒュドラの牙で造られた猛毒の剣だから扱いに気をつけろよ？　ちょっとの切り傷で相手は毒で動けなくなる」

まあ、持ち主には耐性がつくみたいだから大丈夫だと思うけど。

「……え!?」

「ということで、扱いに気をつけろよ。それと、斬撃を飛ばす機能もつけておいたから遠距離でも心配しなくて大丈夫だ」

「あ、ありがとうございます……」

「それと、ダンジョンセット。これは帰って来たら返せ」

ダンジョンに入る前にいつも持って行っている便利グッズが入った魔法の袋を渡した。

これがなければダンジョンにタイムアタックを挑むなんて無理だ。

「も、もちろんです！　ありがとうございます！」

「まあ、最強決定戦に間に合うように頑張るんだな。間に合わなかったら、不戦敗《ふせんぱい》だぞ」

「そ、そんな……わかりました。ヘルマン、行くわよ！」

「う、うん」

さて、二人はどんなスキルを手に入れてくるかな？

実に楽しみだ。

第十話　騎士最強決定戦　予選

公爵会議から約一カ月、ミュルディーン騎士団最強決定戦の日だ。

ルールは簡単、武器や魔法、スキルの使用は自由、相手を殺すのもあり。

言い訳なしのガチンコバトル。

こんなことができるのは、もちろん闘技場に師匠の手を借りられない代わりに俺が少し手を加えたからだ。

ダンジョン化したのはいいけど、普通のドラゴン一体分の魔石しか使っていないから、魔力の制限が大きいのが問題点かな。

だから、その性能テストを騎士にやって貰おうと思って、この企画をやることになった。

成功すると良いんだけどな……魔力が足りるか心配だ。

そして今日の主役、騎士たちはというと、今盛大に抽選会で盛り上がっている。

騎士団創設から約二年。三年目に突入したが、まだ総勢百二人。

この前の入団試験でやっと百人、とても侯爵家の持つ騎士の規模じゃない。

最初の試験が厳しすぎたね。あれにベルノルトも合わせたもんだから、一月に二桁《けた》以上入団したことがない。

まあ、質だけを見れば帝国いや、世界一の騎士団だろう。

弱いほうの人員でも、A級冒険者程度の強さはあるからな。

お、抽選結果が出たみたいだな。

自分の割り振られたグループを見て一喜一憂《いっきいちゆう》しているみたいだ。

今日のスケジュールは、午前中に予選大会。午後に決勝トーナメントだ。

予選大会の方式は二十五人ごとに乱戦方式で戦って貰い、最後に立っていた三人、計十二人が決勝トーナメントの参加権を得られることになっている。

で、余った二人はシードだ。

シード権は、ベルノルト、アルマ、ヘルマンの三人にくじを引いて貰って、当たったベルノルトとヘルマンが獲得した。

あの三人の強さは別格だから、誰もシード権に文句は言わない。

むしろ、自分が予選で当たる確率が減ってラッキーと思っている人がほとんどだろう。

トーナメントに進むだけでも褒美が貰えるからな。

「グループ分けが終わったから、そろそろかな？」

俺は、闘技場の特等席でシェリー、ベル、エルシー、ルーと一緒に観戦している。

リーナやジョゼは、ダンジョンが治さなかった軽い傷の治療をするために、今日はずっと下にいることになっている。

そしてフランクも、とあるイベントの為に下で待機して貰っている。

本当はリーナたちにも楽しんで貰いたかったし、全ての傷を治せるように設定したかったんだけど……それをやるとすぐに魔力が枯渇しちゃうからな。

「そろそろだと思いますよ。あ、第一グループが入ってきました」

抽選会が終わり、それぞれ準備が整ったのか、ぞろぞろと男たちが闘技場に入ってきた。

「アハハ。皆、緊張しすぎ！」

ルーに笑われている騎士たちの顔を注視してみると、確かに表情が強張《こわば》っていた。

「まあ、始まって身体《からだ》を動かせば緊張も和らぐだろ。それより、ただ見ているだけでもつまらないから、この中で誰が勝ち残るか予想しようよ」

「いいわよ。この中で勝ち残れそうなのは……あの斧《おの》を持った全身鎧のロブかな？　力だけなら、騎士団の中でベルノルトさんの次ね。あと、もちろん副団長のクロードさんは経験、実力的にも確実ね」

俺が軽い気持ちで提案すると、シェリーが指さして名前を呼びながらの解説をしてくれた。

俺の騎士なのに俺より騎士に詳しいんだが……まあ、ダンジョンに挑んでいる間、騎士たちと交流する時間はたくさんあったか。

この一カ月もダンジョンに挑戦していたみたいだし。

「初戦、どうなるのか楽しみだな」

そうこう言っている間に、開戦の準備が整ったようだ。

始めの合図は俺がやることになっている。

「始め！」

俺の声が響き渡るのと同時に、男たちが一斉に動き始めた。

「まるで戦場だな」

剣で斬り合い、血が飛び交う光景は正に戦場だった。

「お客さん、こんなの見て喜ぶの？」

「闘技場に来る人は、こういうのが好きなんだよ」

帝都の闘技場でも、犯罪奴隷同士で殺しは行うらしいからな。

それに比べたら、死なないことがわかっているこっちのほうが見ていて気分が悪くなりづらいだろう。

「まあ、流石に普段は事故が怖いから魔物以外相手を殺すのは禁止だけど」

週に一回くらいなら、そういう試合をやっても大丈夫かな？

一般人のお客さんから魔力を得るとなると、凄い時間がかかるだろうからそれくらい間隔《かんかく》を開けないとダメだ。

「それは当然よ。私たちの魔力があってギリギリなんでしょ？」

「そうですよ。しかも、大きな傷だけを治す制限付きなんですよね？」

「まあね。致命傷《ちめいしょう》だけに限定しないと、二十人以上の人を何回も治したりできないから」

リーナたちが治せるぐらいまで抑えとくだけで、随分と使う魔力を節約できる。

「あ、シェリーが言っていたロブが一気に五人も倒した！」

俺たちが闘技場の仕様について話していると、それを全く無視してルーが戦いの様子を叫んだ。

いや、この場所だとルーのほうが正しいのか。

俺たちも騎士たちの雄姿《ゆうし》をちゃんと見ていないと。

「本当だ。もうあと二人になってる」

今、闘技場で立っているのは五人いる。

ロブと副団長は無傷、他はそこそこ傷を負っているな。

「ほら言ったでしょ？」

「あ、一人ロブさんを抑えましたよ」

シェリーが自慢げにしている間に、一人の騎士がロブと激しい攻防を繰り広げていた。

あの傷で、よくあそこまで動けるな……。

ロブの攻撃を避けながらも、しっかりと攻撃を返しているあの男は誰だ？

「え!?　あ、そういえば……あの人は最近急激に成長しているミック。確か、まだ入団して三カ月くらいよ。あんなに強くなったんだ～」

マジか。シェリー、最近入った人まで把握《はあく》してるのかよ。

ミックの活躍よりも、そっちのほうが驚きなんだけど。

「そんな短期間で凄いな。お、そうこう言っている間にあと一人だ」

ロブとミックが熱戦を繰り広げている横で、二人相手していた副団長が両方倒した。

うん。決まりだな。

「よし、一斉回復！」

副団長が最後の一人を倒したのを見て、回復を行った。

これ、蘇生《そせい》じゃないのが肝《きも》だったりする。

倒された騎士たちは死ぬ前に時間が止められ、試合が終わるまで生きた状態を保っておく。

で、試合が終わると同時に傷を治して、時間をまた進める。

やることが多くてこっちのほうが魔力を使ってしまいそうだけど、蘇生に比べたら何倍もマシだ。

「ふう……全員生き返ったかな？」

「うん。全員起き上がったわ」

闘技場を見渡すと、全員意識があるようだ。

傷がまだ残っている人は、リーナたちに治して貰っていた。

「それは良かった。けど、魔力はあと三回ギリギリだな。昼休憩でシェリーたちにも協力して貰わないと」

午後のトーナメントは大人数を治す必要もないから、そこまで魔力は必要ないはず。

「いいわよ」

「了解～」

「よし、第二グループが入ってきたな。次の予想は？」

「まず、アルマは当然として……あの女の人、強いわよ」

アルマのグループか。うん？

「ん？　どこかで見たな……あ！　ベルノルトの奥さん⁉」

「正解」

「いや、どうしてここにいんの⁉」

子供はどうした！　あ、観客席でベルノルトが面倒みてる。

それにしても……いつ騎士団に入団したんだ？

「最近、子供を連れて騎士団に来て、属性持ちの騎士たちに魔法を教えてるの。で、一応騎士団に入団していることになっているわ」

騎士としてじゃなくて、教育係としてか。なら納得かな。

貴重な魔法使いが増えるのはありがたいし。

「で、どうして今日は参加したんだ？」

「あの人、元はＳ級の冒険者だからね？　そりゃあ、こういうお祭りがあったら参加するに決まっているじゃない」

そんな理由ありなのか？　てか、ベルノルトの奥さん、そんな戦闘狂みたいな人だったかな？

「うん……見た目は優しいお母さんなんだけどな」

杖《つえ》を持ってニコニコしているあの人が、これからたくさんの人を殺すようには見えないな。


そして、俺が始めの合図を出す時が来た。

「始め！　……え？」

「あ……」

「アハハ！　瞬殺《しゅんさつ》！」

始めと同時に、アルマとベルノルトの奥さんが全員倒してしまった。

アルマがそうなるのはわかっていたけど……ベルノルトの奥さんがここまでとは……。

元Ｓ級の名は伊達《だて》じゃないな。

「これ、どうするの……？」

瞬殺された人たちが起き上がっていくのを眺めながら、俺はこの事態の収拾をどうするべきか考えていた。

うん……あと一人、どうしようか。

「仕方ない。可哀そうだから、アルマとベルノルトの奥さん以外で、仕切り直してもう一枠を争って貰うか」

流石に、今の試合は実力差がありすぎた。

次からは、二人もシードにしとかないと。

「いいの？　魔力が足りなくなるんじゃない？」

「俺がその分補充してくるよ」

試合が終わるまでに注いでおけば、一回分くらい溜まるだろ。

「私たちも行く？」

「いや、一回分だけだから良いよ。二人は昼の時にお願い」

まだそこまで必要ないから、何もない部屋で何分も魔力を注いで貰うのは悪い。

たぶん、次は一枠の争いだから面白くなりそうだからね。

「そう、わかったわ」

「それじゃあ、始めの合図だけ頼んだ」

「ふう……時間がかかりそうだな」

ダンジョンコアがある部屋に転移すると、すぐに魔力供給を始めた。

《三十分後》

「これだけあれば、余裕持って午前中の試合は続けられるだろう」

終わりの合図が聞こえるまで、ひたすら魔力を注いでいたら三十分も経ってしまった。

ここまでやる必要はなかったな。まあ、昼の分が減ったと思えばいいか。

それにしても、長い戦いだったな。

「ただいま〜」

「おかえり。ねえ聞いて！　今、凄く熱い試合だったの！」

帰ってくると、凄く興奮しているシェリーが詰め寄ってきた。

「最後、若手と中堅《ちゅうけん》の騎士で一対一になって、ずーーーっとお互い譲らない攻防が続いて、最後に中堅が意地と気迫《きはく》で若手の騎士を倒したの。あれは凄かったわ……」

「よ、良かったね……」

見てない俺にそんな嬉しそうに語るなって、見られなかったのが悔しくなってくるだろ。

ああ、次だ次！

「第三グループは誰に注目するべき？」

「うん……あの獣人族《じゅうじんぞく》で小柄《こがら》なケルかな？　アルマほどじゃないけど、動きが速いのが特徴ね。あと、ミックと並んで今急成長中の新人バンも注目しておいて損はないわ。あと、第二回の入団試験で合格したラザと四回で合格したラルフ」

いやシェリー、本当詳しいな。俺もちょっとは騎士団に顔出すようにしないとな。

「ラザとラルフは俺も知ってるな。盾で守りながら戦う戦法と大剣を軽々振れる人だ」

まだ、俺が試験官をやっていた時だからね。

ヘルマンに勝てなかったものの、どっちも強かったのを覚えている。

「ここのグループは混戦になりそうだな」

それから十分……。

「思ったよりもあっさりだったな」

俺の予想は外れ、混戦になることなく第三グループの試合が終わった。

「早々に、ケルさんがラルフさんを倒してしまいましたからね」

そう、獣人族のケルが誰彼構わず倒していったのが大きかった。

「ケル、強かったな」

あれはトーナメントでも活躍できそうだ。


「ついに第四グループ、最後だ。次は誰が勝ち残りそう？」

もちろん、今回も俺はわからない。

思っていた以上に、名前の知らない騎士が多いことがショックだな。

今度、こっそり騎士の特徴と名前を覚えておくか。

「うん……このグループは誰が勝ってもおかしくないかな。たぶん、魔法と剣をバランス良く使えるスタンかな？　個人的にはアルマの他に一人しかいない女性騎士、エステラを応援しているわ」

エステラ……あの細い剣を持った女の人か。

「エステラ、毎日頑張ってるもんね～」

へえ、頑張り屋さんか。

「それは頑張ってほしいな」

「始め！」

「あ、さっそくスタンが動いた。こういう乱戦だと、魔法は有利ね」

始めの合図と共に、さっきベルノルトの奥さんがやったみたいに、スタンが魔法を広範囲に飛ばした。

「でも、その分他の騎士に集中して狙われてしまいました」

「まあ、そうなるか。ベルノルトの奥さんほどの威力は出せないから、そこまでの人数を倒せなかったな。まあ、剣も使えるなら上手く生き抜けるだろ。エステラのほうはどうだ？」

「まだ残ってる。でも、足に傷を負ってしまったわ。九人……いけるかな？」

右足、引きずってるから力入ってないな……あれであと六人倒れるまで生き残るのはキツいと思う。

そう思っていたのだが、それからも上手く怪我《けが》をカバーしながら生き残り続けた。

「五人……四人……あっ……」

あと一人のところだったな。

「惜しかったけど、仕方ない」

悔しがるエステラを見て、しょぼんとしてしまったシェリーの頭を優しく撫でてあげた。

今回は負けてしまったけど、エステラにはこの悔しさをバネにもっともっと成長して貰いたい。

こうして、午前の予選大会が終了した。

第十一話　昼の催し

予選が終わり、一旦昼休憩の時間となり皆がワイワイやっているなか俺たちは魔力を注いでいた。

やっぱり、魔力が多いシェリーとルーがいると一瞬で終わっていいな。

「やっぱり、皆でやると早くて助かるよ」

「それは良かったわ。それにしても、この施設本当に燃費が悪いわね。私たちがここまで魔力を注がないといけないとか、普段は使えないじゃない」

「まあね。大人数の殺し合いを想定して造っていないからね。週に一回くらい、一対一の殺し合いができる程度にしかこのダンジョンは想定されていないから」

そもそも、自立したダンジョンを想定して造ってない。

「よし、魔力も満タンになったことだし、昼の特別マッチの準備をするか」

そう言いながら、俺はダンジョンコアを操作していく。

特別マッチとは、魔物生成《せいせい》のテストを兼ねたお昼の余興《よきょう》だ。

「フランク、ヘルマン、ベルノルトさんの三人でしょ？　ドラゴンくらいの魔物を出さないと見世物《みせもの》としてつまらなくない？」

「そうだね……。じゃあ、あの三人が相手でも大丈夫な闘技場に入りそうなドラゴンでよろしく！」

大きいと困るから、少し小さめで強いドラゴンが生成されるようダンジョンコアを操作した。

『うわあ〜〜』

「あ、もう出たみたいだね。それじゃあ、観戦しようか」

皆の驚いた声が聞こえたってことは、成功したってことだろう。

一応、ダンジョンコアでドラゴンが生成されたのを確認してから、俺たちは観客席に転移した。


「お、ちゃんとドラゴンがいる」

戻って来ると、闘技場のど真ん中に紫色の綺麗なドラゴンが陣取っていた。

「でも、どうして動かないの？」

「ダンジョンのボスと同じだよ。ボスの部屋に人が入らないと戦闘が始まらないんだ。この場合だと、闘技場にフランクたちが入った瞬間に始まる」

この闘技場は、外から見えるボス部屋って感じなんだよ。

「へえ。それより、早く皆に説明してあげないと可哀そうだわ」

シェリーに言われて観客席を見渡してみると、さっきまでワイワイ騒いでいた騎士たちが剣に手をかけて固まっていた。

確かに、あれは可哀そうだな。

「午後の試合もあるし、さっそく始めるか」

『はーい。皆聞こえてるかな？　これから、皆が昼飯を食べている間に、特別マッチを行います！参加者は、今回のシード権を獲得していたヘルマンとベルノルト！　それと、スペシャルゲストとして、魔法が得意な俺の友人フランクにもゲストとして参加して貰います！　それでは、三人は中に入って戦闘を始めてくれ！』

魔法で声を闘技場に響かせながら、手短に説明した。

皆、昼に何かやることは知っていたはずだから、このくらいの説明で大丈夫だろ。

「お、始まった」

三人が闘技場内に三人が入ってくると、騎士たちの歓声と共に、ドラゴンが動き始めた。

うお。思っていたよりも速いな。ヘルマンの斬撃を軽々避けてる。

フランクの魔法は当たってはいるけど……速度重視だからそこまでダメージは与えられていないな。

ベルノルトも飛んでる敵に攻撃するのは難しそうだな。

うん……上手く連携してドラゴンの羽を切り落とそうとしているが、三人のほうが劣勢《れっせい》だな。

「なにこれ……あのドラゴン強すぎじゃない？　速くて頑丈で、知能もあるなんて……」

「ドラゴンだからね。まあ、三人ともまだ本気を出してないだろうから大丈夫だよ」

まだ、ヘルマンがスキルを使ってない。

魔眼《まがん》を使い始めただけでも、少しは形勢が三人に傾いていくだろう。

SIDE：ベルノルト
「くそ……こういう時、本当に騎士は無力だな。せめて、あの翼をどうにかすれば……。だが、あの速さで翼を斬るのは面倒だ」
「スキルを使えば、僕があの速さについていけると思います！」
魔眼か……。あれなら、先回りして攻撃できるか。

「そうだな。頼んだ。あいつの注意は俺が引き受ける」

ヘルマンはまだ魔眼を完全に使いこなせていない。

魔眼を使うと、必ず隙が生まれてしまう。

それをカバーするのが、俺の役目だろう。

「フランク様！　あなたは魔法をなるべく顔に狙って撃ってください！　目隠しになるので」

ダメージにならなくとも、目に攻撃がくればあいつも避けるだろう。

そうなれば、ヘルマンへの注意も薄まる。

そして、作戦を開始した。

ヘルマンが魔眼を解放する。それと同時に、フランク様が的をドラゴンの顔に絞《しぼ》っていく。

もちろん、魔法が当たることはないが、それでいい。

ん？　こっちに……いや、フランク様狙いか。

「ふん！　おら、こっちだ！」

フランク様にしかけられたドラゴンの爪での攻撃を剣で受け止めた。

くっ……耐えるので精一杯だ。

「だが、問題ない」

「せい！」

ドラゴンが危険を察知して飛ぼうとするが、それを先読みしていたヘルマンがしっかりと斬撃を当てた。

「ギャア〜〜〜」

羽をなくし、ドラゴンは地面と強く衝突した。

「よくやった。これで、あいつは大きなトカゲ同然だ」

飛べないドラゴンなら、俺でも攻撃できる。

ここから、俺たちのターンだ。

「あ、避けてください！」

油断したつもりはなかった、だが……気がついたらドラゴンから大量の氷が飛んできていた。

ドラゴンが氷だと？

「大丈夫ですか⁉」

ドラゴンの魔法を正面から受けた俺に、ヘルマンが急いで駆け寄ってきた。

それに、俺は大丈夫だと落ち着かせる。

「ああ、問題ない。これくらいの怪我なら、リアーナ様が治してくれる。それにしても……あいつ」

防御に使った左腕がなくなったことより衝撃的なことが、目の前のドラゴンに起きていた。

「え？」

「う、うそ……」

「誰がトカゲだと？　この身体なら、この狭い空間でも戦えるぞ？」

そう。ドラゴンが人に変わっていた。

SIDE：レオンス
ヘルマンがドラゴンの羽を切ったと思ったら、人になったドラゴンがベルノルトの腕を千切っていた。

「ね、ねえ……ドラゴンが人になったんだけど……あれって、レオの想定どおりなの？」

「い、いや……」

俺もどうなっているのか全く把握できていない。

どういうことだ？　あのドラゴン、人になれたのか？

鑑定した時には、そんな情報なかったし……。

「じゃ、じゃあ……危なくない？」

「ま、まあ……もしものことがあっても三人が死ぬことはないし……」

そう。幸い、このダンジョンで死ぬことはないから大丈夫だよ。うん。

「午後の魔力足りる？」

「うん……三人を信じよう」

もう信じるしかない。

SIDE：フランク
ドラゴンが人になり、ベルノルトさんの左腕がやられてから、俺たちはお互いに様子を見合っていた。

先に動いたら死ぬ。そんな空気が漂っていた。

「二人とも気をつけろ……。あれ、小さくなったがヤバい匂いがプンプンする」

「そうですね……凄い魔力です」

人になったことで魔力が凝縮され、魔眼で目の前の女性を見ると、とても色濃く見える。

シェリーに負けない魔力なのは間違いない。

「うん？　さっきまでの勢いはどうした？」

そう聞かれても、誰も動かない。

いや、動けない。

「……仕方ない。では、私から行くとしよう」

俺の目では追えなかった。

ドラゴン人間が動いたと思ったら、キン！　と音を鳴らしてヘルマンと衝突していた。

「ほう……時の魔眼の使い手か。とすると、魔の魔眼と遠の魔眼、念の魔眼、知の魔眼を警戒しておくべきだな」

このドラゴン、本当に底が知れない。

喋り始めたと思ったら、経験が豊富な年長の戦士であるかのような知識や言葉使い。

レオのやつ……とんでもない魔物を創造しやがったな。

「まあ良い。お前が一番の脅威《きょうい》だ。だから、最初に殺すとしよう」

あれは……

「ヘルマン逃げて！」

魔眼で魔力が急速に動き始めたのを見て、ヘルマンに逃げるように叫び、全力の魔力で攻撃した。

危なかった。少しでも判断が遅れていたら、さっきのベルノルトさんのようになっていただろう。

「あいつ……魔の魔眼を持っているな。それに、魔法の威力もドラゴン並……。警戒すべきはこの二人か」

当然のように無傷の女は、砕けた岩を払いながら俺を睨んだ。

足がすくむ……けど、なんとか平常心を保たないと。

「二人だけ？　果たしてそうか？」

俺たちに気を取られている隙に、ベルノルトさんが背後から剣を振り下ろした。

もちろん、女は手をドラゴンの時のように変え、剣を受け止めてしまった。

だが……受け止めるだけで精一杯だったようだ。

「ぐ……なるほど、確かに侮るのは良くないな。三人とも良き戦士だ」

ベルノルトさんの間合いから離脱したと思ったら、まだ余裕だと言いたげな笑顔を見せ、上から目線の褒め言葉を送ってきた。

「ふん。手加減している奴に言われても嬉しくないな」

「それもそうか。なら、私も本気で戦わせて貰おう」

「な、なんだこれ……」

「か、身体が、重い……」

ドラゴン女が本気宣言を出すと、急に身体が重くなって動けなくなってしまった。

な、何をされたんだ？

「そうだろう。これが歴代の竜王だけが使えるスキルだ。もう、動けまい？」

「「いや、まだだ！」」

俺が完全に地面で這いつくばっている状況のなか、ベルノルトさんとヘルマンの二人が力強く立ち上がった。

「やはり、前衛《ぜんえい》二人は動けるか。だが、その状態で私の動きについてこられるかな？」

「ヘルマン……あれを使え。一発で終わらせるぞ」

あれってことは……ヘルマンが彼女と最近手に入れたスキルか？

上手くいけるか？　いや、意表は突けるかもしれない。

「わかりました」

「まだ何か隠しているのか。なら、それを使わせないようさっさと殺す」

「させない」

動き出したのを見て、ヘルマンが先読みして攻撃を受け止めた。

そして、ベルノルトさんと俺がすぐに攻撃を加える。

「連携として申し分ないが、私を倒すまでに至らないな」

ドラゴンだった女は、軽々と全ての攻撃を避けた。

やればやるほど、こいつに勝てる未来が見えなくなってくる。

レオは、俺たちにこの絶望を体験させたかったのか？

「だが、お前もまだ俺たちを倒せていないだろう？」

俺が半分……いや、ほとんど諦めていると、ニヤリと笑って挑発した。

う、嘘だろ……あの人、まだやる気だ。

「そうだな……良いだろう」

また、挑発に乗ったドラゴン女はまた俺には目で追えない速さで動いた。

「まず、お前からだ」

ヘルマンの背後にいたドラゴン女は、そう言うとヘルマンの心臓目掛けて腕を突き出した。

当然……ドラゴン女の手は、ヘルマンの心臓を綺麗に貫通《かんつう》した。

貫通したんだが……何の抵抗もなかったかのように、ドラゴン女は前のめりになり、ヘルマンをすり抜けるように倒れた。

「なに⁉」

「これでどうだ！」

倒れて混乱しているドラゴン女に目掛けて、ヘルマンが剣を振り下ろした。

「……避けきれなかったか。だが、お前たちのやりたかったことはわかった。片腕でもどうにかなるだろう」

片腕……ここまで隙を突いても片腕が限界だった。

あいつは片腕になったけど、これ以上策がない俺たちに勝ち目はないだろう。

「よし。全員まとめて楽に殺してやる」

「くそ……」

「はい！　終わり！」

三人とも全員が諦めた瞬間、全ての元凶《げんきょう》……レオが現れた。

SIDE：レオンス
「な、何なんだ……お前は？　その魔力……」
俺が突然現れたことよりも、目の前の女性は俺の魔力のほうが驚きのようだ。
なんとか間に合った。正直、ここまで強いドラゴンを呼び出したつもりはなかった。

もしかしたら、ダンジョンコアに魔力が有り余っていたのかもしれないな。

俺より魔力が多いルーがいたわけだし。

「俺が誰か？　お前の主だよ」

このダンジョンを造った人なんだから、こいつは俺に逆らうことはないはず……。

正直、戦えば絶対に俺が勝てるが、面倒な展開にはなるかもしれない。

どうにか、これで収まってくれると助かるんだけどな……。

「主？　ふざけるな。いや、ここはダンジョンか。なるほど……先代もお前が原因か？」

「先代？　どういうこと？」

てか、創造主と認識されても反抗的じゃないか？

もしかして、この展開は……。

「とぼけても無駄だ。最近、お前が造ったダンジョンにブルードラゴンがいるはずだ」

ブルードラゴン？　どこかで……あ、騎士団の訓練場だ！

「……確かにいた。もしかして、あれも人になるの？」

「あたりまえだ。あの御方は五代目竜王セグル。歴代最強と名高いドラゴンだ」

そんな強いドラゴンが三十階のボス!?　確かに、最高難易度のダンジョンかもしれないけど……やりすぎだろ。

「へ、へえ……。まさか、ダンジョンの魔物が現実世界から連れて来られているとは知らなかった」

てっきり、創造魔法の力で造られた魔物かと思っていたけど。

「いや、それは創造者による。前代の魔王はお前と同じ手法だった。過去にいたとされる創造士は一体一体創造していたらしい」

なるほど……ダンジョンコアで魔物を生成するんじゃなくて、自分で魔物を生成しないといけなかったのか。

それなら納得だ。

「そうなんだ……ありがとう。参考になったよ」

この人、見た目はベルと同じくらいだけど、知っている知識からして、とんでもなく長生きしてそうだよな。

これから、凄く役立ってくれそうだ。

「礼は要らない。お前は今から私に殺されるからな」

「俺を殺す？」

あ、やっぱりそうなるのか……。

「ああ、お前を殺せば私も先代も解放される」

「勝手に呼び出したのは謝るけど……他に方法ない？」

この争い、意味がないと思うんだけどな……。

「ない！　お前が生きている限り、私はお前の下僕《げぼく》だ！」

「じゃあ、どうして俺に反抗できるのさ」

「ここが私の自由を許されたフィールドだからだ」

フィールド？　ボス部屋のことか？　だとすると、自分が任された範囲では、魔物は自由にできるってこと？

「よくわからないけど……つまり、俺を殺さないと許さないってことか？」

「ああ、ドラゴンの世界は弱肉強食だ。弱い人間に私が逆らうつもりはない」

ふむ……ということは、俺が強ければ問題ない？

「それなら、こうしよう」

俺はベルノルトたちと一緒に竜女の腕も治してやった。

「どういうつもりだ？」

竜女は治った自分の腕に驚きながら、警戒するように俺と距離を取った。

「これで全力を出せるでしょ？」

「そうだが……いや、何でもない」

「了解。悪いけど三人とも、端に寄っていてくれる？」

「はい」

「わかりました」

「気をつけろよ」

「よし。好きにかかってこい」

三人が離れていったのを確認した俺は、その場で手を広げながら挑発した。

大丈夫。こいつの速さなら対応できる。

「何のつもりかはわからないが、全力でいかせて貰うぞ」

「グルアアア！」

どうやら、ドラゴンになって俺と戦うつもりのようだ。

こっちのほうが、攻撃力があるからか？

「でも、俺相手だと人形《ひとがた》のほうが戦いやすいと思うよ？」

こんなでっかい身体で、転移を使える俺と戦うのは大変なはずだ。

俺はドラゴンの頭の上に転移すると、思いっきり殴った。

「くそ……。なら、これはどうだ！」

頭を手で押さえながら、今度はフランクたちの動きを封じた不思議な技を繰り出してきた。

「うん……多少重くなるけど、誤差の範囲だね」

俺は平気な顔でゆっくりと人間になったドラゴンのところに向かって行く。

「く、くそ……来るな！　こっちに来るな！」

「え？」

いきなり、俺に怯《おび》え始めた少女に、俺は思わず足を止めてしまった。

「怖いなら、早く負けを認めろよ」

そう言いながら、俺は怯える少女に向かってまた歩き始めた。

「わかったから……ま、負けでいいから……ゆるじで……ゆるじでよ……うわあ～～～ん」

「は？」

あと一歩のところまで俺が近づいた途端、ドラゴンの少女が大泣きし始めてしまった。

これには観客も、シーンと静まり返ってしまった。

とても、俺が強者に勝ったような雰囲気ではない。

どちらかというと……俺が泣いて許しを乞うている少女をいじめているみたいだ。

これ、俺が悪いのか？

「え、えっと……とりあえず午後の決勝を始めるぞ！」

どう収拾したらいいのかわからなくなった俺は、少女を抱きかかえて観客席に転移した。

俺に抱えられた瞬間、更に泣き始めてしまった少女を後ろで控えていたベルに任せ、午後のトーナメントを始めることにした。

うん。これは仕方なかったんだ。

第十二話　騎士団最強決定戦　決勝

「シクシクシク……」

後ろでベルに抱きつきながら泣いていたドラゴン少女も大分落ち着いてきた頃、トーナメント一回戦が終わろうとしていた。

トーナメントは、十二人に公平なくじで割り振られている。

だから、アルマ対副団長やベルノルトの奥さん対獣人のケルといった一回戦にはもったいないような組み合わせとなってしまった。

と思ったのだが、アルマと副団長の戦いは終始副団長が防戦一方で終わってしまった。

動きが速くて一撃でも掠ったら死ぬ毒攻撃のアルマには、ゆっくりで防御主体の副団長には最悪の相手だったな。

それに比べて、ケルとベルノルトの奥さんによる一戦はとても白熱した戦いとなった。

前半は魔法でベルノルトの奥さんが優勢だったのだが、魔力が減って威力を抑え始めてからはケルのスピードが猛威を振るい、そのままベルノルトの奥さんを倒してしまった。

たらればになってしまうが、ベルノルトの奥さんが魔力切れ覚悟で全力の魔法を撃ち続けていれば、倒れていたのはケルだった気がする。

まあ、ケルが一切表情を変えないのを見て、このままやっても魔力切れで負けると判断したんだろう。

実際は、何回か当たっていて、ケルは相当ダメージを負っていたんだけどな。

そう考えると、ケルの駆け引きを褒めるべきか。

「あ、ニックが勝った。まさか、ニックがここまで強いとは……」

どうやら最後の古株《ふるかぶ》のラザと新人ニックとの戦いが終わったようだ。

泥臭《どろくさ》い駆け引きなど一切ない我慢比べの戦いだったが、手に汗握る良い戦いだった。

「これで、上位八人が決まったな。ベルノルトとヘルマンに、バン、アルマ、ロブ、ケル、スタン、ニック。準々決勝はどれも見応えがありそうだが、ケルとスタンの戦いがどうなるか楽しみだな」

それぞれの予選グループで活躍した人たちがしっかりと勝ち残ってきた。

ベルノルト、ヘルマン、アルマは勝ち残るとして……残り一枠がどうなるか楽しみだ。

「うん……ケルが勝つ気がする」

「果たしてどうかな？」

《三十分後》

思っていたとおり、ベルノルトとアルマは危なげなく勝った。

アルマ、やっぱりシードにしておくべきだったな……。毒の剣と戦闘スタイルの相性が良すぎる。

次からは、今回ベスト4に残った人をシードにしたほうがいいな。

そして、準々決勝一番結果が気になる戦いが始まった。

「え？　魔法を使わないの？」

「練度の低い魔法だと勝てないと思ったんだと思うよ」

ベルノルトの奥さんが勝てなかったんだ。自分の魔法では勝てないことくらいわかるだろう。

それに、今は魔法を使っているけど、元は剣だけでこの騎士団に入った男だからな。剣も十分強いはずだ。

「うん……ケルが簡単に勝つと思ったんだけど予想が外れた」

「むしろ、スタンが勝ちそうだな」

ケルの攻撃を剣でしっかりと受けながら、ケルのスピードを殺すように魔法で牽制している。

これには、ケルも為《な》す術《すべ》がなさそうだ。

「お義姉さんの戦い方に似てる……。そういえば、お義姉さんが騎士団全員を叩きのめしたことがあったわね」

ああ、そんなこと言っていたな。

「姉ちゃんと比べるとまだまだだけど、その分スタンはこれからも強くなりそうだな」

そうこう言っているうちに、ケルの胸に剣が突き刺さった。

どうやら、対抗策が思い浮かぶ前にやられてしまったようだ。

「あ～予想が外れた～」

「まあ、それだけ全員の強さが拮抗《きっこう》しているってことだから」

組み合わせによっては、全く違う人が勝ち残っていただろうし。

「よし、次からは準決勝戦だ。何と言ってもベルノルト対アルマの師弟《してい》対決が見物だな」

「これは流石にどっちが勝つのか予想できないわね。普段の練習だと、ベルノルトさんが負けたところは見たことがないけど、アルマは実戦向きだから……」

普段の模擬戦では毒の剣は使えないだろうからな。

「勝負の鍵は、アルマのスキルってところかな」

SIDE：アルマ
うう……緊張する。

遂にここまで来ちゃった。今日のこの試合の為に準備してきたけど、それでも勝てる気がしないな……。

スキルを使っても、今のところベルノルトさんには勝てたことないし……隠していたあの技が上手くいくと思えないし……。

「大丈夫だよ。アルマならきっと勝てる。今日は師匠に貰った剣も使えるんだろ？　もっと自信を持とうよ」

私が緊張していると、後ろから次に試合をするヘルマンが励《はげ》ましてきた。

「自分の試合があるのに余裕ね……」

「まあ、どっちが強いのか決着をつけたいだろ？　負けられたら困るから」

励ましてきたと思ったら、むかつく言い方ね。

「何よ……見てなさい！　ベルノルトさんもあなたも楽勝なんだから！」

「それは楽しみだ。頑張ってね」

「ありがとう」

ヘルマンに勇気づけられた私は、胸を張って入場した。


「「……」」

闘技場に入場して、お互い向かい合っても一言も話さず、剣を抜く。

「それじゃあ、始め！」

レオンス様の声が聞こえると共に、ベルノルトさんが突っ込んできた。

私の剣の飛ぶ斬撃を使わせない為に、張り付いて戦うつもりね……。

力が弱い私は、受けに回ったらすぐに負けちゃう。

速さを生かして私から攻めないと。

ベルノルトさんの突撃を回避しつつ、私はベルノルトさんの真横から攻撃を加える。

簡単に防御されたけど、足を止めずにどんどん攻撃していく。

焦りは禁物だけど……このままだといつもどおりだわ。

ベルノルトさんは淡々と防御を続けて、いつか見せる私の隙を狙っている。

この距離での戦いだと、いつか私がやられる。

でも、距離を取ろうとすると隙になる……。

まあ、こうなることはわかっていたんだけどね。

対策は考えてきた。完成度が低くて成功するかは微妙だけど。

と言っても、どうせこのまま負けを待つくらいなら、一か八かの賭けに出るしかない……か。

私は、背中に回り込むと見せかけて背後に向かって思いっきりジャンプした。

一瞬反応に遅れたベルノルトさんに向けて毒の斬撃を飛ばす。

これが少しでも掠れば、私の勝ちになる。

でも、そんなことになるはずがなく、ベルノルトさんは斬撃を避けながらこっちに向かって来た。

さあ、ここからが勝負だ。

私はベルノルトさんに向けて斬撃をできる限りたくさん飛ばし続ける。

それでも、ベルノルトさんはジグザグに走りながら全て避けてしまう。

私の飛ぶ斬撃は、ヘルマンに比べたら特殊効果がある分、飛ぶ範囲も距離も短い。

だから、不意を突かない限り、ベルノルトさんレベル相手には絶対に当たらない。

そう……そんなことはわかっている。

ふう。後は、成功することだけを祈るだけ。

私は斬撃を止めて、こっちに向かってくるベルノルトさんに自分から突撃しにいった。

SIDE：レオンス

透過《とうか》のスキルは……簡単そうに見えるが、実際は違う。

体内に異物が侵入するのを拒否しないことが必要で、これは凄く難しい。

例えば、普通剣が胸に突き刺さろうとすると人は避けようとしてしまうし、抗《あらが》おうとして身体が自然と強張ってしまう。

それがこのスキルには許されない。少しでも、異物が体内に入るのを拒否すれば、スキルは失敗する。

斬られる時に、少しでも身構えるだけで失敗してしまうスキルだ。

本来なら長い年月をかけて、じっくりと身体を慣らしていかないといけない。

だが、アルマやヘルマンはまだ二、三日前に習得したばかり。

成功率はまだまだ低いはずだ。

今からアルマがやろうとしていることを思い浮かべながら、その大変さを思わず考えてしまった。

さて、アルマはどこまで頑張れるかな？

SIDE：アルマ

このスキルは無心になるのが一番効果的。

剣が飛んできても、無心でそれが自分の中を通過していくことを考えているだけ。

突撃した私は、待ち構えるように剣を振り下ろすベルノルトさんをすり抜け、身体をひねりながらベルノルトさんの背中目掛けて斬撃を飛ばす。

これには、ベルノルトさんもさっきまでの余裕は無くなり、転がるように斬撃を避けた。

チャンス！

そんなことを思っていると、ベルノルトさんが私の目を狙って剣を投げ飛ばしてきた。

迷ったらいけない。瞬きしただけでも、たぶんダメ。

大丈夫。わたしならいける。

私は怖がらず、剣に向かって突撃した。

ベルノルトさんは私が避けると思っていたのか、珍しく驚きの表情をしていた。

が、そんなことは気にせず、剣が頭をすり抜けていくのを感じながらベルノルトさんを斬りつけた。

ベルノルトさんは避けるが、若干《じゃっかん》間に合わず右腕に少しだけ剣先が触れてしまった。

普通なら、何ともない切り傷で済むけど……この剣はそれが命取り。

ベルノルトさんは毒にやられて倒れた。

「ふう……やっぱり、まだまだね。いつもの模擬戦だったら負けていたのは私のほうね」

完全に剣の性能に助けられた勝利だった。

やっぱり、私はまだまだだわ。

「そうかもな。でも、勝ちは勝ちだ。命のやり取りでズルなんて関係ない。使える技は全て使って勝つんだよ」

倒れたはずのベルノルトさんが起き上がっていた。

どうやら、もう回復されたみたいだ。

「ベルノルトさん……」

「最後の頭に飛ばした剣、あれのすり抜けに成功されるとは思わなかった。普通にお前は強くなった

優勝したアルマに負けたなら、俺も言い訳できるからよ」

と思うぞ」

「あ、ありがとうございます」

「よし。俺に勝ったんだから優勝しろよ？」

「わかりました。絶対、勝ってみせます」

「おう。頑張れよ！」

ベルノルトさんの背中を見ながら、私は絶対優勝すると心に誓った。

ヘルマン、絶対負けないからね！


ついに決勝戦。

もちろん、残っていた準決勝の試合は順当にヘルマンが勝った。

アルマ対ヘルマン。

どっちが勝つのか予想するのは正直難しいな。

実際、二人のこれまで行ってきた模擬戦の累計《るいけい》勝利数はほとんど変わらなかったはずだ。

新しく得たスキルも全く同じ。

「この二人……難しいわね。うん……」

「この勝負は直感で決めたほうが良いと思うよ。悩むだけ無駄」

この勝負、勝者は実力よりも運で左右される気がするよ。

「そうね。じゃあ、ヘルマンにするわ」

「そこはアルマじゃないんだね」

「うん。ヘルマンのほうが持ってるスキルが多いし、ヘルマンのほうが有利な気がする」

「まあ、そうかもしれないね」

実にシンプルな予想だ。良いと思うよ。

「え〜何それ。レオはどっちが勝つと思うの?」

「俺はどっちが勝ってもおかしくないと思ってるから」

「じゃあ、レオの予想はアルマってことで」

何故そうなる。

「別に賭けてるわけじゃないんだから、無理にどっちが勝つか予想する必要ある?」

俺はどっちも応援したいんだけど……。まあ、片方を応援したほうが盛り上がれるか。

「じゃあ、何か賭ける? 予想が外れたほうが泣き虫ドラゴンのお相手をするとか」

「それくらいなら別に良いけど……ん? あいつら、勝手に始まってるぞ」

気がついたら、二人は既に剣を抜いていた。

試合前に無駄話していた俺も悪いけどさ、合図くらい待っていてくれても……。

「良いんじゃない? 散々《さんざん》戦ってきたんだろうし、自分たちのタイミングがあるのよ」

SIDE:ヘルマン
いつもより観客が多いだけで、僕たちはいつもとやることは変わらない。
黙って剣を突き出し、お互いの剣が触れた瞬間に僕たちの勝負は始まる。
そして、普段ならここでお互いに距離を取って斬撃を飛ばし合うところだが……。

今回は始めから全力でいかせてもらおう。

僕は剣が触れた瞬間、僕はいつもとは逆にアルマと距離を縮めようと前進した。

すると、アルマも同じことを考えていたのか、お互いの剣と剣が顔の前で衝突した。

額がぶつかりそうなほど顔が近くに寄った僕たちは、思わずふっと吹き出してしまう。

「今日は負けないわよ？」

「こっちこそ負けるつもりはないさ」

お互い、それだけ言って距離を取る。

やっぱり、いつもどおりになってしまうな。

斬撃を飛ばしては相手の斬撃を避ける、の繰り返しが始まった。

始まったはずなんだけど……アルマは僕の斬撃を避けなかった。

当たれば防御を無視してどんな物も真っ二つにしてしまう斬撃だぞ？

それを怖がらずにスキルで透過させながら前進してくるとは……。

「ここで下がるのはかっこ悪いな。よし、こうなったら前進あるのみ」

僕は斬撃を飛ばすのを止めると魔眼に魔力を送り、アルマの斬撃を最小の動作で避けながらアルマに向かって走り始めた。

透過のスキルにはいくつか弱点がある。

まず、認識できていなかった攻撃は透過できないこと。

例えば、背後から不意を突かれれば、相手の攻撃を透過することができない。

次に、透過は連続で三秒までしか使えないのと、使ったら使った分だけ間を置かないといけないってこと。

最後に、透過を使った部位の感覚がなくなること。

目の部分で透過を使えばその間だけ視力を失い、耳を透過させれば聴力を失う。

逆に言えば、この弱点を突かない限り無敵なスキルってことだけどね。

本当、魔眼もそうだけど……スキルってズルだよね。

そんなことを考えているうちに、アルマがもう目の前に来ていた。

さて、ここからは我慢比べの近接勝負だ。

SIDE：レオンス
「これぞ決勝戦って感じだな」

勝手に始まってしまったが、戦いの内容は手に汗握る白熱した戦いとなっている。

距離を取ってからの駆け引きも凄まじいな。

「うん……アルマのほうが優勢？」

「いや、アルマのほうが手数多いからそう見えるだけだよ」

アルマはスピードで相手を圧倒するタイプだからね。

それに比べて、ヘルマンは一刀両断《いっとうりょうだん》。魔眼で相手の動きを読んで一発で決めにいくタイプだ。

どうしてもヘルマンが防戦一方になってしまっているように見えるが、そんなことはない。

まあ、アルマが透過のスキルを使い熟し始めたことを考えると、アルマが優勢なのも間違いではないのかもしれないけど。

ヘルマンの会心の一撃を透過があれば簡単に避けられるからね。

それでも、ヘルマンならやってくれるだろう。あれ？　俺はどっちを応援していたんだっけ？

SIDE：アルマ
相変わらず当たらない。

魔眼で見切られても回避が追いつかないように攻撃しても透過で剣がすり抜けるし……。

このままだと、いつもの私が負けるパターンだわ。

何とかしないと。

この絶対防御にも穴はある。

目が届かない範囲は魔眼が使えないし、透過するにも反応が遅れる。

でも、そう簡単に上手くはいかない。

まず目を潰《つぶ》してからのほうが確実。

よし。こうなったら、ここでスタミナを使い切るつもりでやるわよ。

どうせ、これを続けていたら泥試合になるだけだからね。

私はスピードを一段階上げ、頭への攻撃を繰り返した。

ヘルマンの反応が遅れて透過を使った瞬間に、私の勝ち。

私の魔力がなくなったらヘルマンの勝ち。

さあ、勝負よ。

と思っていたら、すぐにヘルマンが透過のスキルを使った。

え？　私の考えに気がついていないの？

まあいいわ。どっちにしても今日最大のチャンス！

私は剣を振り切らず、頭に刺さったままにしてヘルマンの背後に回ってもう片方の剣をヘルマンの足に向かって振り下ろした。

やった！　勝った。

手応えを感じ、私は勝利を確信した。

「え？」

ガッツポーズをしようとした瞬間、私は倒れていた。

いや、ヘルマンに倒されていた。覆《おお》い被《かぶ》さるように。

「まだ勝負は終わっていないよ」

「あ……」

倒れた私に剣が突き刺された。

SIDE：レオンス
「最後の、あえてヘルマンが誘ったんだろうな」

「でも、アルマの毒はどうしたの？　あ、足を切り落としてる」

「足を切られた瞬間に元から切り落としたんだよ。ほら、右足が根元から切り落とされているだろ？」

この結果は、アルマが誘いに乗ってくる、胴体《どうたい》に攻撃されない、という二つの賭けに勝った結果だろう。

頭が悪かった面影は、もう見当たらないな。

「へえ……。それで、最後は自分の顔から抜いたアルマの剣で顔に突き刺し返したってわけね。目が見えない状態だと、透過で逃げることもできないだろうし……ヘルマンの技ありね。引き分けなのが悔しいけど」

「アルマが土壇場《どたんば》で、覆い被さっているヘルマンの背中から自分ごと剣を突き刺したのは上手かったな」

同時に毒で死ぬことで、ヘルマンの勝ちをなんとかなくした。

勝ちを確信して油断した瞬間によくあの判断ができたよ。

「最強決定戦、やって良かったな」

自分の騎士たちを知ることができた良い機会だったし、何より王国で活躍して貰う予定のアルマとヘルマンが今日一日で強くなれたのはとても大きな収穫だろう。

回復が終わって、戦いの感想でも言い合っているのか、闘技場の中心で向き合って座っている二人を眺めながら、この大会の成功に自然と微笑んでしまった。

王国、そして勇者にゲルト。こっちはもう、準備万端だぞ?

第十三話　ご機嫌取り

決勝が終わり、すぐに表彰式に取りかかった。

トーナメント戦に残った総勢十四人が闘技場にずらーっと並んでいる。

「まず、決勝トーナメントに勝ち残った全員に、ヘルマンやアルマ、ベルノルトが着けている物と同じ腕輪を授与する。三人以外は順番にシェリーとリーナに着けて貰って」

ヘルマンたちが着けている腕輪とは、もちろん忠誠の腕輪だ。

少し豪華な気もするけど、騎士たちのやる気を引き出す為だと思えば安いだろう。

今回貰えなかった人たちも、次こそはって思いが強くなるだろうしね。

「次、二回戦で敗退した人たち。無償で即時自分の剣を魔剣にして貰える券。帝都の店でこれを見せればすぐに魔剣を手に入れられるよ。あと、おまけで魔銃もつけておく」

全員に腕輪が行き渡ったのを確認してから、二回戦で敗退したバン、ロブ、ケル、ニックの四人に魔銃と師匠の店で使える魔剣交換券を渡した。

未《いま》だに魔剣は手に入りづらく、うちの騎士団でも魔剣を持っているのはベルノルトだけだ。

なるべく師匠の仕事は増やしたくなかったけど、四本だけ頼ませて貰った。

「準決勝敗退のベルノルトとスタン。二人には俺が創造した剣を渡そう。明日にでも二人で俺の部屋に来てくれ」

今ここでは創造することはできないから明日。

二人はそこまで貰えると思ってなかったのか、「え？」と声に出して驚いていた。特にスタンは〈自分が？〉という顔をしていた。

でも、アルマに剣を造っていて、団長として頑張ってもらっているベルノルトに剣を造っていないのは申し訳なかったんだよね。

かと言って理由なく渡すのも違う気がしたから、ベスト4の景品にすることにした。

「で、準優勝、優勝の二人は……できる範囲なら、なんでも要望に答えるよ？」

「え、えっと……既に、私達はいろいろと貰っていますので……」

そうなんだよね。強い鎧も剣も渡しちゃったからな。

「うん……ベルノルト、何がいいと思う？」

「そうですね……勲章《くんしょう》、ミュルディーン家騎士最強の証はいかがでしょうか？」

おお。良いね。最強の証って、男心を擽《くすぐ》られるよな。

「採用。じゃあ、胸に着けるバッジにしよう。二人もベルノルトたちと一緒に明日来てくれ」

これも、せっかくの優勝景品なんだから何か能力をつけたいしね。

「それじゃあ、今日は解散にしよう。皆の成長を見ることができてとても有意義な一日だった。また、来年にでも開催したいと思っているから、鍛錬を怠らないように」

次はもっと面白い戦いになるんだろうな。


それから闘技場に魔力を補充してから、城に帰ってきた。

「さて。引き分けだったことだし、二人で残った問題を解決しない？」

今日はこれから今日の戦いの感想でも言い合いながら、皆でだらだらしてようと思ってたけど、そうもいかないドラゴンが一体残っていた。

「いいわよ。でも、どうするの？　山に返す？　泣き虫お姫様が急にいなくなってドラゴンたちが山から下りてきても困るでしょ？」

そうなんだよね……。そんなことになったら帝国は戦争どころじゃなくなってしまう。

だから、早く解決しないといけない。

「とりあえず、本人のご機嫌を取ってからか」

俺に対して怒ったまま返しても、結果は返さなかった時と同じだからな。

「どう？　少しは落ち着いた？」

部屋の隅で未だベルに抱きついたままの少女に、刺激しないよう気をつけながら優しく話しかけた。

「うう……来るな。お前なんか嫌いだ」

「そう言わないでさ。うん……」

耳を塞がれてしまったら、何も会話ができないじゃないか……。

これはどうしたものか。

「ベルさんには懐《なつ》きましたね」

ベルは優しいからね。それに、柔らかいし。

「俺は完全に嫌われちゃったな……」

どうしたものかな。このまま返しても、ドラゴンを引き連れて復讐《ふくしゅう》されそうで怖いし。

「こういう時は美味しいご飯を食べさせて、お風呂に入れてあげれば良いと思うよ！　私の時もそうだったでしょ？」

「ルーほど簡単にいくかな……？」

別に、このドラゴンは飯にも困ってないだろうし、ルーみたいに騙されやすい性格じゃないと思うし。

「とりあえず、今日レオ様は関わらないほうが良いと思います。一旦、落ち着いて貰わないことには話が聞けませんから」

俺は皆が部屋から出ていくのを見送った。

ベルの言うとおり、急ぐのは良くないか。

「……そうだね。今日は皆に任せるよ」


皆が晩飯に向かって、俺が書類に目を通していると、先にお風呂に入っていたリーナが部屋に入ってきた。

「あれ？　レオくんだけですか？」

「うん。皆は竜王の接待中。俺は嫌われたから参加拒否された」

「あはは。確かに、レオくんに随分と泣かされてましたものね」

「あれだけ威張《いば》ってたのにな」

ヘルマンたちに対してあんな大きな態度を取ってたんだから、最後までそれを続けろよな。

「まだ子供なんですよ。たぶん、明日には元気になっていると思います」

子供で竜王か……あ、それは前竜王を拉致《らち》した俺が原因だった。

あれ？　結論俺が悪くね？

「そ、それより、今日一日お疲れ様。本当、助かったよ。何か欲しいものはある？」

別に、ちょっと罪悪感がしたから話を変えたわけじゃないからね？

竜王のことよりもリーナに感謝を伝えるほうが大事だと思っただけだ。うん。

「いえ。あれぐらい大したことありませんよ。けど。貰える物は貰っておきましょう」

「何が欲しい？」

「二人きりで甘える時間をください」

え？　そんなこと？

「それくらいいつでも言ってくれれば良いのに」

そんなことで遠慮しないでくれよ。いや、仕事に夢中になりすぎた俺が原因か。

「そんなわけにもいきませんよ。最近のレオくんは忙しいですし。あとは……シェリーやエルシーさんたちにも悪いじゃないですか？」

「うん……。もう少し皆と過ごす時間を増やすか」

愛想を尽かされないためにも、こういうところはしっかりしないと。

「そうしてください。ということで、失礼しますね」

「え？」

「うふふ。ちょっとはしたないですね」

ニヤリと笑ったリーナが近づいてきたと思ったら、椅子に座った俺と向き合うよう俺の膝の上に座った。

「二人きりで甘える時間って今なの？」

てっきり、あとでデートでもするのかと思った。

「はい。今日くらいしかチャンスはありませんから」

そんなことはないと思うけど……まあ、いいか。

「なんか、恥ずかしいな……」

お風呂上がりのリーナが温かくていい匂いがするのが、余計に変な気持ちにしてくるな。

「ふふ。こんなにくっつくのは久しぶりですからね。覚えてますか？　寮生活が始まったばかりで、シェリーがベルに怒った時のこと」

「ああ。リーナがキスできなかった時のこと？」

懐かしいな。あとちょっとのところでシェリーが入ってきたんだよね。

「え⁉ あの時、目を開けてたんですか⁉」

「あれ？ あ、そういえば」

目を閉じてって言われてたのに、俺は開けてたんだった。

「もう……お仕置きです」

ぷくーっと頰《ほお》を膨らませたリーナが、俺のほっぺたを抓《つね》って引っ張りはじめた。

「いた！ いたいって」

「あの時、ここしかないと思って恥ずかしいのを我慢してキスをしようとしたのに……シェリーに邪魔されて、凄く悲しかったんですからね」

「リーナの顔、真っ赤だったもんね」

あの時のリーナ、可愛かったな。

「うぎぎぎ」

「もう、しかもそれが見られていたなんて……。そういえば、昔からレオくんは覗き見が好きでしたね」

「いや。そんなことは……いたたた。わかった。ごめん。認めるから許して」

「最近は透視の能力まで持って……いつ裸《はだか》を見られているかわかりませんね」

俺がいくら許しを乞うてもリーナはほっぺたを引っ張りながら、俺の痛いところを突いてくる。

「見てない……本当に見てないから許して……」

「わかりました。これくらいにしておきましょう。せっかくの甘えられる時間がもったいないですから」

やっと終わった～。俺はまだヒリヒリしているほっぺたを擦った。

まあ、これくらいで俺の悪行《あくぎょう》が許されるなら安いものか。

「そういえば、リーナはまだ教国の故郷に帰りたいと思ってる？」

俺は話をさっさと切り替えるためにも、最近リーナに聞いておきたかったことを聞いてみた。

「正直……もう小さい時ほどその気持ちは強くありませんね。もう、私にとっての故郷はここか、帝都のお家です」

「そうだよね……」

そうなる前に、一回は連れて行ってあげたかったな。

「でも、いつかお母さんたちのお墓参りはしたいと思っていますよ」

「うん。戦争が終わって、世界が平和になったら……リーナのお母さんとお父さんに結婚の報告をしに行かないと」

「ああ、その報告は絶対に必要です。お父さんとお母さんに素敵な旦那様の自慢をしないといけませんね」

「旦那様か……。そういえば、俺のことを旦那様って呼ばないの？」

ジョゼとフランクが付き合い始めた日にリーナ、確か俺のこと旦那様呼びをするって言ってなかったっけ？

「さ、流石に……まだ早いかな……って。それに、いざ呼ぼうとすると恥ずかしくて」

「え～。それくらい恥ずかしくないって」

こんなくっついてキスするくらい平気なのに？

「そ、それじゃあ、二人きりの時だけ呼ばせて貰いますね？」

「どうぞ」

「だ、旦那様……愛してますわ」

おお。なんかこっちまで恥ずかしくなってくるな。

顔を赤くして、キスまでしてきたもんだから、こっちまで顔が真っ赤になってしまったじゃないか。

「あら、アツアツだこと」

「え？　あ、シェ、シェリー」

「い、いつからいたの？」

気がついたら、シェリーが部屋の中にいた。

「ちょうど今よ。リーナがレオのことを旦那様って呼んでたくらい」

「そ、そうですか……」

今のを聞かれていたのを意識したのか、リーナの顔がさらに赤くなった。

「まあいいわ。どうせ、今日一日働いていたリーナへのご褒美なんでしょ？」

「は、はい」

「まあ、今のことを皆に広められたくなかったら、私も少しくらいレオと二人きりになる時間を貰っても文句は言わないでね？」

「も、もちろんです……」

流石シェリー、そういうところは抜け目ないな。

「ふふ。ギーレの報告をしに来たら思わぬ収穫」

「ギーレ？」

「あの泣き虫ドラゴンの名前よ。案外、単純だったわよ？　美味しいご飯と温かいお風呂を体験したら、ここに住む気満々よ」

へえ。ギーレって名前なのか。

それに、思っていたよりも単純。ルー並みだったか。

けど……

「返さないと、危なくない？」

山に残ったドラゴンたちは大丈夫なのか？

「それが、王が数年いなくても山のドラゴンは気にしないって。基本、ドラゴンは怠け者らしくて、自分の縄張《なわば》りを荒らされない限りずっと寝てるらしいわ。その証拠に、ルーが山で暴れた後、一体もルーを追ってドラゴンが山から下りて暴れるなんてことはなかったでしょ？」

あ、よく考えたらルーがドラゴンをたくさん殺していたことを忘れていたな。

ドラゴンが怠け者で助かった……。

「確かに。言われてみれば。じゃあ、本当にここで暮らすつもりなのか」

「その……またレオくんのお嫁さんが増えてしまうんですか？」

え？　俺、めっちゃ嫌われてるんだよ？　その心配は大丈夫だろ。

「あ、それはないわ。私がそこら辺、確認しないと思う？」

まあね。嫉妬《しっと》深いシェリーだもん。

俺たちは黙って首を横に振った。

「あの子にレオのことが好きになる可能性があるかいろいろと探ってみたの」

「で、どうしてないと思ったのですか？」

「あの子……ドラゴンはそもそも人との間に子供はできないらしいって。だから、人と番《つがい》になることは絶対にないらしいわ」

へえ。ドラゴンは見た目的にトカゲで、爬虫類《はちゅうるい》だもんな。

「ということは、ペット？」

「せめて、番犬って言ってあげなよ」

「でも、もう犬はいますよ？」

そう言って、リーナが影からヘルハウンドを出した。

そうだね……。まだ活躍してないけど、番犬はいたな。

「ま、まあ、空を飛べるのは今後役に立つと思うから。ドラゴンはいるだけでも威圧になるし」

果たして俺を乗せてくれるのかは置いといて、空の移動はドラゴンがいれば楽だろうからね。

「そうね。戦争でも使えるんじゃない？」

「それなら、王国の遠征もドラゴンで移動するのも面白そうじゃないですか？　王国への威圧にもなりますし」

「いいね。それ採用」

「やった～」

そうとなったら、どうにか仲良くならないといけないか。

ドラゴンが喜ぶ物ってなんだろう？

第十四話　威圧

「わあ～。見て、地面が小さいわよ」

「う、うん……」

「あ、もしかしてヘルマン、高いところが苦手？」

「そ、そういうわけじゃないよ」

現在、俺たちはドラゴンの背中に乗って旅をしていた。

旅先は王国。

そう。王女と勇者の結婚式に参加するためだ。

スピード重視だから振り落とされそうになって、とても乗り心地が良いとは言えないけど、無属性魔法が使える俺たちには問題ない。

「まさか、本当にドラゴンに乗って王国に向かうことになるとはね」

「そうだね。意外なのは、前竜王のほうが協力的だったことかな」

今、俺たちが乗っているのがギーレの親であるギルの背中。

ギーレより一回り大きい。

「弱い者は強い者に従え、弱肉強食のドラゴンらしい考えではありましたけどね」

ギーレと話せるくらい仲良くなった頃、ギーレに前竜王と話がしたいって言われたから、会いに行ったんだ。

そしたら、急に俺と戦えとか言い出して、戦うはめになった。

まあ、結果は俺の勝利。ギーレよりは経験があって戦いづらかったかな。

そしたら、ギルが俺の配下になると言い出した。

「おかげで、ギーレとの交渉も上手くいったしね」

「いやいや、ギーレに関しては元々懐柔《かいじゅう》できてただろ。まあ、親父さんの一言でより協力的にはなったけど」

弱い者は強い者に従え。がドラゴンの決まりなのかな？　それを言われたら急にギーレが大人しくなってしまった。

「ギーレ、お父さんが絶対って感じでしたからね」

そうなんだよな。それなのにお父さんと離れ離れにしてしまって申し訳なかった。

「あ、もしかしてあれが王都ですか？」

うん……地図的にも見た目的にも王都かな。

「そうだね。とりあえず、中心の王城に着地して」

よし。これから派手にいくぞ。

ＳＩＤＥ：カイト

「はあ……」

俺はエレーヌの部屋で外を眺めながら大きく溜息をついてしまった。

「その溜息は結婚式に対して？　それとも、帝国の使者と上手くいくか？」

結婚式に対してのはずがないじゃないか。

「帝国の使者のほうだよ。レオンス・ミュルディーン……どんな人かな？」

次の戦争で鍵を握る人物、これからその前哨戦《ぜんしょうせん》が始まるんだ。

緊張しないわけがない。

「知らないわよ。いい？　何があってもあなたが弱気になるなんてことはしたらダメだからね？　この意味わかる？」

「わかってるよ。俺は王国の力の象徴。俺が負ければ国が負けたことになる」

「そこまで気負わなくてもいいけど……」

「た、大変です！」

エレーヌが何か言おうとすると、エレーヌ直属の騎士が慌てて部屋に入ってきた。

「一体どうしたの？　帝国の使者が到着した？」

いや、それだけなら、ここまで慌てないでしょ。

「帝国の使者がドラゴンに乗って空から急に現れたんです！」

ドラゴンに乗って空から？

「は？　何を言っているの？」

「信じられないと思われますが……」

「ちょっと俺、見てくる」

もしそれが本当なら大変なことだ。

これは自分の目で確認しないと気が済まない。

「待って！　私も行く！」

呼び止められた俺は、エレーヌをお姫様抱っこして、窓から飛び出した。


「う、嘘でしょ……本当にドラゴンだ」

城の屋根から確認する、確かに大きなドラゴンが……二体もいた。

その足下にいるのが帝国の使者たちか。

「あれがドラゴン……。今の俺でも、あれを二体も倒せる自信はないな」

ダンジョンのボスでもあそこまで大きくなかった。

高難易度のダンジョンのラスボスを倒せるくらいじゃないと、あれとは戦えないかな。

二体なんて、とても戦いになる自信がない。

「そんなの当たり前よ。ドラゴン一体で、普通は国が半壊《はんかい》するんだからね？　それを飼い慣らしているなんて……」

レオンスがドラゴンを倒せるという噂は本当だったんだね。

となると、王国の勝ち目は本当に薄いな。

「エレーヌが得た情報だと、帝国は戦争したくないんでしょ？」

「うん。公爵家の反乱で国が荒れちゃったから、なるべく戦争は避けたいはずよ」

「今更だけど……戦争、今から取りやめることはできないんだよね？」

やらないほうがお互い得だと思うんだけど。

「そうね。あの豚はドラゴンのことを聞かされても自分が負けるなんてこれっぽっちも思わないと思うわ。それに、帝国との戦争を止めたとしても、今度は悲惨な内乱よ」

そうだよね……。ただでさえ、うちの貴族はやりたい放題。

それに、エレーヌは貴族たちから嫌われている。

内乱になったら、真っ先に狙われるのはエレーヌだろう。

「はあ。弱気にならないほうが難しいよ」

「そうね。でも、これで私のするべきことは決まったわ」

手伝いたいけど、政治の駆け引きはエレーヌに任せるしかない。

俺ができることは、エレーヌを守ってあげることだけだね。

SIDE：レオンス
「え、遠路はるばるようこそ。私はアルバー王国の宰相《さいしょう》、ラムロス・ベックマンです」

派手に到着を決めると、髪の毛の薄い男の人が慌てながら城から出てきた。

宰相、こいつが無能国王を操っている男か。

「いえ。ドラゴンのおかげでそんな遠くは感じませんでしたよ。ラムロスさんですね。今回はエレメナーヌ殿下と勇者カイト様のご結婚おめでとうございます」

「ド、ドラゴンですか……」

やっぱり、ドラゴンにビビっているみたいだ。宰相、シェリーの挨拶がほとんど聞こえてない。

「ギル、ギーレ。人になっていいよ」

これ以上怖がらせていても話にならないし、俺は二人を人のサイズにさせた。

「長旅ご苦労さん」

「ありがたきお言葉」

「ふん」

俺が労うと、ギルは会釈《えしゃく》し、ギーレはぷいっと顔を横に向けてしまった。

まあ、ギーレなりの愛情表現だと思えば可愛いものだ。

「さて、初めまして。私はレオンス・ミュルディーン、こちらはリアーナ・アベラール。帝国使者の補佐として派遣されました」

ドラゴン二体を人にしてから、俺は宰相にリーナを紹介しながら自己紹介した。

「は、始めまして。レオンス殿の噂は王国まで届いております」

「そうですか。それは嬉しい限りです。ちなみに、今日の予定を聞かせて貰っても？」

「は、はい。本日はこの後シェリア殿下、レオンス殿に国王陛下と謁見《えっけん》して貰う予定です。ついでに明日以降の説明をさせて貰いますと、明日は夕刻より前夜祭を行い、明後日は早朝より式が始まります」

いきなり国王と謁見するのが気がかりだけど、それ以外は普通だな。

「了解しました」

「それと、式後お二人とエレメナーヌ殿下がお話をしたいそうなので、式後しばらく王国に残って頂けると幸いです」

しばらくね……。

「それはありがたいです。私もエレメナーヌ殿下とは直接お話をしたいと考えていましたから」

ちょっときな臭いけど、笑顔で快諾《かいだく》しておいた。

王女とは一度話したいと思っていたから、まあいいかな。

「そうでしたか。それでは、式後の予定は改めて連絡させて貰います」

「はい」


「宰相、ドラゴン見てタジタジだったわね」

国王との謁見までひとまず部屋に案内された俺たちは、宰相の反応について話していた。

「とりあえずの王国への威圧という目標は成功だったね」

あれだけ怖がっていれば、少しは戦争を仕掛けるのに後ろ向きになる貴族も出てくるだろう。

「問題は、ドラゴンを見て王国、特に国王がどう動くかだね。戦争するのを諦めてくれれば良いけど、王国の情勢的にそれは反乱を招いちゃうからできないかな」

いろいろと調べてわかったけど、王国は王への不満が半端ないらしい。

それが庶民《しょみん》だけならまだしも、貴族からも嫌われている。

だから、その怒りを国王はどうにか帝国に向けさせたいって考えているみたい。

まあ、人の奥さんを奪っていればいくら逆らえない貴族でも不満は爆発するよな。

「レオの予想としては、これから国王は何をしてくると思う？」

「暗殺か監禁」

絶対国王はこの手でくると断言してもいい。

「え？」

「元々、そのつもりだったんだと思うよ。戦争するきっかけになるし、俺やシェリーは捕虜《ほりょ》としても優秀だから。まあ、その対策はバッチリだけどね」

「あとは……宝石姫《ほうせきひめ》とのお話か」

「そうだね。本当はこっそり話しに行くつもりだったけど、手間が省《はぶ》けて助かった」

暗殺を防ぐのは面倒だけど、次期国王と話せるのは大きい。

政治面での作戦も、いろいろと考えているし。

「上手くいくかな？」

「大丈夫でしょ。王女は親と違って頭が良いってバルスが言ってたし」

愚王と話し合うよりは楽だろ。

第十五話　宰相の企み

「帝国の使者たちよ。よく来てくれた」

ぶくぶくと太った男が俺たちを見下ろすように椅子に踏《ふ》ん反《ぞ》り返《かえ》っていた。

愚王の象徴みたいな奴だな。

現在、俺達は国王と謁見中だ。

シェリーの誘拐《ゆうかい》を企てた張本人だから、本当は下げたくないけど仕方なく頭を下げておいた。

「いえ。この度はエレメナーヌ殿下のご結婚おめでとうございます。こちらは、帝国からのお祝いの品です」

代表として、皇族のシェリーがとある魔法具を国王に差し出した。

「ん？　これはなんだ？」

「カメラといって、本物そっくりの絵を瞬時に写してくれる魔法具です」

そう。俺が贈り物として選んだのはカメラ。

素材とか金目の物は渡すわけにもいかないし、戦争には役に立たなそうな物。

あとは、この愚王が私欲《しよく》に使いそうな物ってことでカメラにしておいた。

「おお。本当だ。ぐふふ。これは面白いことを思い浮かんだぞ」

一枚写真を撮ると、愚王は気持ち悪い笑い声をあげた。

予想どおりだな。

「それとお前たち、ドラゴンで我が国に来たと言ったが……どういうことだ？」

ん？

「どういうことと言われますと？」

「どういうつもりで我が国にドラゴンを連れてきたと聞いているのだ！」

さっきまで気持ち悪く笑っていたくせに、急に怒りだしてどうした？

本当、何を考えているのかわからないな。

「移動手段です。ドラゴンに乗れば、馬車で数週間かかる王都にも一日ですから」

ここは、シェリーの代わりに俺が答えた。

「そういうことじゃない！　これはドラゴンによる侵略《しんりゃく》行為だ！　よって、罰《ばつ》としてドラゴンを我々に引き渡せ」

はあ？

「どういったところが侵略行為だったのでしょうか？」

確かに、言われてみれば関所《せきしょ》を通っていないから、反論できないところが痛いな。

「危険なドラゴンを連れてきたこと自体が侵略行為ではないか。よって、早急にドラゴンを引き渡すのだ」

あ、こいつ関所のことに気がついていないぞ。

これは強気でいくべきだな。

「お断りします」

「なに？」

「それに、王国にはドラゴンを扱えると思いません。誰か、ドラゴンを倒せる人はいるのですか？いないのなら、国にドラゴンを置いておくなんてことはやめたほうが良いと思います。下手したら、国が滅びますよ？」

「なに？　それなら、我が国にはゆうしゃ」

「陛下。良いではないですか。王国にいればドラゴンを見る機会なんてありませんよ？　帝国の使者は、見世物も兼ねてドラゴンを連れて来られたのでしょう。それに、おめでたい日の目前に陛下の手を汚すのは良くないと思います」

勇者なら倒せるって言い出したら、実際に戦わせるつもりでいたんだけど、宰相が止めてしまった。

「それもそうだな。それじゃあ、今回は見逃してやることにしよう」

「ありがとうございます」

本当、どうしてこいつに頭を下げないといけないのか。


謁見が終わって部屋に戻ってくると、シェリーとリーナが倒れ込むようにソファーに座り込んだ。

「一時はどうなるのかわからなかったですね」

「そうね。もしかしたら結婚式にも参加しないで終わってたかも」

「宰相に助けられましたね」

いや、ドラゴンに国を滅ぼされるのが怖かったんだと思うよ。

国王は勇者なら倒せると思ったんだろうけど、宰相はそれが無理なのをわかっていたんだろうね。

バルスの話だと、スキルを得てもまだスタン程度って言っていたからな。

普通のドラゴンなら倒せるかもしれないけど、竜王には到底敵わないだろう。

もし、宰相が止めていなかったらそれを実演させて、俺たちが侵略行為をしたのかという話から勇者がドラゴンより強いのか、に論点を変えてしまおうと思ったんだけどな。

勇者のスキルを見ておきたかったし。

「一応、あっちの様子を覗《のぞ》かせて貰うとするか」

何を考えてはいるのかは大体わかるけど、誤算があっても嫌だし、知っておくに越したことはないよね。

俺は仕掛けておいたネズミから何か情報が送られてきていないか、モニターを出して確認を始めた。

SIDE：ラムロス

「まったく……。普段は扱いやすくていいが、こういうときに馬鹿な王だと困る」

ちょっと考えればわかるだろ？　相手はドラゴンだぞ？　そんなものを王都で戦わせたらどんなことになるのか想像つくだろ。

「それに、レオンス・ミュルディーン……。ドラゴンを倒せるという噂は本当だったのか……。くそ。前勇者はいつになっても我々の邪魔をするか」

あの魔王を倒した勇者の孫だ。何かしら勇者の力を引き継いでいてもおかしくないだろう。

ああ、本当に憎たらしい。こうなることがわかっていたのに、先代はどうして勇者を逃がしたんだろうか？

「勇者と相打ちになれば良いと思ったが、それすらさせて貰えない実力の差があるだろうな。だとすると……暗殺、人質か。最高な結果は、皇女と聖女を人質にしてレオンスを殺すことだが……残ったドラゴンが面倒だな……」

レオンスには前例がある。

だが、どう考えてもドラゴンの暗殺に成功できるとは思えない。

強力な毒を盛ればいけるか……？

いや、失敗した時が怖い。ドラゴンの怒りはなるべく買わないほうが良いだろう。

「しかし……ドラゴンをどうにかしないことには……仕方ない。こうなったら、切り札を使うしかないか」

前勇者が魔王を倒したときに使ったあのスキルがあれば、ドラゴン二体程度大丈夫だろう。戦争に取って置きたいところだが、人質を確保できて、レオンスを殺せるなら、ここで使うのも悪くない……か。

「どちらにしろ。用済みになったら勇者とエレメナーヌにはいなくなってもらうつもりだったんだ。そのときに苦労するよりはマシか」

エレメナーヌ……宝石姫のままでいれば生かしてやったというのに。これも勇者のせいか。ああ、本当に鬱陶《うっとう》しいやつだ。

「はあ……」

ため息をつきながら、私はチリンとベルを鳴らした。

するとすぐに一人の執事が部屋に入ってきた。

「お呼びでしょうか？」

「影に動くように伝えろ。どんな手段を使っても構わんから、なんとしても計画を成功させろ。と」

この際、何人犠牲になろうと構わない。

最悪、同じ派閥《はばつ》の王国貴族が死んでも良い。その損より大きな利益を得られるからな。

「了解しました」

「あとは、それとなくエレメナーヌがレオンスの命を狙っていることをあいつらの耳に入れておけ」

そうすれば、失敗してもエレメナーヌの計画だったとすることができるだろう。

「了解しました」

「要件は以上だ。下がって良い。ふう。後は成功を祈るだけか」

ＳＩＤＥ：レオンス

「勝手に祈ってろ。まあ、この世界の神がそんなに都合の良い奴だとは思えないけど。それにしても、勇者補正をここで使うつもりか」

王国が取れる手としては悪くないのかな。

確かに魔王を倒せた能力なら、ドラゴンなんて楽勝だろう。

俺がいなくなれば、戦争で勇者補正を使う必要もないし。

けど、その前提にある俺の暗殺はどうするつもりなんだろうな。

ドラゴンよりも俺のほうが厄介な自信はあるんだけど。

「それと、やっぱり王国は必要がなくなったら勇者と王女を殺すつもりだったんだな」

あのバカ国王を操って良い思いをしてるやつらが、自分の思いどおりにならなそうなエレメナーヌを王にするとは思えなかったんだよね。

「エレメナーヌが王になれば、多少はマシな国になりそうなんだけどな」

「あ、また覗きをしているんですか？　誰のお風呂シーンです？」

俺がモニター向かってブツブツと呟いていると、後ろからリーナが抱きついてきた。

珍しいな。リーナか。と思ってシェリーのほうを見てみたら、疲れたのかソファーでうとうとしていた。

「いやいや。ハゲたおっさんの独り言だよ」

最近覗きって言われるから、迂闊《うかつ》にネズミモニターに触れないんだよな。

「あら、旦那様にはそんな趣味が」

「断じて違います。ちゃんとしたスパイ活動です」

おっさんの独り言を眺める趣味とか、キモすぎるでしょ。

「ふふ。わかっていますよ。お疲れ様です。何か新しい発見はありましたか？」

「いや、特に。強いて言えば、やっぱりあいつらは暗殺を企んでいるってところかな」

勇者補正には触れないでおく。必要以上に不安にはさせたくないからね。

「あら、怖いですね。もしかしたら、今も壁越しに狙われているかも」

「もしかしたらね……。あ」

何気なく壁の向こう側を透視してみたら、なんと立派な大砲がこっちに向けられていた。

そこまでするのか……。

「え？　どうしたんですか？」

「いや、何でもないよ」

流石に壁の向こう側にある物を言ったらパニックになってしまいそうな気がするし、誤魔化しておくか。

今は撃たれそうにないし、後でこっそり壊しておこう。

「そんなはずありません。あっちに何かあるのですか？」

「違うよ。えっと……」

俺はちょっと悩んでから、リーナの耳に口を近づける。

そして、最も俺らしいことを呟いた。

「透視を使った時に皆の裸を見ちゃっただけ」

「うう……変態」

顔を赤くすると、ペチンと軽く俺の頬を叩いた。

まあ、これで誤魔化せただろ。

第十六話　策を潰す

「失礼します」

ネズミモニターでのスパイ活動を終え、大砲にこっそり小細工を入れ、リーナとじゃれ合っていると、一人の執事が部屋に入ってきた。

あ、宰相に命令されていた執事だ。

俺は気を引き締めて、辺りを警戒した。

うん。大丈夫。周りに怪しい人はいない。

「どうかしましたか？」

「何かご不便が生じていないかお伺いに参りました」

んなわけあるか。絶対、何かしに来ただろ。

「そうですか。特に問題はございません」

「それは幸いです。しばらくして、お夕食の準備が整いましたら呼ばせていただきますので、どうかそれまでおくつろぎください。あ、それと……あくまで噂になってしまいますが、エレメナーヌ殿下が帝国の使者方の暗殺を考えていらっしゃるようです。あくまで噂ですので、頭の片隅《かたすみ》に残して頂く程度で構いませんが……どうかお気をつけてください」

いかにも部屋を出る間際に思い出しました、かのように、執事はドアを開けてから振り返って、宰相に命令されたとおりのことを俺たちに伝えてきた。

「エレメナーヌ殿下がどうして暗殺を企てているのですか？」

「あくまで予測になってしまいますが……帝国と戦争を起こそうと考えているのではないでしょうか？　あ、もちろん王国全てがそんなことを望んでいるわけではありません。私欲にまみれた宝石狂いの姫……エレメナーヌ殿下の一派が望んでいるのです」

私欲にまみれた、ね……それはお前たち貴族一派のほうだろ。

「そうですか……わかりました。気をつけておきます」

「はい。ぜひそうして貰えるとありがたいです」

「もちろん、エレメナーヌが企んでいるわけないでしょ？」

執事が出て行っていからしばらくして、シェリーがそんなことを聞いてきた。

「うん。暗殺が行われることすら知らないんじゃないかな？」

「とすると、王国は全ての責任をエレメナーヌに押しつけるつもり？」

「そうなんだろうね。彼女は貴族の間で嫌われているみたいだから」

頭が良い王は、彼らにとっては邪魔なんだよ。

「なんか可哀そうね」

「まあ、大丈夫だよ。暗殺は一つも成功させないから」
現に、一つの仕掛けはもう潰したしね。

その日の夜。
俺はモニターを見ながら、ヘルマンとアルマに念話で指示を飛ばしていた。
(アルマ、正面の部屋と上の階に隠れている人がいるから、毒で眠らせておいて)
(了解しました)
(ヘルマンは部屋の前で待機。ヘルマンがいるだけで相手は部屋に侵入しづらいから)
(はい!)
さっそく、初日の夜から動きがあった。
俺たちが寝静まったところを狙っていたみたいだけど、近づかせすらしてやらない。
ある程度の距離まで来た怪しい奴は、全てアルマが眠らせている。
(言われたとおり、隠れていた男たちを毒で無力化しました)
(ありがとう。アルマが近づいたのに気がついていなかったよね?)
(はい。大丈夫だったと思います)
透過のスキルは優秀だな。壁だろうと天井だろうと、思いどおりにすり抜けられる。
二人をダンジョンに行かせておいて本当に良かった。
(了解。今のところ、他には見当たらないかな……)
(師匠、もう寝てください。あとは僕たちでどうにかしますから)

（そうは言っても……）

（大丈夫ですよ。周りの部屋の見回りも私が定期的に行いますから）

（それでも、俺だけ寝るのは……）

（いや、騎士として主人にいつまでも起きられているほうが困ります。明日も忙しいので早く寝てください。それに明日の昼間はギーレたちに任せていますから、私たちの心配も無用です）

まあ、そうだね。ここは素直に従っておくか。

（わかったよ……。けど、新たに怪しい人を見つけたら随時《ずいじ》報告ね）

（もちろんです。お休みなさい）

（うん。二人とも頑張って）


「終わりましたか？」

念話を止めると、俺に抱きつかれているベルが心配そうに聞いてきた。

本当はシェリーたちと一緒に寝るように言っていたんだけど、俺が寝ないと寝ませんとか言い出すから、二人でモニターを眺めていることにした。

ベルに抱きついていると落ち着けて、冷静な判断ができるから意外と良かった。

「とりあえず周りの部屋にいた人たちには眠って貰ったよ。追加で人が来たとしても、仲間が揃って寝ているところを見たら、流石に何か仕掛けてくることはないかな」

「そうですか。それじゃあ、ひとまず今日は安全ですね」

「たぶんね。ふああ。アルマたちに寝ろって言われちゃったし、寝るか」

一安心したら、急に眠気が襲ってきた。

これは、アルマたちの言葉に甘えて良かったかも。

「はい。もう寝たほうが良いと思います」

「それにしても、こうしてベルと二人きりになるのも久しぶりだね。昔は、よく二人で夜ふかししていたんだけど」

帝都の屋敷にいた頃なんて、二人で寝落ちするまで魔法具を作ったりしたっけ。

「最近はシェリーさんやリーナさんがいますからね」

「ベルはシェリーたちに遠慮しすぎだと思うよ。別に、もうメイドじゃないんだから普段は仕方ないとしても、こういうプライベートな時間くらい好きにしたら?」

いつも、シェリーたちがいると一歩引いて会話にも参加しようとしないし、見ていてなんか寂しいんだよね。

「そういうわけにも……」

「ほら、何か要望は？　今なら、何でも良いよ。ちなみに、俺はベルに久しぶりの添い寝をして貰いたいな～」

「そ、それじゃあ、添い寝でお願いします」

「ふふ。了解」

顔を赤くして了承してくれたベルが可愛くて、思わず笑ってしまった。

いや、本当にベルは可愛い。

それから、モニターをしまって俺たちはベッドに潜り込んだ。

「昔から、どんなに気持ちが落ち着かないときも、ベルが隣にいるとすぐに眠れちゃうんだよね」

「そうですね……あと、なぜか早起きです」

「ハハハ。もしかしたら、ベルの寝顔を見たくて体が勝手に起きちゃってるのかも。てか、俺が寝るまでしか言って、いつも何だかんだ朝まで一緒に寝ちゃっているよね」

いつも凄い早起きなのに、俺と寝ると絶対寝坊するよね。

「それは……私も心地よくて眠ってしまうのと……朝起きると大体寝ているレオ様が私をがっちり捕まえて逃してくれないからです。それで諦めて二度寝して、レオ様に寝顔を見られるわけです」

あ、それ、前も言われたことがあったな。

「うん……仕方ない。ベルは柔らかいし、触り心地が良いから」

抱き枕として最高なんだよ。うん。

「うう……なんか恥ずかしくなってきました。もう、寝ません？」

「そうだね。おやすみ」

「おやすみなさい」

《次の日》
SIDE：ゲルト
「魔砲が動かなかった？」
朝起きて仕事場に向かうと、騎士に連行され、宰相に昨日の夜に魔砲を使ったが、作動しなかったことを知らされた。

「ああ、どういうことか聞かせてもらっても構わないかね？　それと、私の兵が眠らされていたが、それも君の仕業か？」

兵士が眠らされていた？　どういうことだ？

「そ、そんなまさか、魔砲は見てみないことにはわかりませんが、私がどうやって兵士を眠らせたというのですか？」

「そんなの簡単だ。君が魔砲に小細工をして、兵士を眠らせるようにしかけたんだろう？　君ならそれができる」

できる……できてしまうが……。

「……そんなことをして私にどんな意味が？」

「さあな。お前は所詮《しょせん》裏切り者だ。いつ俺たちを裏切るとも限らん」

「裏切るなんて、そんなことしませんよ！」

王国を裏切って、俺はどこに逃げるんだ？

「さてな。それで、絶対にレオンスを殺せると豪語《ごうご》していた魔砲が駄目になったが、お前はどうする？　これが失敗すれば、そうだな……殺すのは惜しいから犯罪奴隷に留めておいてやろう。まあ、奴隷になりたいというなら、今すぐしてやってもいいのだが」

犯罪奴隷だと？　ふざけるな。そんなものになるなら、死んだほうがマシだ。

「ま、まさか、今すぐに原因を調べて、明日までに次の策を用意しておきます」

「ああ、任せたよ。彼らをここに留めておける時間は精々一週間といったところか。それまでに殺せなければ、お前の人生は終わったと思え？」

「は、はい」

くそ……なんとしても原因を突き止めなければ。

俺は急いで魔砲のある部屋に向かった。


「……どういうことだ？　外面に傷はなし……魔法石も問題なし、付与《ふよ》も問題ない」

この魔砲は、俺が限界まで付与をつけた特注品だ。

全てはレオンスを殺すため、『即死』『追加攻撃』『広範囲爆発』『威力増強』『必要魔力低下』の五個も能力をつけたというのに……故障したというのは信じられなかった。

そもそも、そんな簡単に壊れるような物を作った覚えはないんだ。

先週、最後に行った試運転でもしっかりと作動した。

それなのに、どうして壊れた？

「魔法陣は……ん？　これは、発射の部分だけ消されている」

これは人為的《じんいてき》だな。てか、そもそも自然に魔方陣が消えることはない。

「なるほど……あいつ、気がついて事前に壊しておいたのか」

親父に魔法具を習っていたレオンスなら、この複雑な魔方陣の中で、どこが発射の部分なのかわかるだろう。

「くそ……考えが甘かったな」

それにしても、誰にも気がつかれずに内部の魔方陣だけを壊すとは、本当にチート野郎だな。

「……こうなったら、前みたいな確実性の高い方法で殺すか」

流石に城の中で前みたいな爆弾は使えないと思っていたが、この際手段は選んでいられないだろう。

「そんなことはさせない」

「ん？」

急に女の声が聞こえて振り返る……間もなく、俺の手に手錠《てじょう》が嵌《は》められてしまった。

こんな物、俺の豪腕《ごうわん》があれば楽勝に……なに？

「ぐ、俺の力でも壊れないだと⁉」

「レオンス様が造った手錠ですからね。スキルも魔法も使えませんよ」

「レオンス……そういうことか」

あいつが造ったチートアイテム。それなら納得だ。

くそ。詰んだな。

「そういうことです。とりあえず、眠っておいてください」

「ふん。もう、どうにでもな……れ……」

俺は諦めて意識を手放した。

第十七話　結婚前夜

SIDE：ラムロス

「何⁉　あの亜人《あじん》が捕らえられただと？」

今朝あの無能亜人に最後の宣告をした後、すぐにそんな報告が飛んできた。

「はい。帝国の使者の近くで怪しい動きを見せていたため、拘束《こうそく》されました。そして、それが帝国で大量殺人を犯した罪があるので言い逃れできず……」

くそ……何をしているんだあいつは。

「あの馬鹿……くそ。私が行ってくる」

レオンスを殺すには、あいつが絶対に必要だ。

ここは、私が直接行くしかないだろう。


「失礼します」

「あ、ラムロス殿。ゲルトの件ですね？」

私が部屋に入ると、待っていたかのようにレオンスが一人でこっちに向かって椅子に座っていた。

「はい。この度は、本当に申し訳ございませんでした」

「いえ、幸い誰も怪我していませんのでお気になさらず。ただ、身柄《みがら》は私たちのほうで預からせてもらいますね」

くそ……そうなるよな。

どうする？　どう言えば、返して貰えるか？

「そ、それは困ります。彼は王国市民でございます。王国国民は王国が裁かないといけません」

「それで、王国はどんな罰をゲルトに与えるのですか？」

「犯罪奴隷というのはどうでしょうか？　王国では死刑の次に重い、場合によっては死んだほうがマシな刑でございます」

「それでも、ゲルトは生きているってことですよね？」

「はい……でも、王国で殺人を犯したわけではありませんので。それに、怪しい行動をしていただけで死刑にするのもおかしな話ではないかと」

もっともらしい理由を付け加えてみたが、普通他国の王族に危害を加えようとしていたら、そのまま殺されても文句は言えない。

理由として弱い……。

「まあ、それもそうか。なら、こうしましょう。私たちがこの国にいる間だけ彼の身柄は私たちが預かり、帰り際に王国に引き渡すという形でどうでしょうか？　また、怪しい動きをされても困ります。それに、王国側で裁くという条件を満たしているので、王国側も問題ありませんしね」

「そ、それは……」

本来ならありがたい申し出だが、あいつの利用価値は今しかない。

ここで利用できなければ、単なる魔法具職人と変わらないんだぞ。

「何か困ることでもあるのでしょうか？　彼は私たちに危害を加えようとしていたのですよ？　もしかして、あれは王国の命令だったのでしょうか？　彼もそんなことを証言していますし……」

あいつ、裏切ったのか!?　くそ……やはり、裏切り者は信用ならない。

「ま、まさか！　そんなのでっち上げです！」

「そうですか。なら、滞在期間の身柄は私たちのほうでお預かりさせて頂きますね」

「……わかりました」

私はこれ以上何も言えず、諦めて自分の部屋に戻った。


「くそ！」

私は部屋に戻るなり、椅子を蹴り飛ばした。

ここまでイライラしているのはいつぶりだ。

こんなに上手くいかなかったのは、陛下が婚約相手を見捨てて他の女と結婚した時以来だぞ。

「物に当たるのはよくありませんよ」

「うるさい！　だまれ……え、あ、あなたがどうしてここに？」

後ろから、私を止める声が聞こえ、感情のままぶん殴ってやろうと思ったら、メイ様がいらしていた。

私を宰相までにしてくださった方だが、普段は絶対こんなところに現れない。

ど、どうしてこの人がここに？　私が失敗したと思って、消しに来たのか？

私は恐怖で冷や汗が止まらなかった。

「主人からの命令よ。ほら、これを使いなさい」

私が必死に震えるのを我慢していると、怪しげな水晶と真っ黒な大剣、綺麗なオルゴールが渡された。

「こ、これは……？」

「これはね、私がよく使う魔法アイテム。使い勝手がよくて、誰かに騒動を起こさせる時には決まってこれを使うの」

な、何を言っているんだ？　この人は？

「わ、私はこれをどう使えば？」

「この説明書どおりに使えば、何も怖くないわ。どう？　嬉しいでしょ？」

「あ、ありがとうございます。何とお礼を言ったら良いものか」

絶対、良くないことが起こる気がするが、私に拒否権はない。断ればどうせ殺される。

「さあね。まあ、頑張りなさい。じゃあね」

メイ様が消えた後、しばらく私は腰を抜かしていた。

SIDE：レオンス

前夜祭。俺は適当に近づいてきた王国貴族たちの相手をしながら、常に周囲の警戒をしていた。

ゲルトを拘束できたからといって、何もされないとは限らない。

特に、騎士と離れないといけないこの時間が一番危険だろう。

あいつら、絶対ここで俺たちに何かしてくる。

「もうそろそろ。私たちも王女のところに挨拶しに行ったほうが良いんじゃない？」

「うん、そうだね。もうそろそろ行くか」

シェリーに言われて、俺たちは本日の主役のところに向かった。

さて、初対面。どうなるかな？

「はじめまして。ベクター帝国皇女、シェリア・ベクターと申します。こちらは、レオンス・ミュルディーン、リアーナ・アベラール。この度のご結婚、大変おめでとうございます」

「ありがとうございます。皆さん、年齢は知っていたのですが、想像よりもお若く、びっくりしております」

若い。まあ、俺たちの見た目はまだまだ子供だからね。今日のパーティーでも大人しかいないから浮いて仕方ない。

「そうですね。まだ私たちは十四ですから」

「本当に十四歳だったのですね。特に、レオンス侯爵は王国にまで届いていた功績からして、とても子供とは思えなかったのですが」

ん？　ここで俺に話を振ってくるか。

「いえ。功績と言ってもただ運が良かっただけですから」

とりあえず、謙遜《けんそん》しておいた。

「そんなことはないと思いますよ。あのドラゴン、とても立派でしたよ。ねえ、カイト？」

「そ、そうだね。あれにはとても驚かされました」

「あれも運が良かっただけですよ。私の騎士たちが頑張ってくれました」

嘘はついていない。ギーレと最初に戦ったのはヘルマンとベルノルト、フランクだ。

「レオンス侯爵の騎士はお強いと聞きましたが、まさかドラゴンを手懐《てなず》けてしまうほどとは……」

「その分、数が少なくて困っているのですけどね。まあ、こればかりは成り上がりの貴族ですから仕方ないことなんです」

実際は、ゴーレムで数は補えるんだけどね。

ここはあえて、困っている風を装ってみた。

「それでも、ドラゴンを倒せる程個々の力があるなら問題ないのでは？」

今度は、勇者カイトが食いついてきた。

やっぱり、戦うことになる相手が気になるんだろう。

「いえいえ。人数が少ないってことは、長期戦で不利になってしまいますから。あと、ドラゴンを倒せるのは、今のところ三人しかいませんよ」

「さ、三人もいれば十分ですわ」

そうかもしれないけど、あんたの夫はもっと化け物なんだよ？

「確かに、欲張るのはよくありませんね。あ、それと、結婚式後に会談したいとのことでしたが、どのような内容で？」

「それは、帝国と王国の今後について個人的に話し合いたいと思いまして」

個人的に、か……。

「わかりました。それでは、また後日」

「はい。また」

パリン！

「きゃあああ！」

王女から離れようとすると、ガラスの割れる音と女性の叫び声が聞こえた。

俺はすぐに戦闘態勢に入った。

「やっぱり、ここで何か仕掛けてくるのか」

一番目立つタイミングを狙って仕掛けてくるとは。

「ま、魔物だ！」

ん？　魔物？

誰かの叫び声を聞いて、騒動の中心に向けて透視してみると、空間の割れ目からわらわらと出てきていた。

この光景、どこかで見たことがあるぞ。

「あれは……嘘でしょ。魔の召喚石《しょうかんせき》だ」

そう。これは地下市街で地獄を見たあの魔法アイテムだ。

あれがどうしてここに？

それに、こんな狭くて人が多いところであれをどう対処すればいいんだ？

あまりの予想外に、俺はすぐに動き出すことができなかった。

SIDE：カイト

「一体、何が起こっているんだ？」

目の前に広がる、魔物による襲撃と逃げ惑う貴族たちを見て、唖然《あぜん》としてしまった。

「わからない。でも、レオンス侯爵は知っているみたい」

そういえば、大量に魔物が出てくるのを見て、あいつ何か言っていたな。

「だとすると、帝国が仕掛けてきた？」

「いえ。帝国がわざわざこんなことをしないわ。だって、ドラゴン二体もいれば、王都を一瞬で更地《さらち》にできるのよ？」

確かに、その気になれば帝国は王国を潰すことはできたんだ。

なら、こんな自分を危険にするようなことはしないだろう。

「だとすると……王国の誰かが裏切った？」

「ありえるわね。帝国に勝てないと思って、反乱を始めたのかも」

「それじゃあ、あいつらの狙いはエレーヌってこと？」

「かもしれないわね……」

「くそ。こんな時に剣を持っていないとは」

エレーヌを守りたいけど、剣がなければ魔物を倒すことができない。

エレーヌを抱えて逃げるか？　いや、それだと後々エレーヌのせいにされてしまうかもしれない。

どうする……。

「勇者様、私の剣をお使いください。今、部下が勇者様の剣を持って参りますので、それまでどうかこれで……」

俺が悩んでいると、一人の騎士が俺に自分の剣を差し出してきた。

「わかった。ありがとう」

ありがたい。これで、ひとまず戦える。

「カイト、頼んだわ。ここで戦えるのはあなただけ。あなたが頼りなの」

そうだな……。ここに王国の騎士はいたが、ほとんど逃げてしまっている。

本当、普段は偉そうにしているくせに……。

「もちろん。俺がどうにか……ん？　オルゴール？」

「な、なにこれ……魔物の攻撃……？」

この悲鳴が飛び交うパーティー会場に聞こえるはずがないオルゴールの音が響き渡ると、エレーヌを含め、会場内にいた人たちがバタバタと倒れ始めた。

「エレーヌ！　……これは寝ているだけ？」

倒れるエレーヌを急いで抱きしめて確認すると、スヤスヤと寝息を立てていた。

良かった。死んでない。

このオルゴールの音は、人を眠らせる能力があるんだ。

俺は、ゲルトさんに貰った状態異常を無効化する魔法具で助かったのか。

「くそ！　今度は昏睡《こんすい》のオルゴールまで。あいつら、地下市街から持ち出していたのか!?」

さっきまでの悲鳴が無くなり急に静かになったパーティー会場に、レオンスの声が響き渡った。

あいつ、やっぱり何か知ってる。

「おい！　レオンス！　この状況について説明しろ」

俺は敬語など忘れて、強い口調でレオンスに迫った。

「そんなの俺もわかってないよ。わかっていることといえば、お前のところのトップが馬鹿な魔法アイテムをこんな場所で使いやがったってところだよ。お前らは貴族が何人死んでも構わないのか？」

俺のところのトップ？　あの馬鹿王とハゲ宰相のことか？

くそ……あいつら、元々エレーヌを殺す気だったんだ。

「くそ！　こうなったら俺が！」

「あ、その剣……」

俺はレオンスが止めようとするより速く、騎士に渡された剣を抜いた。

SIDE：レオンス

狂化《きょうか》の剣……地下市街で見たヤバい魔法具三つが揃ったな。

それにしても、勇者に狂化の剣を持たせたらダメだろ。王国、俺たちがいなかったら誰が止めるつもりだったんだ？　本当、馬鹿だろ。

凶暴になった勇者を遠くに蹴り飛ばしながら、俺は王国に悪態をついた。

それにしても、感電は状態異常無効化でも無効できないのか。

俺は、蹴り飛ばした右足を曲げたり伸ばしたりして、麻痺《まひ》が治るのを待った。

「勇者を殺すわけにもいかないし……これ、とんでもなく面倒な状況だな。まあ、全員が寝ているから、俺が好きに暴れても大丈夫なのは幸いだな」

魔の召喚石を攻略するには、王国に見せるわけにもいかない技をいっぱい使わないといけなかったからな。

オルゴールは逆にありがたい。

「師匠。遅れてすみません！」

「いや、いいさ。とりあえず、二人にはあっちにいる勇者の相手を頼むよ。気をつけろよ？　あいつ、今はステータスが十倍だから」

たぶん今の勇者を倒すのは無理だから、初陣の魔物を倒しきるまでの時間稼ぎをしてくれ。

勇者は、その後俺がどうにかする。

「わかりました」

「よし。とりあえず、ゴーレムに貴族たちの避難を任せて……。シェリー、魔法で数を減らして。城の損傷は気にしなくて良いよ」

そう言いながら、俺は聖剣の力でシェリーの杖を呼び出してシェリーに渡した。

数のゴリ押しには、魔法が一番効果的だ。

地下市街で襲われた時からシェリーはずっと成長しているから、あの時とは比べものにならないくらい戦力になってくれる。

「リーナは、これで王女の安全を確保しながらヘルマンたちの援護《えんご》をよろしく。たぶん、感電を無効化するにはリーナの聖魔法が必要だと思うんだ」

今度はリーナの杖を召喚し、状態異常無効の能力がついた魔法アイテムを創造して両方渡した。

状態異常無効は、王女を起こすため。

たぶん、彼女がいないと勇者の暴走は止まらない気がするんだよね。

「はい。こっちは任せてください」

「うん。任せた」

SIDE：ヘルマン
「よし。負けることは許されない。絶対に倒すよ」
師匠に任されたんだ。僕たちで勇者をどうにかするぞ。
「うん」

「グルァアア！」

師匠に蹴られ、壁にめり込んでいた勇者が壁から脱出すると、大きな雄叫びをあげた。

まるで魔物だな……そんなことを思っていると、勇者が突如《とつじょ》消えた。

「アルマ！」

勇者は、思わぬ速さでアルマの背後に回っていた。

そ、そうだ。勇者は元々、スピードが売りだったんだ。

「大丈夫！　自分の心配をして！」

透過で勇者の攻撃を避けると、アルマは急いで距離を取った。

「くそ……この狭くて人が多い場所では斬撃を飛ばすことができない」

距離を取って戦いたいのに……。

それに、僕の斬撃は勇者を殺してしまう。

こうなったら、感電覚悟でアルマの毒で眠らせるしかないか。

「アルマ！　僕が囮になる！　隙を見て、毒で眠らせてくれ」

「了解！」

「さあ、勝負だ！」

俺は無属性魔法を全開にして、勇者と対峙《たいじ》した。

動きが速いといっても、魔眼があれば難なく避けられる。

面倒なのは、剣や服に纏っている電気魔法。触れば、一瞬行動不能になる。

勇者のスピードなら、その一瞬で僕の首を飛ばすことができるだろう。

遠距離からの斬撃が使えない以上、本当に戦いづらい相手だ。

「でも、意識はないから、作戦に嵌めるのは簡単そうだね」

そう。ステータスは高くなったみたいだけど、その分思考力が低下したみたい。

これなら、簡単な囮作戦でも、成功するだろう。

そして、思っていたとおり簡単に勇者は俺に釣られ、背後からアルマの攻撃を受けた……はずだった。

「え？」

なんと、アルマの攻撃が光の壁によって遮《さえぎ》られてしまった。

俺たちは、慌てて距離を取った。

「なるほど。新しいスキルはそういうスキルだったのか」

くそ。今のがダメなら、どう倒せば良いんだ？

「ヘルマン！」

打開策を考えていると、アルマが俺の名前を叫んだ。

どうした？　あ。

魔眼で見てないのに、勇者が目の前にいた。

間一髪。なんとか透過で勇者の攻撃を避けることができた。

これは、

「限界突破……十倍の十倍、今の勇者は百倍か……」

「う、くっ」

「くそ……反撃する隙がない」

速すぎる。透過まで使ってようやく避けてるこの状況だと、先にやられるのは僕たちだ。

「時間切れまで耐えるしかないわ」

限界突破……確か、今は五分程度まで使えるって言っていたな。

五分なら、ギリギリ耐えられるか……。

それから勇者の攻撃を耐え続け……

「も、もしかして、時間切れがない？」

五分、十分と待っても、一向に勇者のスピードが落ちる気配がなかった。

「いや、制限時間も十倍になったんだ」

「う、嘘……それじゃあ、あと四十分も攻撃を避け続けるの？　無理よ。その前に魔力が尽きるわ！」

そうだね。僕たちは元々魔力が少ない。

精々《せいぜい》あと十分が限界だろう。

「くそ……」

師匠に頼まれたのに、何もできずに終わっちゃうのか？

(遅れてすみません。二人とも、戦いながら聞いてください)

(リーナ様⁉)

俺たちが打つ手なしで困っていると、リーナ様からの念話が飛んできた。

(今から、勇者を倒す打開策を説明します)

SIDE：エレメナーヌ

「……てください。起きてください！」

「う、うう……え？」

目が覚めると、目の前に見慣れない顔……聖女の孫であるリアーナさんがいた。

あれ？　私、どうして寝てるの？　魔物は？

「混乱されていると思いますが、一刻を争う事態ですので細かいことは聞かずに手を貸して貰えないでしょうか？」

「手を貸すって……何をすればいいの？」

記憶に残っているあの魔物の数を考えれば、一刻を争うのは間違いないと思う。

でも、私にできることなんてないわよ。

「勇者カイト様の暴走を止めるのに協力して貰えないでしょうか？」

「……カイトが暴走？」

リアーナさんの言葉に、寝起きで回らなかった頭が急に覚めてしまった。

どういうこと？　カイト、もしかしてこんな時にレオンス侯爵に殴りかかってたりしてないよね？

「あれを見てもらえればわかると思います」

そう指さされた方向を見ると、少し遠くでカイトと見知らぬ男女二人組が戦っていた。

「何……あの黒い剣は……」

カイトが持っている剣、それにカイト自身が何か嫌な雰囲気が離れていても感じ取れる。

あれはカイトだけどカイトじゃない。カイトはあんな荒々しい戦い方じゃないわ。

「レオくんが狂化の剣と言っていました。持ち主を強くする代わりに、凶暴にしてしまう恐ろしい剣です」

レオくん……ああ、レオンス侯爵のこと。

うん……魔物が出てきた時といい、何か知っていそうね。

「けど、どうして……どうしてそんなものがカイトの手に？」

「王国の騎士が渡したのではないのですか？」

「あ、ああ……」

思い出した。剣が無くて困ってたカイトに一人の騎士がカイトに剣を差し出したんだっけ。

そういうこと……あの騎士もハゲの手下だったわけね。

あいつ……絶対に許さない。これが終わったら、絶対反逆罪で処刑してやるんだから。

「お願いします。勇者が作り出す光の壁について教えてください。今、この中で勇者様を止められるのはあの二人しかいないんです」

「光の壁？　ああ、カイトのスキルね。あの二人は……？」

カイトと戦っているのは誰？　あんなに動ける人が王国にいると思えないわ。

「ミュルディーン家最強騎士の二人ですよ。二人なら、ドラゴン相手でも怖くありません。それでも……暴走した勇者を止めるのは厳しいみたいなんです。あの光の壁を攻略できれば、なんとかなると思うのですが……」

なるほど。レオンス侯爵が言っていた三人のうちの二人か。

ドラゴンを倒せる二人を相手にして、あそこまで一方的にカイトが攻撃しているとなると……あの剣、恐ろしいわね。

「わかったわ。協力する。でも、カイトを止めるのは私がやる」

「それは……」

「これは譲れない。あなただって、レオンス侯爵のためなら命だって惜しくないでしょ？」

私はリアーナさんの言葉を遮るように、そして絶対に言い返せないように自分の主張を伝えた。

この人も、同じ立場なら絶対譲らないはず。

「はい……そうですね。わかりました。それで、どのように止めるおつもりで？」

「簡単よ。私がカイトから剣を奪い取れば良いのよ」

単純なカイトに余計な考えは必要ないわ。

「さ、流石にそれは……近づくことすらできないと思います」

「そんなことない。あの光の壁は、敵と認識した相手に対して絶対的な防御が働くの。つまり、敵として認識されない私なら、問題なく近づけるわ」

あの壁の弱点は他に、一度に一方向だけしか使えないことと、スキルの発動を意識していない時は発動しないことがある。

まあ、そんなことまでは敵になるかもしれない人たちには教えてあげられないけど。

「今、彼は剣に取り憑かれて意識がないのですよ⁉」

「大丈夫。カイトは絶対に私を攻撃しない」

意識がなくたって、気が狂ったって、カイトは絶対に私を攻撃しないわ。

私はジッとリアーナさんの目を見て、自分の主張を曲げるつもりがないことを伝えた。

「……わかりました。ただ、一応二人に勇者様の注意を引きつけるように伝えておきます」

「別にいいのに」

まあ、それくらいなら好きにすればいいわ。

「じゃあ、行ってくるわ」

「お気をつけて……」


「まったく……強くなって一人でも大丈夫みたいな雰囲気を出しといて、結局私がいないとダメなんだから」

騎士二人が必死に攻撃を避けているなか、私は怖がらず堂々とカイトに近づいて行った。

「ウルアアア！」

まるで魔物ね……。

私が近づいてきたことに気がついたカイトが、大きな雄叫びを上げながら私に向かって剣を振り下ろしてきた。

「大丈夫。あなたは絶対に私を傷つけたりしない」

そんな状況でも、私は足を止めなかった。

「ほら、やっぱり大丈夫だった」

カイトの剣が私を真っ二つにするようなことはなく、しっかりと私の真上で剣が止まっていた。

さて、後は私が頑張る番。

私は電気魔法を纏ったカイトの右手を握った。

「うぐ……思ったより痛くないわね。いや、これはリアーナさんのおかげ……あとでお礼しないと」

激痛に変わりはないけど、体が焼ける程じゃない。

聖魔法《せいまほう》を極めると、ここまでできるのね……。私も頑張らないと。

「ほら……私も我慢するから、あなたも自力でどうにかしなさいよ。幸せになるって約束はどうしたのよ！」

そう言って、私はカイトの手を強く握った。

「ウガアアア！！！」

「うう……」

カイトが中で剣と戦っているのか、電気魔法の威力が増した。

それこそ……本当に体が焼けそう……。

「これ以上は危ないです！　離れて！」

「大丈夫……これくらい単なるスキンシップよ……」

ちょっと気が早いけど、夫婦のふれあいよ。

「カイト。頑張って、私はここにいるよ」

「うぐ……」

また魔法の威力が強くなった。

流石にヤバいわね……もう、意識が飛びそう。

「もう危険です！」

「大丈夫よ……もう、カイトは戻ってくるから……」

SIDE：カイト

「……？　確か……魔物が出て……」

気がついたら、服がボロボロになったエレーヌが俺に抱きついていた。

「良かった。カイトが戻ってきた」

「ど、どうして……」

どうしてエレーヌがボロボロになっているんだ？　俺はどうしてこんなところに？

確か、魔物と戦おうとしていたんじゃないのか？

「大丈夫。ちょっとビリビリしただけだから」

「ビリビリ？　え？　どういうこと？　俺、もしかしてエレーヌに……」

「大丈夫。カイトは一回も私に攻撃しなかったわ」

「で、でも……」

俺、エレーヌを殺しかけたってことだよな？

そんなの、許されるはずがない。許されるはずが……。

あまりの事実に俺は顔面蒼白《そうはく》になり、言葉を失ってしまった。

すると、エレーヌが急にキスをしてきた。

「ちょっと激しいスキンシップをしただけよ。あなたは私に攻撃してない」

「そんなわけ……」

俺が否定しようとすると、エレーヌがもう一度キスをして口を塞いできた。

「キス、明日にとっておきたかったんだけど……まあ、減るものじゃないしいいよね」

普段なら嬉しいことだけど、今は複雑な気分だな。

「私を信じて。あなたは私に攻撃なんてしてない」

「……わかったよ」

信じて……か。それを言われたら、信じるしかないじゃん。

「大丈夫そうですね。あとは私だけで十分です。二人はレオくんのところに行ってください」

近くで女の人の声が聞こえて顔を上げると、近くで二人の女性と一人の男が話していた。

あれは……レオンスと一緒にいたリアーナさん？

あと二人は誰だ？

そんなことを思っていると、二人は「はい」とリアーナさんに返事をして、魔物と戦っているレオンスたちのほうに行ってしまった。

あ、魔物……やはり、あれは夢じゃなかったのか。

くそ……本当に俺は何をやっているんだ。こんな時に邪魔をしただけじゃないか。

「あの二人、レオンス侯爵の騎士だって。ほら、ドラゴンを倒せるって言っていた。たぶん、そのうちの二人よ」

「今まで、俺はそんな二人と戦っていたの？」

とても戦いになる自信がしないんだけど？

「うん。でも、カイトが勝ちそうだったから、私が助けてあげた」

「え？　俺が勝ちそうだった？」

そんな馬鹿な。俺のどこに勝てる要素がある？

「うん。あの剣、持った人を狂わせる代わりに、強力な力を与えてくれるみたいなの」

「そうなんだ……」

そういう剣だったのか……使う場面によっては……。

「あれは二度と使ったらダメ。敵味方関係なく殺すあなたなんて見たくない」

「そうだね……ごめん」

俺は何を考えているんだ。現に、ここまでエレーヌを傷つけておいて。

「いいわ。で、まだ動けそう？」

「うん。まだ戦える」

限界突破は使えそうにないけど。

「なら、少しでもレオンス侯爵への借りを少なくしないと」

「わかった。今度は自分の剣で戦うよ」

ドラゴンを倒せる二人が加わったんだ。俺が剣を取りに行っている間くらいでやられることはないでしょ。

俺はエレーヌをぎゅっと抱きしめた後、自分の部屋に向かって全速力で走り始めた。

「ふう。やっと第一フェーズが終わった感じかな」

細々とした魔物の大群を片付け、照明が壊されて薄暗いパーティー会場を見渡しながら俺は一息ついた。

勇者のほうは、ヘルマンたちとリーナが頑張ってくれたみたいだ。

正直、キツいと思っていたんだけど、やっぱり愛の力は偉大だったな。

「これからどんどん強くなっていくのよね……？」

「そうだね……ルーを連れて来たほうがいいかな？」

地下市街の時は、次のフェーズまで数時間くらい間があったから、次は明日の朝くらいかな？

それまでにならルーも連れて来られるだろう。

「いや、流石に魔族《まぞく》が帝国にいることがバレたら、教国まで次の戦争に参加してくるかもしれないわよ？」

あ、そうだった。ここは王国、敵しかいないんだっけ。

そうなってくると面倒だな……。

「たぶん最後の相手はルーがいないと……」

城が多少破壊されるけど、ルーなら簡単に倒せるからな……。

「魔界《まかい》でも五本の指に入る魔物が召喚されるんだっけ？」

「そうだよ。地下市街の時は、昔魔王をやっていた魔物」

今の魔王とどのくらい実力差があるかはわからないけど、あの魔物を素材にした魔法アイテムの有能性から考えても、あれは相当強かったんだろうな。

「そんなものがこんなところに召喚されたら……」

うん。間違いなく城は壊れると思う。

なんなら、この後ベヒモスが出てきたらあの巨体だけで城が壊せるよな。

「といっても、今すぐじゃないから……え？」

少しゆっくり休もうと言おうとした瞬間、空間の割れ目から人形の魔物がぞろぞろと出てきた。

おかしい。前はこんな間隔が短くなかったはず。

「あれは……マッドデーモン。しかも、十体……」

しかも次の魔物は、忘れもしない……あの悪魔だった。

「そんな怖い顔して……もしかして、強いの？」

「……うん。じいちゃんを殺した魔物だよ」

試練のダンジョンの五十階のボス。

忘れられない相手だ。

「そんな……大丈夫なの？」

「大丈夫。でも気をつけて、あいつら消えるから」

(今のお前なら、そこまで怖い相手でもないだろ？)

(そうかもしれないけど、誰しもトラウマには弱いものだよ)

エレナの質問にそう答えながら、俺はアンナを取り出して装着した。

「よし。この魔物は俺が全部倒す。皆は、後ろで固まってて」

俺が動き始めると、悪魔たちはニヤリと笑って姿を消した。

懐かしいな。あの馬鹿にした笑顔。

「けど、あの時みたいにその顔を怖く感じることはないよ」

ちゃんと見えている。

七体が俺を囲うように、残りの三体はシェリーたちのほうに向かった。

「そっちには行かせないよ」

俺は転移を使って、まずは三体を瞬殺した。

うん。見えれば怖くない。

俺は悪魔たちの強さを再確認しながら、残った七体に目を向けた。

全員、さっきまでの笑顔は消え、逆に恐怖しているのが表情に出ていた。

「少しは、復讐になったかな」

そう言いながら、俺は悪魔たちの頭を吹き飛ばした。

SIDE：エレメナーヌ

「嘘でしょ……何あの動き……暴走したカイトより速いじゃない……」

十体の悪魔が出てきて……消えたと思ったら、次の瞬間に三体が倒れていて、少し遅れて他の七体が倒れていた。

何かの冗談よね？　私は、あんな化け物とカイトを戦わせようと考えていたの？

「あれでも、レオくんは城を壊さないように随分と力を抑えていますよ。レオくんなら、一歩も動かずにあいつらを殺すことが可能ですから」

「嘘でしょ……」

あれで手加減をしている？　信じられない……いえ、信じたくないわ。

「本当ですよ。といっても、私もレオくんが本気で戦っているのを見たのは二、三回しかないんですけどね」

「あの人が本気になる相手って⁉︎」

手加減してあの強さなのに……本気出して戦える相手ってそれこそドラゴンでも無理でしょ。

「一回は、今みたいな状況になった時ですね。あれは本当に怖かったです。あと一回は……秘密です。今は可愛らしくなってしまいましたが、当時は凄く恐怖したのを覚えています」

「いろいろと突っ込みたいところだけど……まず、今みたいな状況があったってどういうこと？」

忘れてたわ。レオンス侯爵、この状況について何か知ってたんだ。

まずはそれを聞かないとダメだわ。

「簡単です。今日と同じく、ミュルディーン領でも魔の召喚石が発動してしまったことがあるんですよ」

「え、いつ？」

そんな報告されてない。

というより、こんな魔物の大群が街に現れていたら、世界中で大事件として取り上げられているわ。

それなのに、どうして何事もなかったようにミュルディーン領は発展を遂げているの？

「闇市街が無くなった時ですよ。闇市街のことはご存じですよね？　闇のオークションで魔法石を落札《らくさつ》されていましたもの」

「え？　どうして……いや、そうね」

そりゃあ、自分の領地で購入された物だものね。

誰が買ったかなんて簡単にわかるわよ。

はあ……私が忘れたくて仕方ない愚《おろ》かな頃の私。

あの魔法石、過去最高額で手に入れた宝石、今でもあれだけはもったいないから大事に部屋に飾っているのよね。

「そんなことより、魔の召喚石というのは何なの？」

いけない。話が逸れていたわ。

今大事なのは、この状況について少しでも知ることじゃない。

「魔界から強力な魔物を呼び出す魔法アイテムですよ。何段階にも分けて魔物が召喚されて、どんどん召喚される魔物が強くなっていきます。それこそ、最後は……」

魔界……魔王が住んでいた世界よね。

魔物と魔族がたくさんいる世界……そんな場所から魔物を呼び出すなんて、恐ろしいにも程があるわ。

「……最後はどうなるの？」

怖くて聞きたくなかったけど、勇気を振り絞ってリアーナさんに質問した。

今後、レオンス侯爵が本気にならないといけない魔物が出てくると考えると……足の震えが止まらなかった。

「いえ、最後の魔物がどこまで強いのかは私もわかりません。ただ、この城が壊されるのは覚悟しておいたほうが良いかもしれません」

「そんな……」

この城が壊されるなんて……。

「城が壊されても、皆が生きていれば良いんじゃないか？　あ、でも、王国に建て直すお金はないかもしれないな」

カイト……。

私がこれから起こることに絶望していると、さっきまで魔物を倒していたカイトが慰めてくれた。

「ねえ。カイトはレオンス侯爵の強さを見てどう思った？」

「うん……正直言うと、少し恐怖を感じたね。あと数年したら、戦わないといけない相手だから」

やっぱりそうよね。実際に戦うんだもん、私以上に怖いはずだわ。

「あの……その戦わないといけないとか……私の前で言わないほうが……」

「いいじゃない。あなたたちもそのつもりでここに来ているんでしょ？　それに、あれだけ強い人たちがいれば別に私たちなんて怖くないでしょ？」

「……」

「で、あれを見た後、カイトは帝国と戦争したいと思う？」

リアーナさんを軽く黙らせた後、私はカイトに対して質問を続けた。

カイトの返答次第では……いや、たぶんカイトも戦争はしたくなくなったはず。

こうなったら……これが終わったらどうにか私が王になって、戦争を止めないと。

多少、私の命が狙われようと関係ないわ。

「俺はあれを見る前から戦争はなるべくしたくないと思っているよ。だって、戦争では絶対に人が死ぬわけだから」

そういえばそうだった。最初から、カイトは強制的に戦争に参加させることになっていたんだっけ。

勝手に呼び出して、無理矢理戦争に参加させようとしていたんだ……。

こんな負けることが確定してからそんなことに気がつくなんて、やっぱり私って愚かだわ。

宝石姫から成長なんてしてないじゃない。

「そんな顔しないでよ。確かに戦争は嫌だよ。でも、俺が戦争に参加しようと思ったのはそれがエレーヌの為になるってわかったからだよ」

私の為……。

「俺はエレーヌの為なら、他のことなんてどうでも良いと思っているからね。エレーヌの命令なら、喜んであいつを倒してくるさ」

もう、そうやっていつもいつも私を甘やかして……。

「カイト……わかったわ。私も覚悟を決める」

私が成長するためにも、ここでカイトに甘える訳にはいかない。

これが終わったら、今度は私が頑張る番。


「結局、マッドデーモンが六十体も出てくるとは」

十体倒したら、二十体、それを倒したら三十体、計六十体をシェリーたちに指一本触れさせずに倒した。

流石に疲れて、俺は床に転がっていた。

「全部、レオが瞬殺したけどね」

「あいつら消えるからね。何かされる前に殺しておかないと」

「そうかもしれないけど……急に悪魔の首が飛んできた時は流石に私も悲鳴をあげちゃったわ」

言われてみれば、シェリーの目の前で首を斬り飛ばした悪魔がいたかも。

倒すのに必死すぎたな。

「ごめん。そこまで気が回ってなかった」

「いや、そこまで気を回さなくて良いんだけどさ。それでレオが大変になるのは嫌だし。とりあえずお疲れ様」

「ありがとう。でも、次は流石に危ない気がするからリーナたちと避難していてくれない？」

次は、流石に瞬殺するのは難しいだろうし、もしかしたら戦いのなかで城が倒壊《とうかい》するかもしれない。

「嫌よ。と、言いたいところだけど……わかった。邪魔にならないように避難するわ」

「ありがとう。じゃあ、一旦皆をミュルディーンに送っておくか」

立ち上がった俺は、リーナや勇者たちがいるほうに向かった。

「リーナお疲れ。助かったよ」

「いえ、これくらい大したことありませんよ。それで、この後はどうするつもりですか？」

「それなんだけど、皆でミュルディーンに逃げていてくれない？　この後たぶん、もの凄く強い敵が出てくるだろうから」

「わかりました……。王女様たちは？」

リーナが頷くと、後ろにいた王女と勇者に目を向けた。

そうだね。二人にも避難してもらうか。

「一旦、安全なミュルディーン領まで避難していて貰えませんか？」

「レオンス侯爵の領まで……？　ここから、随分と距離がありますよね？」

「実は、僕には転移というスキルがありまして……それで、一瞬でどんな場所に移動することができるんです」

「ああ、そういえばそんなスキルをお持ちでしたね。うん……」

やっぱり、敵の領地に得体の知れないスキルで移動するんだもん。抵抗があるよな。

さて、どうやって交渉……。

「エレーヌ。避難してて」

ん？　思わぬ援護だな。いや、王女の安全を考えての選択か。

狂化の剣を抜く前に、強めに突っかかってきたから、勇者が拒否してくると思った。

ちゃんと、王女が第一なんだな。

「でも……」

「これを仕掛けた奴らの目的はエレーヌなんでしょ？　なら、エレーヌは逃げていてほしい」

「カイトは？」

「俺はここに残るよ。流石に、この国の人間がここに一人もいないのはおかしいから」

まあ、そんな気はした。

ここで断るのもおかしな気がするし、勇者と戦うことにするか。

「わかったわ……無事でいてよね？」

「大丈夫。俺にはお守りがあるから」

そう言って、勇者が綺麗な宝石がついた首飾りを王女に見せた。

王女のプレゼントなのかな？　確かに、それはご利益《りやく》ありそうだな。

「それじゃあ、レオンス侯爵、あなたの領地に避難させていただいても？」

「はい。それじゃあ、全員俺に触って」

「師匠、僕たちも残ります」

今度はヘルマンか。

「いや、いいよ。俺と勇者で十分。それに、一応領内でも王女様の護衛は必要でしょ」

「……わかりました」

素直でよろしい。

ヘルマンを納得させ、俺は転移を使った。


「ここがミュルディーン領？」

「にある城の中ですよ。とりあえず、魔物襲撃が終わるまで泊まっていってください。シェリー、案内をお願い」

「わかった。こっちは私に任せて」

「うん。じゃあ、俺はあっちに戻ってるよ」

「えっと……レオンス侯爵」

王城に戻ろうとすると、王女様が遠慮がちに呼び止めてきた。

「はい。何でしょうか？」

「本来、客人であるあなたがここまでする義理はないと思います。どうしてここまでしてくださるのですか？」

言われてみれば、確かに俺がここまでする意味はないのかな？

「うん……折角の結婚式が台無しになったら可哀そうだから？　ですかね」

一生に一度しかないのに、それが嫌な思い出になってほしくない。

たとえ、これから敵になるとしてもね。

「そんな理由で……」

「あとは、僕の計画を成功させるなら、あなたには生きていて貰わないと困るからです。これで納得ですか？」

エレーヌ王女がいないと、他の面倒な王族たちといろいろと交渉しないといけなくなるからね……。

うん。それを考えれば、これくらいの労力は大したことないな。

「は、はい……」

「じゃあ、終わったら呼びにきますね。それまでくつろいでください」


「エレーヌは大丈夫なんだろうな？」

俺が戻って来ると、勇者が俺の肩を摑んで迫ってきた。

やっぱり、心配だったんだな。

「大丈夫だよ。というか、俺が王女様に危害を加えないと思ったから任せたわけでしょ？」

「そうだけど……」

「大丈夫。異世界の記憶を持つ者として、異世界から来た人に悪いようにはしないさ」

「ん？　異世界の記憶を持つ者？　お前……」

そう。俺がこいつを領地に連れて行かなかったのは、ちょっと二人だけで本音の話をしたかったからだ。

あとは、個人的に同じ異世界人として話をしたからかな。

「転生者、って言いたいところだけど、ちょっと違うみたい。転生者の記憶をコピーして入れられたような感じ？」

「つまり？」

「うん……少しだけ異世界の記憶を持って生まれた人だと思ってくれればいいよ」

俺は説明することを放棄《ほうき》した。

今から転生者たちの争いとどうして俺が生まれたのかまで説明するなんて、そんな気力はない。

「そうなのか。お前みたいな人は他にもいるのか？」

「いるよ。例えばゲルト」

「ゲルトさんが？」

「転生者たちの間では、付与士って呼ばれてるよ。ちなみに、俺は創造士」

「創造士!?」

「創造士がどうしたの？」

目を見開いてまで驚くこと？　何か、創造士について知っているのか？

「あの、山やドラゴン、王国を造ったという創造士なのか？」

ああ。やっぱり俺じゃないほうの創造士を知っているんだ。

「いや、それはもう一人のほうだね。帝国のダンジョンにいるみたいだよ」

「そうなのか……てか、まだ生きているんだな」

種族は俺たちと同じらしいんだけどね。何か、魔法アイテムでも使っているんだろうな。

「それで、なんでカイト……カイトって呼んでいいか？」

「別にそれくらい聞かなくて良いよ。俺はレオでいいか？」

確かにそうなんだけど。なんか、さっきまで仲が悪かった奴を急に呼び捨てで呼ぶのも気持ち悪いじゃん？

「うん。いいよ。で、どうしてカイトが元のほうの創造士を知っているんだ？」

「本で読んだ。ずっと昔にいた勇者が書いた本だよ」

「へえ。そんな本が残っているんだな」

まあ、勇者は何回も召喚《しょうかん》されているみたいだし、誰かが書いていてもおかしくないか。

俺も、後に生まれた転生者たちの力になるために本でも書こうかな。

「レオはどこで知ったのさ」

「魔王に聞いた」

「魔王⁉　魔王は死んだんじゃないの？」

あ、そういえばそうだったな。

最近⁉　ミュルディーン家では当たり前のこととして扱っていたから、すっかり忘れてたよ。

「いや、あの人は死なないよ。そういうスキルを持ってるから」

超再生のスキルがあるから、あの人は不死身《ふじみ》なんだよね。

「スキルか……。俺の限界突破と守護の光も強力だもんな。レオも転移以外にスキルを持っているのか？」

「持ってるよ。何を持っているかは秘密だけど」

「秘密。そうだよな……あと二年したら、戦争で戦う相手だもんな」

「まあ、このままいけばそうなるのかな？　全ては、王女様次第だ」

王女様が明日の結婚と同時に現国王を引きずり下ろして戦争を止めるなら、全力で支援するつもりさ。

まあ、それは流石に貴族が言うことを聞かないだろうから厳しいかな。

俺が手を出したら侵略と変わらない気もするし。

「レオは戦争が怖くないのか？」

「もちろん怖いさ。王国より戦力が整っているといっても、勇者と付与士の二人を相手しないといけないからね。正直、できる限りやりたくない」

「ゲルトさんはわかるけど……俺が？」

「勇者の怖さは追い込まれたときに出る。これ以上は言わないよ」

流石に、一番厄介な勇者補正を教えるわけにはいかない。

そんなもの狙って俺に使われたら、かなわないからな。

「追い込まれたときか……起死回生《きしかいせい》ができるスキル？」

「教えないよ」

「それも、魔王から教わったのか？　それとも、先代の勇者から？」

「魔王だよ。じいちゃんは、そこまで自分の力を理解していたのかわからないな」

そもそも、じいちゃんと一年も生活していないからな……。

魔王と戦った時の話とか、聞いとけば良かった。

「なあ。先代はどのくらい強かったんだ？」

「ちょうどカイトくらいかな。今考えると、使える魔法が無属性魔法だけとは思えない強さだったよ」

俺たちは魔法に恵まれているから簡単に強くなれるけど、無属性魔法は本当に努力が必要だからな。

「そうなんだ……。凄い人だったんだな」

「うん。凄い人だったよ」

マッドデーモン。さっき、あれだけ倒したけど……この後悔から来るモヤモヤした気持ちは晴れないな。

そんなことを思っていると、空間に穴が開き始めた。

「あ、来た。よし。どうにか結婚式ができるように頑張るぞ」

「戦いが始まる前に言わせてくれ。レオ……ありがとうな」

「もう、気にするなって。ほら構えて。どんな魔物が出てくるかわからないからね」

あ、てか、俺と勇者だけだったらルーを連れてきても良かったじゃないか？

城が壊れる前提で王女を逃がしたわけだから、ルーが破壊しても問題なかったし……。

いや、流石に仲良くなったからといって、ルーまで見せるのは良くないか。

うん。きっとそうだ。別に、後悔したくないわけじゃないからね。


「……ん？　小さいな？」

前回みたいに馬鹿でかい怪物が穴から出てくると思ったら、俺より小さい男……の子が出てきた。

「小さい言うな！　お前らだって、ジャイアントに比べたらチビだろ！」

あ、やっぱり子供みたいだな。

高い声に、俺はちょっと安心した。

話が通じない化け物よりはマシだからね。

「喋った……ひょっとして魔族なのか？」

「ん？　よく見たら人間じゃないか！　この世界に来て初めて見たぞ！」

「この世界……？」

ん？　聞き捨てならないことを言ったな。

「あっ……今の、忘れてくれ！」

「いや、忘れるのは無理だけど……てか、子供の魔族で異世界人というと……もしかして魔王だったりしない？」

なんか、よく見たら俺の知っている魔王と似ている気もする。

子供の頃の魔王ってこんな感じなのかな。

「おお！　よくわかったな。もしかしてお前も魔王なのか⁉」

「いや、そこは〈異世界人なのか？〉でしょ。どう見たって、俺たち人族《ひとぞく》だよね？」

もしかして、こいつ馬鹿なの？　頭の中は俺の知っている魔王と大違いだ。

いや、あの人も冗談を言うのが好きだったな。

「こっちで普通の人と会うのは初めてだって言っただろ？　もしかしたら、人の魔王がいてもおかしくない」

「そうだけど……。で、どうして魔王がここに？」

「お前たちが呼んだんだろ？」

「あ、そうだった……」

魔王の答えにカイトが困ったように頭を掻いていた。

まあ、こんな見た目でも魔王を呼んじゃったわけだしな。

「いや、実際に呼ばれたのは俺の部下なんだがな。部下が何人もいなくなるのは困ったから、空間魔法で干渉したわけだ」

「なるほど……。悪いんだけど、帰って貰える？」

空間魔法があるなら、帰れるでしょ？

「何を言っている。そこに転がっているのは、俺の部下だろ？　これは戦う理由には十分じゃないか？」

「あ、ああ……」

そういえばそうだったな。くそ……死体、片付けておくんだった。

「えっと、ちょっとだけ言い訳させて貰ってもいい？」

なるべく、戦いたくないんだけどな……。

「まあ、いいだろう。俺を納得させることができたら許してやらないこともない」

やっぱり、話が通じる人で良かった。

これが言葉が話せない魔物だったら大変なことになっていたな。

「実はここ、人間の王国にある城の中なんだ」

「ほう。言われてみれば俺の城と変わらないくらい立派だな」

「で、明日、この国のお姫様とこの勇者が結婚することになっているんだ」

「それはめでたいな。で、どうしてこうなった？」

「よくあることだよ。姫様と勇者の結婚をよく思わなかった誰かが、パーティー最中に魔界から魔物を呼び寄せる魔法アイテムを使ったんだ」

「なるほど……それはけしからん奴らだな。ふむ。確かにそれならお前たちは悪くないかも知れないな」

「そうでしょ？」

やった！　何事もなく終わるぞ！

「だが、そこの男……勇者といったか？」

「う、うん」

魔王に指さされ、カイトがちょっと緊張しながら頷いた。

カイト……頼むから怒らすなよ……。

「魔王と勇者が出会ったら戦わないといけない。それはこの世界の決まりだろ？」

ん？　なんかさっそくおかしなことになってきたぞ……。

「そんなことは……」

「前代の魔王は、勇者に殺されたと聞いたぞ？」

ああ、それで勘違いしているのか。

「いや、元気に魔の森で生活しているよ。俺たちの言うことが嘘だと思うなら、探してみるといいよ」

一応殺されてはいるけど、生き返っているからノーカウントだよね。

「なに!?　じゃあ、悪が正義に敗れるというお決まりがこの世界で通用することはないのか？」

やっぱり、こいつ馬鹿なのかな？

「それは知らないけど……って、何の話をしていたんだっけ？」

随分と話が変わってない？　部下のことは良いの？

「勇者と魔王は戦わないといけないのか、という話だ。どうする、戦うのか？」

「あれ？　俺たちがその選択をする側だったっけ？」

なんか、話がぐちゃぐちゃだな。

「えっと、戦いたくないです」

カイトがすぐに不戦を宣言した。

よし、これで今度こそ終わりだ。

「何を言っている！　それでもお前は勇者か！　ここは、ビシッと剣を抜かないでどうする！」

「面倒な奴だな……」

まるで、結局「戦う」しか選択肢がないゲームのボスじゃないか。

「お前もだ！　さっきからごちゃごちゃと俺たちのやる気を削ぎやがって！　一般人《モブ》なら、端のほうで勝負の行方を見守っていろ！」

いや、元々やる気に満ちあふれているのはお前だけだから。

カイトも戦いたがっているみたいに言うなよ。

「わかったよ。戦うのは良いんだけどさ。城が壊れたら困るから、ここ以外でやってくれない？　なんなら、俺が場所を用意するよ？」

地下闘技場に連れて行こう。あそこなら、死ぬことはないから。

「いや、それなら俺の城で戦うぞ！　やっぱり、勇者と魔王の決戦の場といったら魔王城での戦いだろ」

こいつ、本当に魔王の記憶がコピーされているのか？

見ていて、なんかイタいぞ。

「わかったわかった。どこでもいいから。ほら、やるならさっさとやらない？　明日、結婚式があるって言ったでしょ？」

結局、何を言っても選択肢はなさそうだし、魔王の言うとおりにしてやろう。

「そうだったな。それじゃあ、ほら」

魔王が俺とカイトに手を向けると、一瞬で場所が移動した。

「ここでやるぞ」

同じ城なのに、城主の違いでここまで差が出て来るとはな……。

よくわからない魔物の頭蓋骨《ずがいこつ》が壁に飾られているのを見ながら、俺は思わず苦笑いしてしまった。

「お、おい……本気で俺と魔王を戦わせるつもりなのか？」

「まあ、大丈夫だって。ほら、戦ってきなよ。俺は、他が乱入しないか見張っているから」

「何かあったら助けてくれよ……」

凄く不安そうな顔を俺に向けながら、カイトが玉座に座る魔王のほうに向かって行った。

「はいはい。頑張れよ！」

「勇者よ。よくここまで来た！」

「いや、連れて来られただけなんだけど」

「一々うるさいぞ。少しは真面目に勇者をやったらどうだ！」

俺は学園祭の劇でも見せられているのか？

てか、魔王のほうもよく懲《こ》りずに魔王キャラを演じ続けられるよな。

「お前こそうるさいよ。もういい！　勝手に始めるからね！」

さっきまでの不安な顔はどこに行ったのか、相手するのが面倒になったカイトが剣を抜いて魔王に襲いかかった。

「ちょっと待て！　まだ用意しておいた言葉を話し終えてないんだ！」

「問答無用。さっさと倒して、さっさと帰るまで！」

腕を前に出して止めようとする魔王を無視して、カイトが片腕を切り落とした。

「くっ。なんと野蛮《やばん》な勇者……だが、俺には……ん？　おかしいぞ！　どうして発動しない!?　どうして傷が治らないんだ!?」

自分の傷が治らないことに動揺して、魔王が大きい声で腕に語りかけていた。

「やっぱりね……そんな気はした」

ゲルトなら、俺の再生スキルを無効化していると思っていたんだよね。

魔王の超再生にも効くのかはわからなかったけど、やっぱり効いたな。

「くそ……どうせ治ると思って避けずに受けたが……まさか、もう勇者が聖剣を手に入れているとは思わなかった。これは大きな誤算だ」

いつまで学芸会を続けるつもりなんだ？　腕を斬られたんだから、もう少し戦いに集中すればいいのに。

「だが、俺は諦めないぞ！　これから魔王の恐ろしさを教えてやる！　空間魔法の真骨頂《しんこっちょう》、支配した空間を好きなように操れるというものだ。ここは俺の城。どんなこともできるぞ！」

ああ、だから自分の城で戦いたかったのか。

案外、ちゃんと考えがあってあんなことを言っていたんだな。

城の柱が壊され、カイトに向かって飛んでいった。

城が崩れないのは、空間魔法で天井を押さえているのか？

なんと無駄が多い魔法の使い方。

「いくら動きが速かろうと、私の前では無意味だよ！　ほら！　もう動けまい！」

魔王の間近にまで迫った瞬間、カイトが空中に貼り付けられたかのように固定された。

「ククク。勇者よ。無様《ぶざま》だな～って、イタ！」

魔王が馬鹿にしたような笑い声を上げていると、カイトのポケットから高速のナイフが魔王の腹に向かって飛んでいった。

馬鹿笑いしていた魔王は回避が間に合わず、ナイフが脇腹を大きく抉《えぐ》った。

うお。電気魔法で操ったのか。

どこかの魔王と違って無駄のない魔法の使い方だな。

「てか魔王、もう少し戦いに集中すれば良いのに……」

あいつ、凄い魔法が使えるのにもったいないよな。

「うるさい！」

怒った魔王が俺に柱を投げつけたが、俺は転移を使って避けた。

「よそ見している暇があるのか？」

「ある！　これでチェックメイトだ。ほら、降参しろ」

近づいてきたカイトの首に、さっき魔王の腹を抉ったナイフを向けた。

「いいや。そんなことはない」

「強がりやがって。死んでも知らないからな！」

カイトがナイフを無視して動こうとしたのを見て、魔王がナイフをカイトの首に向かって飛ばした。

あの距離なら、絶対よけられないだろう……普通ならね。

「光の盾？　くそ。そんなスキルを隠し持っていたとは。なら、これでどうだ！」

守護の光にナイフを弾き飛ばされ、焦った魔王は次々と先の尖った物をカイトに向かって飛ばした。

「更に速くなっただと⁉」

限界突破を使ったんだな。

十倍の速さなら、流石に魔王の空間魔法でもカイトを止めるのは難しいだろう。

「ふん！」

カイトは剣を突き出して、正面から一直線に魔王まで突き進んだ。

「くっ……止まれ！」

それを魔王がなんとか空間魔法を使って止めようとしている、という構図になっていた。

「ぐう……」

そして、カイトの剣先が魔王までほんの数センチとなったところで、待っていたかのようにカイトの首の周りをナイフや柱の欠片《かけら》が囲った。

だが、その分カイトを抑える力も弱まって、数ミリまで剣が近づいてしまった。

「はい。おしまい」

俺はカイトの剣を持ち、カイトの周りの尖った物を回収した。

あと、魔王の治療もしておいた。

治療といっても俺が斬って、再生無効化を無効化してあげるだけだけど。

「何をする。あと少しで！」

「いや、相打ちになって引き分けになっていたと思うよ？　それとも、死にたい？　あの剣が突き刺さったら、お前は復活できないんだよ？」

そう言って剣先を見せてあげると、魔王は大人しくなった。

まあ、魔王に死なれたらいろいろと困るから、本当に殺すようなことはしないんだけどね。

「わかった……引き分けで許してやろう」

「じゃあ、許してくれたお礼」

「これは……剣？」

「そう。かっこいいでしょ？　魔剣といって、魔法を剣に纏わせることができるんだ」

師匠に作って貰っておいた物が残ってて良かった。

魔王、絶対こういうの好きでしょ。

「魔剣!?　なんと俺にぴったりな剣なんだ。よし、勇者よ！　次会うまで、俺はこの剣を使い熟せるようになっているから、お前ももっと強くなっているんだぞ！」

「……わかったよ」

勇者と魔王のライバルか。これまた面白いな。

「じゃあ、結婚式もあるからさっさと帰るぞ。てことで、またね」

「いや待て！」

はあ、勢いで帰ろうと思ったんだけどな……今度は何？

「折角親交を深められたんだ。お互いに名乗っておかないか？　次会った時に、名前で呼び合いたい」

なんだ。そんなことか。

「わかったよ。俺はレオ」

「俺はカイト」

「レオにカイトだな。俺はグルだ。覚えやすい名前だろ？」

グルか。ルーといい、魔族の名前は短いのが当たり前なのかな？

「うん。じゃあグル、そろそろ行かせて貰うよ」

今度こそ帰らせてくれよ……。

「ああ……じゃあな。お前も、いつでも挑みに来ていいからな」

嫌だよ。てか、お前と戦うくらいなら、魔の森にいる魔王に挑む。

「気が向いたらね。じゃあ」

俺は軽く手を振って、転移を使った。

とりあえず、無事に終わって良かったな。

第十八話　結婚当日

ＳＩＤＥ：ラムロス

「こ、これで良かったのでしょうか？」

全て言われたとおり行った後、メイ様にお伺いを立てていた。

結局誰も死なず、パーティーが中止になっただけ。

とても、メイ様がやりたかったことは思えない。だとすると、私が何かミスを？

そうなったら、今度こそ……。

「うーん。まあ、良かったんじゃない？」

「そ、そうですか……」

どうやら、あれが失敗というわけではなかったみたいだ。

きっと、メイ様は王国に混乱をもたらしたかっただけだったのだろう。

「ねぇ、そろそろ隠れてないで出てきたら？　私と話すチャンスはこれが最後よ」

「そうさせてもらおうかな～～～。久しぶり～～～」

私の影に向かってメイ様が話しかけたと思ったら、私の影から一人の男が出てきた。

それには思わず、「ヒイ」と変な声を出して尻餅《しりもち》をついてしまった。

ど、どうして私の影から人が出てくるんだ！

「キモい。私と話すときは、普通に話せって言ったでしょ？」

「酷いじゃないか～～～。二百年も一緒に仕事をした仲だろ～～～」

二人は、俺を無視して会話を始めた。

いや、メイ様と対等に喋っていることからして、只者《ただもの》ではないだろう。

ここは、大人しく黙っておくのが賢明なはずだ。

「だからよ」

「仕方ないな～。それで～？　あんな中途半端な仕事で許されるのか～？」

中途半端？　やっぱり、あれは失敗だったのか？

「あなたに邪魔されたって報告しておくわ」

「相変わらずだな～。何度、私がメイの後始末を任されたことか～」

やはり、メイ様と対等な方なのか。

絶対、失礼な態度を取らないようにしないと。

「あ、そう。というか、いつか自分を殺そうとしている奴の下で真面目に働ける変態はあなたぐらいよ」

「酷いな～。何度も彼女とは協力関係だって言っていたじゃないか～」

二人は誰の話をしているのか？　というより、メイ様の上にも人がいるのか？

想像がつかないな。

「協力関係って……なら、簡単に裏切らないでほしいわ」

裏切った？　こいつ……裏切り者なのか。

「彼のほうが私の考えに合ってるから仕方な～い」

「あの人が言っていることは綺麗事《きれいごと》にしか聞こえないわ。結局、殺し合わないといけなくなるのはわかっているくせに」

「そんなこと言って、メイは殺しが苦手なくせに～」

え？　メイ様が殺すのが苦手？

「苦手じゃないわ。何年この戦いのなかで生き抜いていると思っているの？　必要になったら、殺す。

ただ、ちょっと感情移入しやすいだけよ」

「あ、そうだったね～。メイは善人を殺せない、の間違いだった～。だから、今日も安心して襲撃イベント見守っていられたよ～。彼らの青春を見てしまったら、メイはそれを邪魔できないからね～」

そ、そんな……メイ様が勇者のことを気に入ってしまっただと？

くっ、戦争が終わったら勇者を殺そうと思っていたが、考え直したほうが良いな……。

「うるさい。そうやって自分の中で線引きしておかないと、罪悪感が半端ないのよ」

「ああ、今から三百年前の話だったっけ～？　まだ年齢が二桁の時に子供の転生者を殺して、二十年も引きこもったって話～」

三百年前……この人たちは一体何者なんだ？

「よく覚えているわね」

「そりゃあ、メイを言い表すのにぴったりなエピソードだから～」

「そうね。今日だって、勇者の暴走を必死に止める王女を見ちゃったら、罪悪感がまた上塗りされたわ」

「本当、君は悪役に向いていないと思うよ～」

「……私もそう思うわ」

「ふう……。あと少しの我慢……彼が……。ということで、また何年後かに会お～う！」

私の影に隠れていた男がメイ様の耳元で何か語りかけると、すぐに消えてしまった。

一体、何をメイ様に伝えたんだ？

「……ふう。さて、私も帰るとするか～」

「あ、あの……」

ちょっと待ってくれ！　私はこれからどうすればいいんだ！

「そういえば、いたわね。うん……あなたを殺しても、罪悪感は感じないかな」

え、え……？　そ、そんな……確かに私は善人ではないだろう……だから、こうなる予感はしていた。

けど、殺されるなんてあんまりだ。

「なんてね。今は、人を殺すような気分じゃないわ」

驚かさないでくれよ……というか、あの男がいなかったら私は殺されていたのか!?

「まあ、元々の約束どおりちゃんと帝国と戦争する方向なら、好きにしていていいわ」

「あ、ありがとうございます……」

好きにしていいが怖すぎる……余計なことをして殺されないように十分注意しなくては……。

「本来なら、私の手を汚さないで若い転生者同士で潰し合いをして貰う予定だったんだけどね……。

あの二人仲良くなっちゃったから……そうならないんだろうね」

私が頭を下げていると、メイ様が落ち込んだようにそんなことを呟いた。

あの二人が誰なのかよくわからないが……余計なことを言うのはやめておこう。

「うん……もう、戦争はやる意味がない？　いや、むしろあの二人が死なないのはありがたい……。ああ、もう！　あいつが余計なことを言ってきたせいで、頭がおかしくなっちゃった～!!」

私が少し顔を上げてメイ様の様子を確認してみると、メイ様はイライラしたように両手で頭を掻いていた。

「何が私を助けたい、よ！」

ＳＩＤＥ：カイト
「帰ってきたぞー」

グルとの戦いも終わり、エレーヌの待つレオの城までやって来た。

「あ！　帰ってきた」

「カイト！　大丈夫だったの!?　怪我してない？」

俺に気がついたエレーヌが急いで駆け寄って、体の隅々《すみずみ》まで確認を始めた。

「大丈夫だよ。どこも怪我してないから」

「本当？　カイトは戦ったの？」

「うん。てか、ほとんど俺しか戦ってないよ」

「え？　どうして!?　どういうことなの？」

エレーヌは俺ではなく、レオに迫った。

その気持ちもわからないでもないけどさ……。助けて貰った側なんだから、もうちょっと言い方を考えようよ。

「え？　あ、えっと……」

「そんなレオを怒らないであげて。あれは、俺が戦わないといけない状況だったんだ」

「カイトが戦わないといけない状況ってどういうことよ！」

どう説明すれば納得して貰えるかな……。

「最後に召喚された魔物が魔王だったんだ」

『「魔王⁉」』

エレーヌだけでなく、皇女にリアーナさんまで驚きの声をあげた。

そりゃあ、あの魔王だからね。

「それって、本当なの？　だって、魔王は魔の森にいるって……」

「新しいほうの魔王だよ」

皇女の質問に、レオが端的に答えた。いや、もう少し説明しないの？

「ああ、そういうこと」

え？　それで理解できるの？

「そういうことってどういうこと⁉　教えなさいよシェリー！」

だよね。それにしてもエレーヌ、この短い間に愛称《あいしょう》で呼ばせて貰えるほど皇女と仲良くなったんだな。

まあ、俺もレオと仲良くなったし、時間としては十分だったのか。

「えー」

「何をもったいぶっているのよ。いいから」

「簡単よ。五十年前に倒されたはずの魔王は、今も生きているってこと」

ああ、知ってたんだ。いや、レオが知っていれば、帝国の中で情報が共有されるか。

「え⁉　凄く危ないじゃない！　どうして放置しているの⁉」

「今はそんな危ない人じゃないから大丈夫ですよ。てか、あの人強すぎるから放置以外俺たちにできることはないと思います」

そうだろうね。あの子供魔王相手でもギリギリの引き分けだったのに、大人の魔王なんて……。

「あなたでも？」

「もちろん。遊ばれて終わるよ。そんなことより、カイトの心配はいいのか？」

「あ、そうだった！　どうしてあなたじゃなくてカイトが新しいほうの魔王と戦ったのよ？」

あ、そういえば、そんな話をしていたんだっけ。

「そういう話の流れになってたのと……カイトでも戦える相手だと思ったからです」

「そう……カイト、魔王を倒したのね。やったじゃない」

「いいや。倒してないよ」

別に、戦える相手＝倒せる相手ではないと思うよ。

まあ、あと少しだったんだけど。

そう考えると、魔王相手にそこまで戦えた俺って凄くない？

「え？　どういうこと？　倒さないでどうやって解決したの？」

「結果は引き分け。そういうことでグル……魔王を納得させてきた」

皇女の質問に、レオが相変わらず端的に答えていた。

もう少し……魔王城に連れていかれた話とかしないの？

「そうなんだ……。まあ、カイトが無事ならそれで良いわ」

あ、良いんだ。

「そうですね。私もレオくんが無事ならそれで良いです」

リアーナさんがエレーヌの意見に同調すると、レオに抱きついた。

「あ、ズル〜い」

続いて、すぐに皇女もレオに抱きついた。

それを見て、少し羨ましそうな顔をしてエレーヌが俺のことを見てきた。

「……どうぞ？」

これで良いんだよね？

俺は両手を広げて、エレーヌを誘った。

「ふふ。じゃあ、お言葉に甘えて」

ニッコリと笑ったエレーヌが飛びついてきた。

「そろそろ王城に戻ったほうが良いんじゃないか？　明日というか、今日の結婚式は朝早くからやるんでしょ？」

皇女とリアーナさんに抱きつかれながら、同様にくっついている俺とエレーヌに向かってそんなことを聞いて来た。

もう少し余韻《よいん》に浸らせてくれても良かったじゃん。今、早起きという現実を見せられるのはあんまりだ。

「そうだよ。はあ、今から寝たとしても一、二時間しか寝られないな……」

「まあ、折角の晴れ舞台なんだから今日くらい我慢しなよ」

「そうだな。ふあ～」

「うわ～。数時間前までパーティーをやっていたようには見えないわね」

王城に戻ってくると、変わり果てたパーティーにエレーヌがそんなことを呟いた。

魔物の死体が散らばっていて、ライトが壊されたせいで薄暗い。一つも明るく楽しかったパーティーの雰囲気は感じられないな。

「とりあえず、魔物の死体を片付けるか。臭いし」

え？　今からこの魔物を片付けるの⁉

「疲れてるんだから寝なさいよ」

そうだよ。レオだって、たくさんの魔物と戦っていたじゃないか。

「一時間くらいで起きられる自信もないし、起きてるよ。そのついでに、ここの片付けをしておく」

「じゃあ、俺も起きていようかな……」

レオだけ掃除をやらせるのは悪いし。

「いや、お前はこんな汚れることはしないで、さっさと風呂に入ってきたほうが良いと思うぞ。汚いまま結婚式に出席するのは良くない」

確かに、汚いから風呂に入っておくべきか。

血の匂い、取れるかな……？

「じゃあ、悪いけど俺は自分の部屋に戻るよ」

「お疲れー」

「お疲れ」

「ふふ。随分と仲良くなったわね」

パーティー会場を後にしてすぐ、エレーヌが笑いながら俺とレオが仲良くなったことを茶化《ちゃか》してきた。

「そういうエレーヌこそ、皇女様たちと仲良くなっていたじゃないか」

「そういえばそうね。短い間だったけど、楽しい時間を過ごさせて貰ったわ」

俺たちが魔王の相手をしている間、風呂にでも入っていたんだっけ？

そういえば、さっき抱きつかれたときにエレーヌから良い匂いがしたな。

もしかしたら、レオは風呂にこだわっているのかも。

いつか、機会があったら俺も入らせて貰いたいな〜。

「それは良かった。ふあ〜。眠い。眠すぎる。式中に寝ちゃうかも」

「今日一日大変だったからね……。私も正直、寝ちゃう気がする」

だよね……。我慢しないと。


そして数時間後。

「え？　貴族たちが起きてこない？」

結婚式に向けて、きっちりと衣装やら髪型やら準備を終えた後に、レオがそんなことを言いに来た。

「そうなんだよ。オルゴールの効果が半日続くのをすっかり忘れてた」

「え〜。どうして忘れてたのさ。それなら、昼からやることにして、睡眠時間を確保できたんだよ？」

それなら、あと二時間は寝ることができた。

この差は大きいぞ……。

「ごめんって。俺だって、眠くて頭が回ってなかったんだ。許してくれ」

「わかったけど……エレーヌだって用意しちゃったよ？　どうするのさ？」

「うん……午前中って何をする予定だったの？」

「教会で神様にお祈りして、国民の前に出て挨拶をする予定だったよ。そういえば、国王からの祝いの言葉が長めの時間用意されてたな」

お祈りの儀式が三時間くらいかかるって言われてて、国民への挨拶が一時間。国王の話は三十分くらい用意されていたな。

あの人、三十分も話せるのか？　疑問だな。

「じゃあ、司祭《しさい》と国王もまだ眠ってるらしいから、お祈りと要らない国王の話はカット。誓《ちか》いのキスと国民への挨拶だけやっとけば？　あと、結婚指輪」

「いや、それはあっちの世界の話で……」

郷《ごう》に入《い》ったら郷に従うべきだと思うんだけどな。

「いいじゃん。どうせ皆寝ているんだからバレないって。仕方ないな。指輪は俺が造ってやるよ。ちょっと待ってて」

俺に拒否権はないらしく、レオは一人で話を進めるとどこかに行ってしまった。

「ほら、ミスリル製だから、輝いていて、強固でさびない。結婚指輪として最高の素材でしょ。あと、ずっと二人の仲がこのまま続くようにおまじないをかけといたから」

ちょっと時間を置いて戻って来ると、綺麗な結婚指輪二つを渡された。

どっちにもエレーヌと俺の名前が彫られていて、とても短時間で作られた指輪には見えない。

「あ、ありがとう……」

「礼はいいから。ほら、花嫁が待っているから教会に行くぞ！」

「え？　どういうこと？」

どうしてエレーヌが教会に？

そんな疑問が思い浮かぶか浮かばないくらいの早さで教会に転移されてしまった。


「あっ……」

目の前に、白いウエディングドレス……ではないが、真っ赤なドレスを着たエレーヌが立っていた。

うん。凄く綺麗だ。

この世界に召喚された時とまったく同じ格好だけど……あの時よりもエレーヌは大人びていて、更に美しさに磨きがかかっていた。

「遅かったわね。何をしていたの？」

「ご、ごめん……」

「冗談よ。覚えてる？　カイトが召喚されて次の日に、呼んですぐに来なかったカイトに私が怒ったこと」

「ああ、そんなこともあったね。あの時のエレーヌは理不尽《りふじん》だったな」

懐かしい。あの強気のエレーヌも可愛らしかったな。

「ごめんって。でも、今の私は凄く優しいでしょ？」

「うん。凄く優しいよ。もう、俺はエレーヌの支えなしじゃ生きていけないよ」

「ふふ。ありがとう。私も、カイトがいなかったら、きっとさっさと死んでいたと思うわ。ここまで頑張って来れたのは、カイトのおかげ。いつもありがとう。そして、これからもよろしくね」

そう言うと、エレーヌが両手を俺の頬に添えて思いっきりキスをしてきた。

「誓いのキスってこんな感じで良いの？」

「うん。良いんじゃない？　ね？」

「甘々《あまあま》で良かったわ」

「はい。良かったと思います」

参列席の最前列に座った三人がうんうんと頷いていた。

まあ、ここは異世界だからそこら辺、適当でもいいか。

「あ、そうだ。結婚指輪」

「え？　結婚指輪？」

「俺の故郷では、夫婦で同じ指輪を着ける風習があるんだ」

そう言って、エレーヌに二つの指輪を見せた。

「へえ～。じゃあ、着けてあげるから指輪一個貸して」

「うん」

「これ、どこの指に着けるとか決まってるの？」

「左薬指」

「そうなんだ。じゃあ、左手貸して」

言われたとおり左手を差し出すと、エレーヌは嬉しそうに俺の指に指輪をはめた。

「ふふ。じゃあ、今度は私の番」

エレーヌに手を差し出され、俺も優しく指輪をはめてあげた。

「うふふ。お揃いって良いわね」

うん。凄く良いと思うよ。

これからその笑顔を守り続けることこそが、俺の使命なんだろうな。

エレーヌの嬉しそうな笑顔に、しみじみとそう感じた。

閑話11　罪に気がつけ

SIDE：ゲルト

「……ここは？　そうだ。俺はあいつに捕まって……」

目が覚めて、すぐに俺はレオンスの部下に眠らされたことを思い出した。

自分の手を確認すると、今もしっかりと手錠が着けられている。

すると……ここは牢屋か？　いや、ここは……俺の部屋だ。

嘘だ。どうして俺がこんなところにいるんだよ！

俺は急いで部屋の外を確認しようと立ち上がった。

すると、それを待っていたかのようにドアが開いた。

「よお。ゲルト、元気にしてたか？」

「叔父《おじ》さん……」

ドアの向こうにいたのは、随分と痩せてしまった叔父さんだった。

フェルマーが親父に乗っ取られたのは知っていたが……叔父さん、そんな貧しい生活をしているのか？

「随分と変わってしまったみたいだな」

「……」

変わったというのは……叔父さんみたいな見た目の話じゃないだろう……。

俺は叔父さんに返す言葉が見つからなかった。

昔から、叔父さんは俺のことをよくしてくれた。そんな人に今の俺が言えることは何もなかった。

「まあ、俺も人のことは言えないんだがな。俺が今どんなポジションにいるのか知っているか？」

「父さんの店で接客」

「知っているんだな。じゃあ、どうしてそうなったのかは知っているか？」

「それは……レオンスが……」

「いや。レオは関係ないぞ。これは、全て俺だけの問題だ」

俺がレオンスによってフェルマーが壊されたことを言おうとしたら、言い切る前に否定されてしまった。

「……どういうこと？」

「お前と同じだよ。俺は罪を犯した」

「叔父さんが?」

そんな。親父と違って優しかった叔父さんが?

「ゲルトが魔法学校で働くようになってからかな。俺は酒に溺《おぼ》れてしまった」

「ああ……」

叔父さん、昔から酒癖が悪かったからな。

「自分の店を駄目にするだけならまだしも……昔からよくして貰っていたあの酒屋の夫婦を俺は間接的だが殺してしまった」

「え? 叔父さんがあの二人を?」

叔父さんの影響であそこの店で俺もよく酒を買っていた。

魔法学校で働くようになってからは行っていなかったが……まさか死んでしまっていたとは……。

「ああ……本当に馬鹿だったよ。お前は、人を殺して何も感じなかったのか? たくさんの子供たちを殺したんだろ?」

「……子供たち?」

俺が殺した? 子供を?

「そうだ。お前は学校を爆破して、何の罪もないたくさんの子供たちを殺したんだ」

「……」

叔父さんの言葉に、俺は頭の中で何かがはじけたような感覚がした。

自分に都合の良いように記憶を変えていたフィルターのようなものが、壊された。

「自分のことを棚《たな》に上げるわけじゃないが……罪悪感はなかったのか？　あんなに人を殺して……更に、人を殺す武器を作り続けるなんて、とても正気とは思えない」

「……」

叔父さんの重い言葉に、俺は汗をかき始め……一言も言葉を発せられなくなってしまった。

凄い罪悪感が俺の肩にのしかかり、立っているだけでも辛い。

「なあ。聞かせてくれよ……。どうして、俺に頼らなかったんだ？　研究費が足りなくて、フィリベール家に頼ったんだろ？　資金力だったら、フェルマーのほうが上なはずだ」

「……叔父さんに頼らないで……自分の力だけで、親父を超えたかったんだ」

俺がやっと振り絞って出した答えはこれだった。

「はあ……なるほどな。昔から、お前は兄貴に憧《あこが》れていたからな……それが空回りしちまったか」

「別に……憧れてなんて……」

俺が親父に憧れているだと？　そんなわけない。断じてない。

逆だ。俺はあいつみたいになりたくなかったんだ。あいつに負けたくなかった……。

「そうか？　お前、小さい頃から家で兄貴の技を盗んできては、店の職人たちに自慢していたじゃないか。なんだかんだ言って、お前が一番教わったのはお前の親父なんだよ」

「そんなはずは……」

過去の自分が職人たちに自慢している姿が思い浮かんで、俺は否定できなかった。

「まったく……親が不器用なら、子も不器用だな」

やめろ。俺を親父と一緒にするな。

「親父は今……何をしているんだ？」

「必死に魔法具を作っているぞ。お前の罪滅ぼしの為にな」

親父が罪滅ぼし？　そんなまさか。

「どうして親父が……？」

あいつが他人を気にすることなんて一度もなかったんだ。

だから、そんなことはあり得ない。そんな理由で魔法具を作っているなんてあり得ないんだ。

「お前が学校を爆破したのを知ってから、兄貴は一週間魔法具を作らなかったよ。あの魔法具馬鹿が作業部屋に入りすらしないなんて、本当に驚いたよ。お前が人を殺したのがよっぽどショックだったんだろうな」

「そんなはず……。だって、親父は母さんが死んだって……」

あの時だって、親父は俺が怒るまで魔法具を作っていたんだぞ。

あの人はそういう人なんだ。

「その時のことは、本人が一番後悔しているよ。ショックだったのも、全ての原因は自分が家族をないがしろにしてきたことだって気づいたからだろうな」

「今更……」

今更何を言っているんだ。そう言おうとしたら、叔父さんがそれに被《かぶ》せてきた。

「そう。今更なんだよ……。侵した罪は、どんなに頑張っても消えてなくならない。酒屋の夫婦や小さな子供たちは、いくら後悔しても帰ってこないんだよ」

「……」

今度こそ、俺は何も言い返せなかった。

俺はベッドに座り込んで、うつむいてしまった。

「今日はこのくらいにしておいてやる。一週間あるからな。説教する時間はまだまだある。とりあえず、今日は自分の罪について一人で考えてみるんだな。トイレの場所は……心配ないな」

そりゃあな。ここは、俺の家だった場所だ。

「あ、トイレに行くなら、なるべく昼にしとけよ。じゃないと、兄貴と鉢合《はちあ》わせになるぞ」

「わかったよ……」

今、この状況で親父と会うメンタルは持ち合わせてない。

絶対に会わないよう、注意しなくては。

「そうか。じゃあ、またな」


叔父さんがいなくなったのを確認して、俺はポツリと呟いた。

「子供たちを殺していたんだな……」

忘れていた……いや、ずっと考えないようにしていただけか。

レオを殺したい……その考えだけでも異常だが、俺はその為に何の関係もない子供をたくさん殺していたんだ。

あの爆弾には即死を付与していた。死んだ子供の数は知らないが、絶対に多いことは確かだろう。

「後悔先に立たず……か。こればかりは、いつもみたいにはいかないよな」

俺はずっと自分を無理矢理正当化して生きてきた。

俺は悪くない。悪いのは全て親父のせい。そう考えていた。

だが……もうその言い訳では苦しくなってきた。

母さんが死んだのは親父が駄目だったから？

いや、家から出て母さんを一人にさせてしまった俺も同罪だ。

俺が家を出たのは親父のせい？

いや、親父の技術力に勝てないと思って逃げただけだ。

逃げ続けている人生は親父のせい？

いや、全て俺が悪い。親父は関係ない。

今まで、親父を理由に逃げていただけだ。

「かっこ悪いな……俺。特別な魔法にスキルを貰って、自分は特別だと勘違いして、結局俺の成果は無力な子供たちを大量に殺しただけ……本当に、俺は何をしていたんだか……」

俺は自己嫌悪《けんお》を今更感じながら……ベッドに伏せ、そのまま眠った。

これ以上、何も考えたくなかった。


そして次の日。

「これから、俺はどうなるんだ？　ここが家なら、帝都だろ？」

俺はこれから自分がどうなるのか、漠然《ばくぜん》と考えていた。

このまま死刑か？　いや、叔父さんは一週間って言っていた。

つまり、レオンスたちが王都にいる間だ。

ああ、わかった。

レオンスが王国にいる間、俺の身柄は帝国側が管理することになったんだ。

一週間後、俺は王都に返されるんだ。

そして、王国に何かしらの処分を下される。

はあ、きっと奴隷にされるだろうな。


「ゲルト、起きてるか〜？」

「起きてるよ」

「おお、そうか。ほら、昼飯だ」

叔父さんが机に二枚の皿を置いて、俺と向かい側の椅子に腰掛けた。

「……」

叔父さんが何も言わずに食べ始めたのを見て、俺も黙って食べ始めた。

「「……」」

お互い一言も喋らず、俺は手錠で動かしづらい手を上手く使いながら飯を食った。

「ふう。最近飯を食うのは一人だったから、楽しかったよ。じゃあ、また明日な」

それだけ？　と思っていたら、叔父さんは本当に皿を持って部屋から出て行ってしまった。


そして次の日。

「ほれ、飯だぞ！」

また叔父さんが昼に飯を持ってきた。

今日も、またお互い何も話さず食べるのか？　などと思っていると、叔父さんが俺に話しかけてきた。

「……そういえば、最近の王国ってどんな感じなんだ？」

何事もなかったように、普通に話しかけられて、俺はすぐに反応できなかった。

すると、叔父さんはまた独り言のように話し始めた。

「昔王都に行った時は、帝都に負けないくらい活気に満ちていたんだけどな」

「王都が活気に満ちていた？」

叔父さんの意外な一言に、俺は思わずポロッと言葉が口から出てしまった。

あの活気とは無縁な王都がそんな過去があったことに驚いてしまった。

「なんだ。今は違うのか？」

「ああ。今は、活気なんて感じられないよ。それこそ、末期のフィリベール領と大差ないくらいだ」

皆、重すぎる税に苦しんでいるし、選民思想の貴族たちは平民たちを奴隷のように扱う。

あそこは平民にとって地獄みたいな場所だ。

「それは……随分と変わっちまったな。荒くれ者は多かったが、酒を飲んでいて飽きない面白い街だったんだけどな……残念だ」

叔父さんは本気で残念そうな顔をしていた。

それほど、昔の王都は良かったのか……。

「あれが王なら仕方ない」

「お前、国王と会ったのか？」

「一回だけ。豚みたいに太っていて、絵に描いたような愚王だった」

「そうか。次の王はどうなんだ？　確か、第一王女が有力なんだろう？」

「宝石狂いの姫なんて呼ばれていて……宝石を集める為に平気で国の金を使うような奴だったよ」

「それは……随分と、王国の人間が可哀そうだな」

　まあ、そうだな。

　だが……。

「それは、昔のままだったら。王女が宝石に執着していたのは過去の話で、今は……そうだな。勇者に執着しているよ」

　この数年、彼女をそこそこ近くで見てきたつもりだが……随分と変わってしまった。

　恋はあそこまで人を変えてしまうもんなんだな。

「勇者に？　それは良いのか？」

「まあ、勇者がイイ奴だから大丈夫だと思うよ」

　カイトは、初めて会った時からずっと正義の塊《かたまり》だ。

　自分の信念をしっかりと持っていて、その信念の為ならどんな困難にも立ち向かっていく……俺と真逆だな。

「そうか。なら、王国にもまだ希望はあるな」

「まあ……そうだな……」

　カイトなら、きっと王国をよくしてくれるだろう。

「コルトさん！」

「あ、レオだ。ちょっと待ってろ」

レオンス……ということは、迎えに来たのか？

王国との話し合いはどうしたんだ？

「どうしたんだ？　一週間って言っていただろ？」

「それが、思ったよりも王女との話し合いが早く済んでしまって」

そういうことか……今の姫様なら、確かに上手くやってしまいそうだ。

「そうか。ゲルトはこっちだよ」

「結局、師匠とは会わせたんですか？」

師匠？　ああ、親父のことか。

レオンスは俺と親父を会わせたかったのか？　ああ、だから親父の家に俺を……。

「いや、最終日に会わせるつもりだった。兄貴、家にいるのを知っていたら何をしでかすかわからないだろ？」

「ああ……。それは仕方ないですね。どうします？　今から会わせてあげますか？」

「そうだな……。おいゲルト。親父と会いたいか？」

叔父さんがドアを開けて聞いてきた。

叔父さんの向こうには、レオンスがいる。

「……」

どうする？　今、親父と話して何になる？

「今日しか会えるチャンスはないかもしれないぞ？」

「一言だけ話させてくれ」

どうせ最後なら、何を言われようと構わないか。

「だとさ」

「わかりました」

それから連れて行かれたのは、昔から変わらない……親父の作業場だった。

「兄貴。客だぞ」

「客？　レオが来たのか？」

親父の声……。

「ああ。レオもいるが、今日はもっと珍しい客だ」

「はあ？　一体、だれ……おま、ゲルトか？」

俺が作業部屋に入ると、親父は俺を見て固まっていた。

俺は表情を変えず、ただ黙ってそれを眺めていた。

「どうして……お前が……ここに？」

「王国で捕まえました。といっても、これから王国に返さないといけないんですけどね」

親父の質問に、レオンスが軽い口調で答えた。

やはり、俺は王国に返されるのか。

「そうか……」

「ゲルト、俺にお前を叱《しか》る資格はないのはわかっている。だが、これ以上罪を重ねるようなら、俺はお前を殺してでも止めるつもりだ」

「……わかったよ」

親父の言葉に俺は一言だけ言い残して、親父に背を向けて作業部屋を後にした……。

閑話12　告白

SIDE：ヘルマン
最近、騎士団の練習は僕とアルマの模擬戦《もぎせん》で終わる。
皆に囲まれ、その中で俺とアルマが戦う。
「それじゃあ始めろ！」
ベルノルトさんの合図で、すぐにアルマが仕掛けてきた。
ここは建物の中だから斬撃は使えない。
だから、こういう時はすぐに接近戦になる。
僕は魔眼を使って、必要最低限の動きでアルマの攻撃をかわしていく。
こうしていれば、必ずアルマは奇抜《きばつ》な攻めをしてくる。
それが成功した時がアルマの勝ち、失敗したら俺の勝ち。
そして今日はすぐにその時がやってきた。
アルマが少し離れたと思ったら、俺の正面から向かってきた。
さて、アルマはどう動くかな？

「セイ！」

結果は、僕の勝ち。

「今日はヘルマンの勝ちだな」

ベルノルトさんの勝利宣言で、僕よりも周りの騎士たちがワイワイ騒ぎ始めた。

最近、騎士の間で僕とアルマのどっちが勝つのかを賭けて遊んでいるらしい。

まったく、僕たちは闘技士じゃないんだから。

「あ～。やっぱり、今日は攻めすぎだった～」

周りが騒いでいるなか、僕に敗れたアルマが悔しそうに地面に寝転がった。

「そんなことないと思うよ。アルマはあれくらい攻めても大丈夫だと思うよ。今日のは、攻めるかどうかちょっと迷ったのが駄目だったんだよ」

最後、アルマが正面のフェイントからどう動くかで迷ったのがいけなかった。

調子が良いときは、魔眼で見ている隙すら与えてくれない。

「ああ……それね。言われてみればそうだったわ」

「でしょ？　あれのおかげで、俺は攻撃を予測しやすくなった」

「そうよね……明日から気をつけないと。攻撃の判断で迷わない。行くと決めたら行く！」

そう言ってアルマはバシバシと自分の頬を叩き、起き上がった。

「うん。それで良いと思うよ」

僕はアルマに同調しながら、立ち上がるのに手を貸してあげた。

それから賭け騒ぎが一段落して、ベルノルトさんが皆に号令をかけ始めた。

「よし。今日の練習はこれまで！　今日は久しぶりに午後の訓練は休みだ！　非番の奴は思う存分街で遊んでこい！　いいか？　お前らがたくさんの給料をレオンス様に貰っているのは、その金を街にばら撒《ま》くのがお前らの役目だからだ！　思う存分豪遊《ごうゆう》して、役目を果たしてこい！」

「おお！」

ベルノルトさんのかけ声に、皆で大きな声を張り上げた。


「アルマはこの後どうする？」

皆が遊ぶために外に向かっていくなか、僕はアルマにこれからどうするのか聞いていた。

特にやることもないし、アルマに合わせようかな。なんて考えていた。

「うん……特に何も決めてない。でも、街で何か買い物はしようかな」

「そうだよね。僕も貰った給料を使わないと」

特に欲しい物はないけど、ベルノルトさんに言われたとおり僕たちには街で買い物をする義務があるからな……。

「それじゃあ、外で食べない？　ちょっと良いレストランで」

食べ物か。いいね。

「うん。良いと思うよ。あ、師匠たちが奥さんたちとよく行っているレストランにしない？」

確か、街の中心にあるって師匠が言っていた。

「レオンス様がよく行くレストラン？　良いわね。そこにしましょう」

それから、僕たちは汗でびしょびしょになった服から着替えて、二人で出かけた。

街の端にある訓練場からレストランまでそこそこ距離はあるけど、もちろん僕たちには関係なく、すぐについてしまった。

「へえ。ここがそうなんだ。街の中心にあるんだもん。美味しいに決まっているわ」

「そうだね。空いてるかな……？　すみません！」

「あいよ。お二人さん？」

店員さんを呼ぶと、一人の女性が出てきた。

あ、この人、師匠が言っていた人かも。

「はい」

「なら、すぐに案内できるよ」

ちょうど、二人席だけ空いていたみたいだ。

運が良いね。

「何を頼む？」

アルマがメニューを僕に見せながら、困ったように聞いてきた。

僕と同じで、アルマも普段はレストランなんて来ないだろうからね……。

メニューを見ても何を頼んだらいいのかわからないんだと思う。

「師匠はお任せがおすすめって言ってたよ」

「へえ。じゃあ、お任せにしようか」

「うん。すみません」

アルマの了承を得て、僕はメニューをたたみながら店員さんを呼んだ。

「はいはい。注文は決まったかい？」

「はい。お任せでお願いします」

「お任せ？　ふふ、良いわよ。ちょっと待ってなさい」

僕の注文に少し驚きながらも、店員さんはすぐに笑顔で対応してくれた。

そして、それからちょっと待って。

「はい。うち自慢のパスタだよ」

店員さんが美味しそうなパスタが乗ったお皿を二枚運んできた。

「わあ。おいしそう」

「それは良かった。ふふ。お任せって注文したの、久しぶりだわ」

「そうなんですか？」

「そう。前は、可愛い子たちを三人も連れていた男の子だったわ」

「へえ～」

師匠だと思いつつも、僕たちは知らなかった体《てい》で少し驚いた声を出した。

あの時、師匠はお忍びだったはずだからね。

「あれは、今思うと領主のレオンス様だったんだろうね。で、一緒にいたのはシェリア様とリアーナ様、あとはレオンス様お気に入りのメイドさんってところね。あなたたち、騎士様でしょ？　領主がお忍びでうちのレストランに来たとか聞いてないの？」

あ、やっぱりバレてるんだ……。そりゃあ、師匠はいろいろと目立つ人だからな。

「いえ。特に……」

「そう？　また来ないかな～」

「レオンス様は今、凄く忙しいから……」

「らしいわね。街をどんどん発展させちゃって……ここ数年で随分とこの街も変わってしまったわ。それだけじゃなくて、王国との戦争もレオンス様が中心になってやっているんでしょ？」

「詳しいですね……」

戦争のことなんて、どこで知ったんだ？

まだ、確定してないから一般人は知らないはずなんだけどな……。

「もちろんよ。世界の中心の街のど真ん中で店をやっているのよ？　そこら辺の情報屋よりもこの世界のことを知っているつもりさ」

「なるほど……凄いですね」

言われてみれば、ここには世界中の商人が集まるんだもんね。

そりゃあ、詳しくなりそうだ。

「そんなことないさ。あ、ごめんなさい。せっかくのパスタが冷めちゃうわね。ゆっくりしてって」

謙遜しながら、店員さんは店の奥に行ってしまった。

「面白い人ね」

「うん。師匠もお店の人が面白いって話してたよ」

たぶん、師匠はあの人のことを言っていたんだろうな。

「それにしても、シェリー様にリーナ様はわかるけど、そこにベルも一緒に連れて行って貰えたのか〜」

「ここだけの話……師匠、昔からシェリー様と何回も修羅場になるくらいベルさんのことを溺愛《できあい》してるから」

シェリー様が嫉妬深いのは有名だけど、それ以上に師匠も悪いと思う。

次から次へと奥さんを増やしてたら、そりゃあシェリー様も怒るよ。

最近は師匠の女癖も良くなって、シェリー様との関係も良好だけど……。

「へえ。ベルの何が良かったのかな？」

「フォースター家は勇者様の代から獣人に目がないんだって。初代フォースター家のメイド長は獣人だったらしいよ」

勇者様も相当の獣人好きって父さんが言っていた。なんでも、メイド長を可愛がりすぎて魔導師《まどうし》様に勇者様が殺されかけたエピソードがあるとか。

そう考えると、シェリー様は優しい方だな。

「へえ。獣人好きは遺伝なんだ」

「たぶんね。あとは、ベルさん自身の頑張りもあるんじゃないかな？」

今まで、たくさんのメイドさんを見る機会があったけど、ベルさんほど主人思いのメイドさんは見たことがない。

気配りも完璧で……いつも師匠を傍《そば》で支えている。

あの役目は、ベルさんだからできるんだろう。

「そうね。孤児院にいたときは少し抜けていて、あんな大人しくなかったんだけどな〜」

「へえ。ベルさんって、孤児院にいたときはどんな性格だったの？」

「活発で優しいお姉ちゃんだったわ。よく私の相手をして貰っていたわ」

「へえ。やっぱり、ベルさんは強かったの？」

僕たちは今のベルさんに全く歯が立たないけど、当時はどうだったんだろう？

「もちろん。孤児院で彼女に勝てる人はいなかったわ。獣魔法がズルすぎなのよ」

「獣魔法って、そんなに凄いの？」

獣人にしか使えない特別な魔法なのは知っているけど、実際に使っているところってそんなに見たことないんだよね。

「うん。例えるなら、一人だけ無属性魔法が使えるような感じ」

「確かに、それは誰も勝てないね」

「それでも、私はベルが卒業するまでにあとちょっとのところまでいったのよ！　ああ、残念」

「へえ。やっぱりアルマは凄いね」

小さい時から戦いのセンスがずば抜けていたんだろうな。

「まあね。今のベルに勝つのは無理そうだけど～」

「仕方ないよ。師匠のお嫁さんたち、エルシー様以外皆強いから」

なんせ、騎士たちが総掛かりで挑んでいるダンジョンに、四人だけでダンジョンを攻略しているんだから。

しかも、騎士より奥に進んでいる。

「いや、エルシー様も世界一の資金力を考えたら、十分強いんじゃない？」

「言われてみればそうだね。結局、五人とも強いんだ」

いや、何かで飛び抜けてないと師匠の奥さんにはなれないのかな。

「最強の魔法使いに聖女、体術最強、世界一の金持ち、全てを破壊出来る人……名前を並べたら、どれも物語の主人公みたいね」

「そりゃあ、主人公だよ。この世界の主人公は、師匠とその奥さんたちだから」

これは間違いない。

「はい。そうですね。はあ、強い人たち、凄く憧れるわ」

「強さは努力しないと手に入らないよ。師匠も奥さんたちも凄く努力しているからあそこまで強いんだ」

「わかっているわよ。シェリー様が自由自在に操る魔法を見ていれば、努力してないなんて口が裂けても言えないわ」

「あれ、凄いよね。僕も学校で初めて見せて貰った時は驚いた」

「そういえば忘れていたけど、ヘルマンって貴族様だったのよね」

「貴族っていっても、一番下だけどね」

ほぼ平民みたいなものだよ。

「それでも平民の私たちからしたら、雲の上の存在よ」

「そうかな……」

父さんのやっていることも、普通の騎士と変わらないし。一般的な家だと思うんだけどな。

「ねえ。貴族学校ってどんな感じなの？　教えてよ」

「どんな感じって言われても……そうだな。実力主義が一番しっくりくるかな」

「実力主義？」

「うん。学力とか魔法、剣の能力で順位がつけられて、それでクラス分けをされるんだ」

「へえ。ちなみに、ヘルマンはどこのクラスなの？」

「一番上のSクラスだよ。師匠に勉強を教わって、なんとかなれたんだ」

僕が凄いんじゃなくて、師匠が凄いんだ。

あんなに馬鹿だった僕をSクラスに入れてしまったんだから……本当、師匠には頭が上がらないよ。

「へえ。凄いわね。やっぱり、レオンス様やシェリー様たちは頭が良いの？」

「もちろん。師匠はいつも満点だし、リーナ様はいつも二位。シェリー様も成績上位者でいつも名前が挙がっていたよ」

「流石ね……。レオンス様に関しては、本当に完璧ね。強いし頭が良いし、優しいし、私もレオンス様と結婚できたらな～」

「そ、そうだね……」

あれ？　なんかおかしい。

女性が師匠に憧れるのは普通のことなのに……なんか、モヤモヤする。

僕は、アルマが師匠と結婚するのが嫌なのか？

それからしばらく、僕は適当にアルマと会話を続けながらそのことを考えていた。

僕はアルマのことが好きなのか？

毎日、こうして一緒にいるのが当たり前になるくらい仲良くなって……。

うん……これだけ一緒にいるってことは、好きってことでいいのかな？

師匠で考えてみると……そうだね。師匠といつも一緒にいる女性は、皆師匠の奥さんだ。

じゃあ、僕もアルマのことが好きなんだ。


そして、レストランを出た後の帰り道。

僕は決心して、アルマに話を切り出した。

「ねえ……さっき言っていたことなんだけど……」

「さっき?」

「師匠と結婚したいって話」

「え? あれ? あんなの冗談に決まってるじゃない! 私がレオンス様と結婚? 無理に決まってるじゃないのよ」

緊張して聞いた僕が馬鹿みたいなほど、軽い口調で答えられてしまった。

でも、僕は緊張を保ちながらまたアルマに話しかけた。

「ねえ、アルマ」

「なによさっきから……あなたらしくないわね」

僕が立ち止まって話しかけると、アルマが不思議そうに振り返った。

アルマが振り返ったのを確認した僕は、更に話を進めた。

「僕は、どんなに頑張っても……師匠を超えることはできないと思う」

「う、うん……」

「けど、僕は頑張ってもっともっと強くなる。だから……」

ふう、と息を整え、僕は頭を下げながら一気にその先を言い切った。

「僕がアルマに三連勝できるくらい強くなったら、僕を結婚相手として認めてください！」

「え、ええ……？　ちょっと、ここで？」

あ、ここ、道の真ん中だった。

何も考えずにプロポーズしちゃったけど、今になって凄く恥ずかしいな。

でも、男なら、これくらい我慢しなくては。

僕は、周りの声など気にせず、頭を下げ続けた。

すると、アルマが僕の肩をトントンと叩いた。

「はあ、わかったわ。……できるものならやってみなさい」

僕が顔を上げると、恥ずかしそうに顔を赤くしたアルマが、ニッコリと笑いながら答えてくれた。

番外編十　二人の婚約者

continuity is the father
of magical power

ＳＩＤＥ：フランク

爆発事件からしばらくして、俺は帝国の南に位置するボードレール領に帰っていた。

もう、領地に帰るのは何年ぶりだろうか？

これからあのギスギスした空気で生活しないといけないのか。まあ、兄さんがいないだけ前よりはマシかな。

「もうすぐか……」

「坊ちゃま、元気を出してください。せっかく故郷に帰ってきたのですよ？」

「そうだね……」

メイドのケーラが励ましてくれるが、とても元気は出そうにない。

「もしかして、ジョゼさんにお手紙を書けなかったことを気にしているんですか？」

「それもあるかな。はあ」

爆発事件から学校に行けなくなって……俺たちは文通を続ける手段をなくした。

ずっと……二年生の頃から続けてきた文通だったが、これで終わってしまうのかと思うと、残念で仕方がなかった。

もうずっと、ジョゼからの手紙を確認するのが楽しみで毎朝学校に行っていたんだけどな……。

学校が再開する目処《めど》は立っていない。もしかしたら、俺たちが卒業するまでに再開しないかもしれない。

そしたら、もう一生ジョゼと関わることはなくなってしまうのかな……。

「今日、ローレンス様に相談してはいかがですか？」

「無理だよ。今、ボードレール家がどんなことになっているのか知っているだろ？」

ただでさえ跡継ぎで家の中が荒れているのに、新たな火種《ひだね》を投下することなんてできないよ。

「そうですよね……。失礼しました」

「別に謝らなくていいよ。まあ、少しくらい俺の結婚について探るくらいはしても良いかもな」

もしかしたら、少しくらい好きな相手と結婚しても大丈夫になっているかもしれない。

ジョゼだって公爵家だ。俺が結婚しても問題になることはないんだし。

「少しでも、良い話を得られると良いですね」

「うん」

まあ、現実がそんな甘いはずはないんだけどな。


「フランク、よく帰ってきたな」

「うん。ただいま」

家に到着して、出迎えてくれた父さんと母さんに軽く挨拶する。

家族……特に兄さんと父さんとは小さい頃からほとんど会話が無かったから、どう接したら良いのかわからないんだよね。

「学校……大変だったわね」

「……うん」

母さんは、比較的優しいほうだと思う。

昔から、少しくらいは俺の心配をしてくれている。

でも、父さんが兄さんを次期当主から外したのが気に食わないって感じだ。

表向きは父さんに賛成しているから、直接俺に何かしてくることとかはないんだけどね。

「全く、フィリベールの奴……貴族の風上《かざかみ》にも置いておけんな。王国との関係も更に悪化したし、これから世界は荒れるぞ」

「うん。そうだね」

「あなた。フランクも長旅で疲れているだろうから、難しい話は中に入ってからにしましょう？」

「ああ、そうだな」

母さんの一言で、俺は屋敷の一室に案内された。

難しい話……今から何を話すつもりなんだ？


「よっこいしょ。ふう。こうして親子で話すのは随分と久しぶりだな」

「そうね。いつぶりかしら？」

父さんが座り、その隣に母さんが、二人と向き合うように俺が座った。

柔らかくて良い椅子なんだろうけど……なんだか凄く座り心地が悪かった。

「まあ、ずっと会っていなかったからな。お前が余所余所《よそよそ》しくなるのもわからんでもない」

「いや、そういうわけじゃないけど……」

「気にするな。これから、俺はボードレール家当主としてお前に話すからな」

「え？　あ、はい」

父さんの言葉に俺はすぐに気を引き締めた。

当主としてということは、これからボードレール家について重要なことを話すということだ。

「さっきも言ったとおり、帝国は今、王国との仲が非常に悪化している。いつ戦争が起きてもおかしくない」

「そうですね」

「この状況で、ボードレール家の役目は何だと思う？」

「この状況で……」

ボードレール家の役目は、元々教国に関係することだ。

なら……、

「教国との関係の維持《いじ》ですか？」

「流石だな。やはり、お前を次期当主に任命しておいて良かった」

「……」

反応に困る褒め言葉はやめてほしいな。

今、一瞬だけど母さんの眉間《みけん》にしわが寄ったぞ。

「それじゃあ、教国との関係を維持するために、ボードレール家は何をすれば良いと思う？」

「それは……」

「わからないか？　お前の母、ナタリアを見てみろ」

父さんに言われて、母さんを見た。

母さんに関係すること？　母さんは……、

「あ、ああ……」

そういうことか。

「わかったみたいだな。お前も私と同じように教国の人間と結婚して貰う」

「……」

俺は父さんの言葉に頷けず……黙り込んでしまった。

そんな俺のことなど気にせず、父さんはそのまま話を続けた。

「この前、ようやくフランクの婚約者が決まった。今回は、ボードレール家にとって過去最高の相手と言って良いだろう」

過去最高？

「お前は、次期教皇であるフォンテーヌ家の長女と結婚することになった。喜べ」

次期教皇？　それは本当なのか？　本当なら……断るという選択肢は完全になくなってしまった。

「……」

「どうした？　何か問題でもあるのか？」

「い、いえ。あまりに突然だったので……」

まさか、他に好きな人がいるなんてことは言えず、適当なことを言って誤魔化した。

「確かに、普通はそんな大物と結婚できると思わないからな。それは仕方ない。とりあえず、話を進めるぞ。婚約は、フランクが魔法学校に入学する前に行うつもりだ。あちらのお嬢様が、婚約と同時に魔法学校に入学させたいらしい。もちろん、魔法学校にいる間はうちでお嬢様の面倒をみることになっている。婚約日程は、決まり次第お前に連絡する」

「……わかりました」

もう、随分と細かく決まっているんだな。

「一応言っておくが、お前は兄のような過ちをしてくれるなよ？　ローラントは相手が帝国内の侯爵家だったからまだ良かったが、今回は最悪国際問題に発展する。覚悟しておけよ？」

「もちろん、わかっています」

兄さん、どこかの侯爵家と婚約していたのか。それが駄目になるなんて、一体何をやったんだよ……。

と言っても、俺も親に隠れてジョゼと手紙のやり取りをしているから変わらないか。

はあ、釘《くぎ》を刺されてしまったな。

「よし。なら良い。今日はもう休め」

「了解しました」

俺は頭を下げてから、部屋から出た。


「坊ちゃま……そんなに暗い顔をしてどうしたんですか？　あ、もしかして、ローレンス様にジョゼさんのことを話しちゃったんですか？　そりゃあ、怒られますよ」

久しぶりに自分の部屋に戻ると、ケーラが俺の暗い顔を見て冗談交じりにどうしたのか聞いてきた。

「俺の婚約相手が決まった」

長々と説明する気にもならなかった俺は、端的に何があったのかケーラに教えた。

「そ、それは……おめでとうございます」

「ありがとう……」

ケーラの顔は悲しみに染まり、すぐにでも泣きそうな顔をしていた。

やめてくれよ。俺だって、泣きたいくらいショックだったんだから。

「ちなみに、お相手は？」

「次期教皇の娘さん」

「……それは随分と立派な方で」

「そうだね」

「「……」」

しばらく、沈黙が続いた。

俺は下を向いて黙り込み、ケーラは何を話したらいいのか困っているといった感じだ。

「こうなったら、ジョゼ様のことは諦めるしかないと思います。お辛いと思いますが……仕方ありません。坊ちゃまはボードレール家を背負っていかないといけないお方なのですから……」

「そんなこと、言われなくてもわかっているよ！」

ケーラが悩みながらかけてくれた言葉に、俺はケーラに八つ当たりするように怒ってしまった。

「そ、そうですよね……すみません」

「あ、ごめん。言いすぎた」

ハッとした俺はすぐに謝った。

ケーラに怒っても仕方ないのはわかっているんだけど……。

「いえ、お坊ちゃまは悪くありません」

「はあ、ちょっと外の空気でも吸ってくる」

少しでも気分を紛らわせないと駄目だ。このままだと、ずっとケーラに当たってしまう。

「はい。そうしましょう」

本当は一人で庭を歩こうと思ったが、ケーラもついて来てしまった。

一人で行かせろとも言えず、俺は黙ってケーラの前を歩き続けた。


「聞いたか？　フランク様、あのフォンテーヌ家とご婚約されるみたいだぞ」

しばらく外を歩いていると、どこかの部屋からそんな声が聞こえてきた。

どうやら、婚約の話は最近決まったことらしい。

それか、父さんが今日まで限られた人以外には教えていなかったのだろう。

「おお。それはめでたいじゃないか」

「馬鹿言え。ローラント様はどうなるんだ。俺は、あんな若造よりもローラント様のほうが良いと思うぞ」

やはり、まだ俺と兄さんで支持者が分かれているんだな。

「そうか？　実際、結果を残しているのはフランク様だろ」

「結果だけじゃないだろ。貴族の当主には、部下を纏められる思い切りの良さが必要だ」

「いや、ローラント様に部下を纏められる能力があると思えないね。てか、お前がローラント様を推しているのは、そっちのほうが自分に都合がいいからだろ？」

「な、なにを言う！　ローラント様になって、何が都合良くなるというんだ」

「さてな？　あくまで噂だが、ローラント様を推している奴は、ローラント様に賄賂《わいろ》を渡していたんじゃないか？　だから、その金が無駄にならないよう必死になってローラント様を推している、って、言われているぞ」

「そ、そんなわけないだろ！　言いがかりだ！」

「おいおい。あくまで噂話って言っただろ？　そんな必死に否定していると、肯定《こうてい》しているように見えるぞ」

「くっ……。もういい。私は仕事に戻る」

激しい言い合いの末、二人はどこかに行ってしまったようだ。

この家では、こんなことが日常茶飯事《さはんじ》なのかな。

「ふう……」

「……」

「別に、なりたくて当主になるわけじゃないんだけどな」

どうして俺ばかりがこんな大変な目に遭《あ》わないといけないんだ……。

ジョゼのことを諦めて、当主に専念しようと思っても、俺をよく思わない人が多いなかで頑張れるとは思えない……。

「自分の運命を呪《のろ》っていても仕方ありませんよ。もう、こうなった以上は、新しい楽しみを見つけるしかないと思います」

「新しい楽しみってなんだよ……」

ケーラが言っていることが正しいのはわかっているんだ。

でも、そんな簡単に気持ちを切り替えるなんて無理だよ。

「うん……婚約者について調べてみたらどうですか？　少しは気が紛れるかもしれませんよ？」

新しい婚約者についてか。

「……そうだね。調べてみるか」

ジョゼのことを忘れる為にもちょうどいいか。


それから、一年と半年くらいが経った。

もうすぐ学校が再開するらしく、俺は帝都に帰ることになった。

「フランクがいなくなると、また寂しくなってしまうわね」

「そうだな。次会うのは、公爵会議で帝都に行くときになるか？」

「うん。そうだね。じゃあ、そろそろ出発するよ」

「いってらっしゃい」

「いってきます」


「はあ、やっとここから出て行ける」

俺は馬車に乗ると、思い切り伸びをした。

正直、狭い馬車の中よりあの家の中のほうがよっぽど窮屈《きゅうくつ》だ。

至る所から、俺を見定めるような視線が突き刺さってくるし、陰口も聞こえてくる。

本当にあの家にはいたくなかった。

「本当、やっとですね。この長い間、お疲れ様でした」

「ありがとう。ケーラもお疲れ様」

「いえ。私は大したことはやっていませんので」

「そんなことないよ。ケーラには随分と支えられた」

ケーラの気遣いがあったからこそ、俺はあの家で耐えることができた。

この長い間、ケーラと何気ない会話をすることで乗り切っていた。

あと、ジョゼを忘れる為に新しい婚約者についていろいろと調べていた。


アリーン・フォンテーヌ。次期教皇の娘で双子らしく、その妹は現聖女。

見た目は金髪で、教国一の美人姉妹として有名らしい。

適性魔法は、無属性と光魔法。聖魔法が使えず、外に聖魔法の技術が流出する可能性が少ないことから、俺との婚約に名前が挙げられたらしい。

性格については、あまり情報が出て来なかった。

双子だから妹と区別がつかないというのもあるんだろうけど、妹の話ばかり出てきて、姉のほうがどんな人なのかはわからなかった。

明らかに、妹のほうが目立ってしまっていて、〈姉のほうは表舞台にそこまで出ていないのでは？〉と疑いを持ってしまうほど、情報が少なかった。

聖女のほうが目立ってしまうのは仕方ないか。

といった感じで、ジョゼのことを忘れようと調べていた。

まあ、忘れることはできなかったんだけどね。

「はあ、もうすぐ学校か……」

「良かったじゃないですか。レオンス様たちとお話しすれば、少しは気持ちが楽になるのではないでしょうか？」

「そうだね」

寮に着いたら、レオに相談しようかな。あいつなら、何か良いアドバイスをくれるかもしれない。

《半年後》

まさか……俺がジョゼと結婚できることになるとは。

寮生活が再開して、久しぶりに会ったレオに相談したら、あっという間にジョゼと結婚することになってしまった。

散々、奥さんが複数いるレオのことをからかってきたけど、まさか俺が同じ立場になってしまうとは。

といっても、明日の父さんへの報告を成功させない限り、短い夢で終わってしまう。

なんとしても成功させないといけない。

「旦那様？」

「うん？」

「そんな怖い顔して、どうしたんですか？」

「え？　あ、ちょっとね」

ジョゼに指摘されて、眉間にしわが寄っていたことに気がついた俺は、軽く顔を擦ってなんとか笑顔にした。

良くないな……。せっかくジョゼが隣にいるのに、楽しめていないなんて。

「なんですか？　隠し事はよくありません。ねえ、ケーラさん？」

「はい。お坊ちゃま、明日のことで悩んでいるのなら、別に隠す必要もないと思いますが？」

隠そうと思っていたんだけどな……。

ケーラにほぼバラされてしまったから、観念して白状することにした。

「わかったよ……。明日、ジョゼとの婚約の許可を父さんに貰ってくる」

明日、公爵会議に参加する為に帝都まで来ている父さんに呼ばれている。

たぶん、アリーンとの婚約について詳しい話を俺にしたいんだと思うんだけど。

はあ、そんな話をするときに、果たしてジョゼの話をしても大丈夫だろうか？

気を悪くして、父さんが俺の話を一言も聞いてくれない、とかもありえそうなんだよな。

「それは……確かに緊張してしまいますね。うう……今日は眠れません」

「だから、聞かなければ良かったのに」

ジョゼを心配させたくなかったから、全て終わってから結果だけ報告するつもりだったんだよ？

両手に手を当てて聞いてしまったことを後悔しているジョゼに、そんなことを思ってしまった。

まあ、そんな姿も可愛いから良いんだけど。

「仕方ないですよ。聞かなかったら、それはそれで気になって眠れなくなってしまいますから」

それもそうかな。いや、俺が顔に出していなければこうはならなかったのか。俺が悪いな。

「とりあえず、父さんとの話が終わったらすぐに結果を報告しに行くよ」

「はい。待ってます」

寝ないで待っていそうな雰囲気がする……。これは、明日なるべく急いで帰ってきたほうがいいな。

「あの……俺たちがいること忘れてない？」

「あ、ごめんなさい」

「まあ、良いじゃない。私は、二人が幸せそうにしているところを見てると、こっちも幸せになれそうな気がするから」

いや、十分レオたちも幸せにしているだろ。普段のイチャイチャ具合が俺たちに負けてないのは確かだ。

「そうだね。じゃあ、存分に目の前でイチャイチャしてくれ。それとフランク、明日頑張れよ」

「ああ、頑張るさ」

言われなくてもイチャイチャするつもりだし、明日も頑張るつもりさ。


そして、次の日。

俺は昼から帝都の屋敷で父さんと向き合っていた。

「半年ぶりだな。元気にしてたか？」

「うん。元気にしてたよ。父さんも元気そうだね」

俺は緊張を顔に出さないよう注意しながら、父さんと会話を始めた。

どうやって、話を切り出そう……。

「それで、何か俺に言いたいことがあるのか？」

俺がどのタイミングでジョゼの話を父さんにしようか悩んでいると、それを悟られてしまったようだ。

いきなりか……。いや、ここで言ってしまったほうが楽だろう。

「父さん、報告があります」

「何だ？　言ってみろ」

父さんは表情を変えず、話の続きを催促してきた。

これは……不機嫌になっているのか？　いや、今はそんなことは気にしないで話を進めたほうがいいな。

「ルフェーブル家の長女、ジョゼッティアさんと婚約することに決めました」

「ふむ……フォンテーヌ家のほうはどうするつもりだ？」

相変わらず、父さんは表情を変えない。

衝撃的なことを言った自信はあるんだけどな……。

「もちろん、断るつもりはありません。ジョゼッティアさんには、僕の側室になって貰うことになりました」

俺は、ジョゼと話し合って決めたことをそのまま父さんに伝えた。

さあ……父さんはどんな反応をするんだ？

「……」

手の汗を握りしめながら、父さんの審判を待っていた。

「そうか……そうかそうか。ククク……」

「父さん？」

喋りだしたと思ったら急に笑い始めた父さんに、俺は思わずキョトンとしてしまった。

今のやり取りに、笑うところなんてあったか？　それとも、よっぽど俺が馬鹿に見えたのか？

「いや、少し嬉しくてな。思わず笑ってしまった」

「それは……」

「もちろん。お前が優秀なのが嬉しくて笑ったんだ」

「ということは、ジョゼッティアさんとの婚約は許して貰えるのですか？」

「もちろん。というより、願ってもいないことだ。これで、ボードレール家は国内、国外共により強固な関係を結ぶことができた。これはとてつもなく大きいぞ」

「あ、ありがとうございます」

嘘だろ……こんなにあっさり許されてしまうとは……もう少し、経緯とか説明しないといけないと思ってたんだけどな……。

言われてみれば、ジョゼとの婚約もボードレール家にとって利益にはなるのか。

うん……緊張しすぎたな。

「それにしても、よく側室で了解を得られたな」

「それは、親友のレオンスとその婚約者であるリアーナさんのおかげです」

それと……メイドのベルのおかげ。あの三人がいなかったら、今頃どうなっていたことかな。

父さんに殴られるくらいじゃあ、済まされなかっただろうな。

「なるほど。確かに、レオはシェリア様にリアーナ、フェルマーの新会長、複数の婚約者がいる。あいつなら、お前にそのアドバイスができるのは納得だ。今度会った時に礼を言っておかなければ」

「はい」

本当、レオたちには感謝だ。

「ふう……もう、楽にしていいぞ。ここからは、普通に親子として話がしたい」

「はい、じゃなくて……うん」

父さんに言われて、俺は肩の力を抜いた。

なんか、もう疲れた。早く帰って、ジョゼに甘えたい……。

「領地にいる間ずっと暗かったのは、このジョゼとの関係があったからなのか？」

「それもあるけど……領地内の僕を受け入れようとしない空気のほうが大きかったかな。凄く居心地が悪くて」

ジョゼのことはなんとか考えないようにできていたけど、陰口とかは嫌でも耳に入ってくるからね。

「そういうことか……。それはすまなかった」

「いや、謝らなくても」

「家臣を纏められていないのは、現当主である俺の責任だ。この問題を次代のお前に引き継ぐなんてことは、絶対にしない。領地に戻り次第、本格的に対策を立てることを約束しよう」

「あ、ありがとう……」

これから領地に帰ることは増えるだろうし、次帰るときまでに少しでも雰囲気が良くなっていればいいな。

「それにしても、ジョゼッティアとは、いつから仲が良かったんだ？」

「初等学校の二年生くらいからだよ」

「随分と前からじゃないか。てか、接点なんかあったか？　お前ら、違うクラスだっただろ？」

よく覚えているね。俺にそこまで興味はないと思っていたよ。

「うん。どうやら、ジョゼのお父さんが僕と結婚するよう小さい頃から言い聞かされていたみたいなんだ」

「なるほどな。あいつならやりそうだ。実際、長男のほうはしっかりとフォースター家の長女と結婚できたわけだしな。だが、お前らの場合……一回もそんな噂を聞くことはなかったぞ？」

「それは、父さんにバレたらいけないと思って、手紙のやり取りしかしていなかったからね」

本当、よくこれまでバレなかった。いや、毎日早起きをして手紙を机に入れてくれていたジョゼのおかげか。帰ったら、ちゃんとお礼を言わないと。

「俺にバレたらいけない？　どうしてだ？」

「だって、俺の婚約相手は教国の人間だって決まっていたから」

「そういうことか……確かに、教国のほうを断ってジョゼッティアを選ぶとか言っていたら、俺も怒っていただろうな」

「ははは……」

その選択をしてしまった俺としては、苦笑いをして誤魔化すしかなかった。

「まあ、本来ならお前がこんなことを気にする必要はなかった。ローラントがしっかりしていれば、好きな相手と結婚させてやれたんだけどな」

また兄さんの話か。

「ねえ。兄さんのことなんだけど……兄さんって、一体何をしたの？」

この父さんに何でも聞けそうな雰囲気がある今なら、この質問をしても大丈夫な気がした。

というか、今ぐらいしかチャンスはなさそうだ。

「ん？　ローラントが何をしでかしたのか知らなかったのか？」

「うん。聞ける人がいなかったから」

だって、家はあんなんだし、父さんはもちろん母さんにだってとても聞けそうになかったんだもん。

「そうか……貴族の間では有名な話なんだけどな。それこそ、レオは知っていてもおかしくないと思ったんだが」

「いや、知らなかったよ」

一回聞いたけど、知らなかった。

「そうか。なら、俺が教えてやる。レオの兄……次男のほう、フォースター家の次期当主であるアレックスのことは知っているだろ？」

「うん。たまに、パーティーとかで見かけるよ」

レオとは違って、真面目そうな人だったな。あと確か、魔法学校を過去最高成績で卒業した偉業《いぎょう》を達成したんだっけ？

「その妻であるフィオナのことは知っているか？」

「なんとなく」

フィオナさんのほうも、パーティーで何度か見かけた。あと、たまにレオの話に出てくる。

「そうか。フィオナの実家はメルクリーン家でな」

ああ、侯爵家の。確か、うちの派閥に所属しているよね？

「そのフィオナさんと兄さんが何か関係あるの？」

「ああ。昔、フィオナはローラントの婚約者だったんだよ」

「え!?」

どういうこと？　レオの兄さんと随分と前から仲が良かったはずじゃなかった？

「まあ、正確には婚約者になるかもしれない相手だった、が正解なんだけどな」

「それがどうしてレオの兄さんと結婚することに？」

「あいつ、昔から素行が悪くてな。格下の貴族をいじめたり、逆らえない女の子にちょっかいをかけたり……貴族の間では悪ガキで有名だったんだ。そんなんだから、メルクリーン家もローラントとの婚約には乗り気じゃなかったんだよ」

そりゃあ、いくら格上貴族相手でも、そんな評判が下がるような相手と結婚させたくないよな。

それに、メルクリーン家なら、どうにかして断るだけの力は持っているだろうし。

「なるほど。それで婚約はなかったことになっちゃったわけか」

「そうなんだけどな……あのアホは、最後にとんでもないことをしでかしたんだ」

「とんでもないこと？」

「そうだ。あれはフォスター家のヘレナの誕生日パーティーだったな。当時、既にフィオナはローラントのことなど忘れて、アレックスと仲良くしていた。もう、あの時には完全に婚約の話はなくなっていたんだ。それなのに、あいつはフィオナ本人に婚約の話を持ち出しはじめたんだ」

「え？　どうして？」

よくわからない。諦められないくらい、フィオナさんのことが好きだったのか？

「幼稚《ようち》な考えだよ。単なる嫌がらせをしたかったに過ぎない。アレックスとその兄のイヴァンに喧嘩を売るためだけに婚約の話を使ったらしいぞ」

なんか、ラッセルの話を聞いているみたいだな。あいつも、素行が悪かったし、レオに何回も絡んでたし。やっぱり、公爵家の長男って高確率であんなんになるのか？

「……それで、どうなったの？」

「大人を巻き込んでの大騒ぎになってしまったよ。勇者様まで動いてしまったからね」

「勇者様まで？」

だって、子供の喧嘩だろ？　いや、婚約の話はもう子供だけの話じゃなくなるんだ。

俺がジョゼとの関係で苦労したみたいに、婚約は家同士の問題になってしまう。

そう考えると、兄さんはよっぽど頭が回らなかったんだろうな。

「ああ。家にまでやって来たよ。本当、あの時ほど恐怖を感じたことは俺の人生の中ではないな」

「それは確かに怖いな……」

悪いのは確実に自分のほう。そんな状況で、怒っているであろう当時世界最強だった勇者が乗り込んできたんだ。それは恐怖でしかない。

「まあ、実際は何もされなかったんだけどな。その日は、平和的な話し合いで終わった」

「その日は？　それって、結局平和的に解決できなかったってこと？」

「まあな。俺は勇者様にすぐ、婚約の話がとっくの昔になくなっていることを説明して、謝罪したんだ。そしたら、勇者様がある条件を出して許してくれたんだ」

「どんな条件を提示されたの？」

「決闘だよ。ローラントとアレックスの一騎打ちだ。フィオナとの婚約を懸けてな。勇者さまが、ローラントにもチャンスをあげなければ可哀そうじゃないか、ってな」

「決闘なんて……いつぶり？」

歴史の授業で出てくるような古い貴族の慣習でしょ？

それに可哀そうって……レオの兄さん強いよね？　勇者様も、絶対わかっててその条件を出してきたよな。

「さあな？　調べていないから知らないが、たぶん五十年はやっていなかったと思うぞ」

「そんな歴史的一戦が子供同士の喧嘩なんて……」

「まあ、歴史に残る一戦にはなったんだがな」

「え？　兄さんって、そんなに強かったの？」

レオの兄さんと接戦になるなんて、想像できないんだけど？

「いいや。そうだな……本に書かれるとしたら、あいつは完全に悪役だな」

「悪役？」

「そうだ。あいつは、初等学校の校則を破って、レベルを上げてしまうんだ。当然、校則を守っているアレックスはローラントにゴリ押しされてしまう」

レベルに関して、俺も上げちゃってるから何も言えないけど……ずるい方法を見つけてなんとかレオの兄さんに対抗したんだ。

そりゃあ、正々堂々戦わないといけない決闘の場では悪役にされてしまうな。

「それで、どうやって勝ったのさ？」

「魔法だよ。あの魔法は凄かったな。後から知ったことなんだが、魔法はレベルに左右されにくいらしい。それこそ、努力次第で自由自在に使える。もちろん、努力なんてものと縁遠いローラントは、魔法戦に切り替わった瞬間から一方的に攻撃され続けて、最後はアレックスがあいつを殴って決闘は終わった」

「なるほど……魔法か」

確かに、魔法は練習次第で格上にも勝てる。

レベルが魔法に与える影響って、魔力量くらいじゃない？

「まあ、そんな感じで流石にそれまでの素行と決闘で発覚した校則違反を考えると、ローラントを次の当主に指名するわけにもいかず、俺はお前を次期当主にすることに決めたんだ」

「そういうことだったんだ」

まあ、そこまで貴族に嫌われるようなことをしてしまえば、流石に当主になるのはキツいよな。

「ああ、そういうことだ。あいつも馬鹿だよな。大人しく真面目に生活していれば、あんな美人を嫁にできたのに」

確かにね。僕もジョゼと何の心配もせずに結婚できたし、真面目に生きていてほしかったな。

「そういえば。兄さんは今、何をしているの？」

帝都にも領地の屋敷にもいないし、どこに行っているんだ？

魔法学校は卒業したんだよね？

「家を出て、どこかに行ったよ。今、あいつがどこで何をしているのかは調べさせているところだ。ボードレール家の名を使って悪事を働いていたなら、その場で殺しても構わないと言ってある」

「兄さん……」

絶対、何か企んでるだろ。面倒だな……。

「まあ、あいつの話はこの辺にして、お前の話に戻るぞ」

「うん」

そういえば、元々父さんが俺に何か伝える為に俺を呼んだんだった。

「二カ月後、遂にフォンテーヌ家のお嬢様が我が領にやってくる」

あと半年くらいで魔法学校に入学だし、それくらいには着いていないといけないか。

「それから、ずっと帝国にいるの？」

「そうだな。お前との婚約が解消にならない限り、お嬢様はこれから一生帝国で暮らすことになる」

「なるほど……」

故郷を離れて、好きでもない俺と暮らさないといけないのか。そう考えると、可哀そうに思えてくるな。

ジョゼだけじゃなくて、ちゃんとアリーンさんも愛してあげないと。

「とにかく、半月前くらいには領地にいろよ？」

「うん。わかった」

父さんとの話が終わって、俺は急いでジョゼの待つ寮に帰ってきた。

「ただいまー」

「あ、帰ってきました。ジョゼ様、起きてください！」

俺が帰ってくると、ケーラがジョゼを起こしている声が聞こえた。

部屋に入ると、ジョゼが俺の机に突っ伏して寝ていた。

「ん？　あ、寝ちゃったんだ」

「はい。どうやら、本当に昨晩は眠れなかったみたいで……」

「それじゃあ、起こすのは悪いかな」

「うん……あ、旦那様……。え、旦那様？　旦那様！」

俺がジョゼを起こすのを躊躇《ためら》っていると、ジョゼが起きて旦那様を連呼し始めた。

「うん。帰ってきたよ」

寝ぼけているジョゼも可愛いな。

「あ、私……眠ってた……」

「気にすることないよ。昨日、寝れなかったんでしょ？」

「は、はい……。それで、義父様《おとうさま》の答えは？」

「それが、簡単に認めて貰えたよ。てか、むしろ褒められちゃった」

「え？　褒められた？」

俺が報告すると、ジョゼは俺が父さんに褒められた時みたいにキョトンとした顔をしていた。

「うん。ルフェーブル家との繋がりが強くなるからね」

「そうだったのですか……。それじゃあ、これからは何の心配もなく旦那様に甘えられるのですね？」

「うん。そうだね。さっそく、甘える？」

「そ、それじゃあ……」

俺が手を広げると、ジョゼは喜んで抱きついてきた。

その流れに任せて……俺がジョゼの顔を近づける……と、ジョゼが突き放して拒絶《きょぜつ》してきた。

え？　どうして？

「ご、ごめんなさい。でも、キスは流石に、私が先にするのは違うと思います」

「え？　あ、ごめん。そうだよね……」

調子に乗りすぎてしまった。はあ、せっかく二人で喜んでいたのに台無しだ。

「これから来るアリーンさんがどんな方なのかはわかりませんが、正妻を立てておくことに越したことはありませんよね？」

「うん。気を遣わせちゃってごめんね」

ジョゼの言うとおり、相手がどんな人かわからない以上、注意しておかないと。

もしアリーンさんにジョゼが嫌われてしまったら、最悪の場合……ジョゼとの婚約が破棄されてしまうかもしれない。

よく考えてから行動しないと駄目だな。

「いえ、二人で頑張るって決めたじゃないですか？」

「そうだね。うん、二人で頑張るか」

そう言って、俺はもう一度ジョゼを抱きしめた。

それから少し時が経ち、俺はレオの領地にいた。

孤児院で子供たちの相手をしていたが、ほとんどの時間はジョゼとデートをして休みを満喫していた。

レオの街を巡っているだけで、一カ月くらいあっという間に過ぎてしまった。

あいつは、本当に凄い街を造ったな。

「明日、俺は家に帰るよ。ジョゼはどうする？」

「私は……そうですね。私も一旦、自分の家に帰りたいと思います。これから、レオさんたちも忙しくなりそうですし」

レオたち、これから王国に行かないといけないからな。

確実、王国は企んでいるだろうし、レオはその対策で日々忙しそうだ。

「そうだね。これからどれくらい会えないんだろう？　寂しくなるな」

「魔法学校に入るまでは会えませんよね？　仕方ありません。毎日手紙を書いて気を紛らわせます」

「俺もそうするよ」

こういう時、手紙ほど役に立つものはないな。


それから、俺は毎日ジョゼに手紙を送り、ジョゼから送られてくる手紙を楽しみにしながら毎日を過ごしていた。

もちろん、家に帰れば俺を受け入れたくない人たちの声が聞こえてくるが、前ほど気になることはなくなった。

父さんがいろいろとやってくれたのもあるんだろうけど、俺自身が気にしなくなったのが大きいかな。

今なんか心に余裕がありすぎて、父さんの手伝いをやってしまう程だ。

手を動かしていると、ジョゼに会えない寂しさも少しは紛れるから、率先《そっせん》して仕事をやってしまった。

もちろん父さんは喜んでくれたが、俺のことが嫌いな文官たちには煙たがられたりもした。俺が次期当主として仕事をしているのが気に食わないんだろうな。

まあ、これればかりは時間をかけて少しずつ彼らの信頼を得ていくしかないだろうな。

「フランク様。ローレンス様がお呼びです」

俺が書類確認をしていると、メイドが一人入ってきた。

「何だろう？　何か書類に不備があったかな？」

「いえ。別件についてかと思われます」

「そうなんだ。教えてくれてありがとう」

「いえ」

メイドに礼を言って、俺は父さんのところに向かった。

「父さん、来たよ」

「お、来たか。そこに座ってくれ」

「急に呼び出してどうしたの？」

「少し、頼み事をしたくてな」

「頼み事？」

何だろう？　新しい仕事かな？

「ああ。もうすぐ、お前の婚約者が国境付近に到着するらしいんだ」

「そうなんだ。少し予定より遅かったね」

「どうやら襲撃を注意するあまり、移動に時間がかかっているみたいだ」

「襲撃？　どういうこと？」

「教国は、王国派と帝国派に分かれているんだよ。言わなくてもわかっていると思うが、今回お前と結婚することになったフォンテーヌ家は帝国派だ」

「うん」

「王国派にとって、次期教皇のフォンテーヌ家と帝国が結びつくのは面白くないんだよ」

確かに、王国と仲良くしたい人からしたら、次期教皇の娘が帝国の貴族と結婚するのは面白くないだろうな。

「にしても、わざわざ襲撃するなんて……」

「まあな。意外と、教国は暴力的な国だぞ。気に食わないことがあると、すぐに襲撃や暗殺をする。身近なところで言えば、聖女様の家族が現教皇に殺されているだろ？」

リーナの両親、そういえば現教皇に殺されちゃったんだよな。うん……もしかしたら、王国以上に教国は波乱の多い国なのかもな。

「そうなんだ……」

「で、だ」

「う、うん」

「お前に頼みたいことがある」

「何をすればいいの？」

この話の流れで、俺は何を頼まれるんだ？

「国境付近まで婚約相手を迎えに行ってくれ」

「え？　俺が行く意味ある？」

「何を言っている。お前はダンジョンをクリアしたことがある実力者だろ？」

「ああ、アリーンさんを守ればいいんだね？」

アリーンさんを教国の襲撃から守る仕事か。それなら、いろいろと準備しないと駄目だな。

「そういうことだ。俺の予想では、あいつらは絶対我が領地で事を起こすつもりだ。そっちのほうが、王国派には都合がいいからな」

「わかった。じゃあ、今から準備して向かうよ」

「ああ、頼んだ」

無属性魔法を使って移動したとして、ここから国境まで半日くらいか？

アリーンさんたちがどのくらいに着くかはわからないけど、急いで準備して行くか。

SIDE：アリーン
私、アリーン・フォンテーヌは、教国で二番目に有力であり、次期教皇といわれているガエル・フォンテーヌの娘……そして、聖女の姉だ。

そんな私は今、お父様の政治の道具として帝国のボードレール家に嫁入りすることになっている。

フランク・ボードレール……私と同じ歳で、レオンスの陰に隠れてしまっているけど、非常に優秀らしい。

今、世界で最も注目を浴びているレオンスの親友……果たして、どんな人なのかしら？

「お嬢様、もうすぐ帝国に入ります」

入国の手続きが終わったのか、一人の部下が私の馬車までやって来た。

「国境を越えてから、どのくらいで着きそう？」

「このペースですと……今日の夜には到着するかと」

「そう。わかったわ」

やっと、この長い旅も終わるのね。


それから関所を過ぎ、しばらく街の中を走っていると、馬車が急停止した。

ぶつけてしまったおでこを手で触りながら外を覗くと、大勢の盗賊《とうぞく》らしき男たちが馬車を囲んでいた。

「このタイミングで……」

まさか、町中で堂々と襲ってくるとは。

でも、よく考えたら相手の目的は私を殺すだけ。普通の盗賊は逃げることを考えないといけないけど、この人たちは関係ないんだと思う。

私を殺すためだけの人たちか。

私の護衛を父さんに頼まれていた冒険者は見当たらない。そんなすぐ殺されるような人たちじゃないだろうし……もしかして裏切られた？

「おい！　この馬車にいたぞ！」

ああ、見つかってしまった。

「ククク。噂どおり、妹に似て美人だぞ。こいつで間違いないだろう」

一人の男が笑いながら、私の首に剣を当てた。

「そうだな。にしても、この状況で命乞いとか、悲鳴をあげたりしないのか？」

そんな醜態《しゅうたい》晒さないわよ。殺すなら殺しなさい。

「ふん。可愛げのない奴だな」

私の首に剣を当てていた男がつまらなさそうに、剣を動かそうとした……その瞬間。

バシュ！

変な音とともに、男の胸に穴が空いていた。

「うぐ……」

男は剣を落とし、そのまま倒れてしまった。

「え？」

「は？」

バシュバシュ！

「ガハ!?」

次々と胸に穴が空いて倒れていく盗賊たちを見て、私は唖然としていた。

一体……何が起きているの？

「ふう。これで最後かな」

私が固まっていると、一人の男の人が顔を出した。

私と同じくらいの歳……見た目は貴族よね。

「あなたは……？」

「うん？　あ、もしかしてあなたがアリーンさん？」

「そうだけど？」

「そうですか。俺はフランク・ボードレール。あなたの婚約者になる男です」

SIDE：フランク
間に合って良かった。

まさか、こんなに早く国境を越えているとは思わなかった。

執事らしき人が一人殺されてしまったが、他は何とか殺されずに済んだ。

盗賊の数は、総勢三十人くらいだったかな？　逃がしてないと良いんだけど。

魔法が使える奴らは一人もいなくてよかった。俺が遠距離から魔法を撃っているだけで終わったからね。

そして、最後のリーダーらしき男を殺すと、馬車の中に綺麗な女の子がいた。

この子が守るように言われていた、アリーンさんみたいだ。

「あなたがフランクさん……？　助けて頂き、ありがとうございました」

「これくらい大したことはありませんよ。それより、お怪我はありませんか？」

見た感じ、怪我はなさそうかな？　ちょっと、おでこが赤いのが目立つけど。

「いえ、大丈夫です」

「それは良かった」

「他の襲撃者たちは……？」

「ああ。それなら、僕が全員倒しました。他に隠れていなければ、ですが」

たぶん、いるんだろうな。アリーンさんと話しながらも、警戒しておかないと。

「一人で？」

「ええ。まあ、こう見えて友人とダンジョンを攻略するくらいには魔法が得意なんで」

そう言って、俺は掌に石を造って見せてあげた。

「そういえば、そうでしたね……。石と金属魔法が使えるんでしたっけ？」

「あ、知っていてくれたんですね」

「流石に、婚約相手のことはお会いする前に調べておくと思います」

「それもそうか。俺も、あなたについて調べてみたんですけど、見た目が可愛いこと以外に知ることはできませんでした」

「そうでしょうね」

そ、そうでしょうね？　どういうこと？

「と、とりあえず、ここから離れましょうか。いつ、また襲撃されるかわかりませんから」

「そうでしたね。ですが……この死体をどかさないことには」

「それもそうですね。それじゃあ、死体の処理が終わるのを待ちますか」

今、憲兵《けんぺい》たちが必死になって倒れた盗賊たちを運んでいた。

これは、俺が手伝うことではないだろう。

俺はアリーンさんの隣に座った。

それからすぐ運び出しが終わり、馬車が動き始めた。

「帝国は、魔法研究が盛んなのは有名ですが……誰しもフランクさんほど魔法を使えるのですか？」

「そんなことありませんよ。僕くらい魔法が使えるのは、一部の人だけです」

まさか。これは、なんとか二位になるために頑張った結果だ。

「そうですよね」

「といっても、上には上がいますよ」

「レオンス・ミュルディーンですか？」

「あ、それも知っているんですね」

「当然です。彼は教国の中でも有名ですから」

「そうですよね。レオンスの魔法は異次元ですから」

まあ、レオが有名なのは魔法よりも、ドラゴンを倒したとか、ダンジョンを踏破したとかの業績が原因なんだろうけど。

「異次元……フランクさんから見ても、そこまでなのですか？」

「はい。正直、逆にあいつができないことを知りたいくらいです」

創造魔法とあいつの魔法があってできないことといったら、世界を造ることくらいなはずだ。

本当、化け物だよな。

「そこまでですか……」

「はい。あと、レオンスを抜いて考えると、同年代ではシェリア皇女にも俺は魔法で負けていますよ」

「シェリア皇女も……シェリア皇女は、レオンス侯爵と婚約しているのですよね？」

「はい。かなり小さい頃から婚約していますよ」

「彼女は、レオンス侯爵に魔法を教わっているのですか？」

「いえ、シェリア皇女はレオンスの叔父であるダミアンさんに教わっています」

確か、魔力操作だけレオが教えて、あとはダミアンさんが教えたんだよね？

ダミアンさんが優しい見た目に反して、スパルタだったたって言っていたな。

「ダミアン……勇者の息子さんですよね？」

「はい。あの人も強いですよ」

「へえ……。フランクさんも誰か有名な師がいるのですか？」

「師と呼べる人は……レオンスですかね。彼に、魔導師様直伝の魔力の使い方を教わりました」

小さい時に魔法を教えてくれた先生がいるけど、別に師匠って感じではなかったからな。

ここまで魔法が使えるようになったのは、レオのおかげだから、レオが師匠ってことでいいかな。

あ、とすると、俺はヘルマンの弟弟子《おとうとでし》ってことになるのか？　それはなんか面白いな。

「魔力の使い方？」

「はい。僕はそこまで得意じゃないのですが、こうやって魔法を自由に動かすことができます」

俺がさっき造った石を浮かせて自由に動かしてみせた。一個だけでも大変なのに、あの無数の石を自由に動かせるシェリーも化け物だな。そういえば、レオも魔力操作ではシェリーに負けるって言っていたな。

「へえ……それ、私にも教えて貰えますか？」

「別にレオンスも秘匿している様子はなかったので、大丈夫ですよ。習得方法も、別に難しくありませんし」

ただただ、魔力を動かし続けるだけだからな。教えて怒られることはないだろう。

「ありがとうございます……。あの、もうお互いに改まった口調は止めにしませんか？　これから、婚約者になるのですから」

「そうで……そうだね。わかったよ」

良かった。少しは仲良くなれたみたいだ。

もうちょっと、心を開いて貰うのに時間がかかると思ってたけど、盗賊から助けたのが効いているのかな？

「それじゃあ、私も素で話すわね」

「うん。そっちのほうが良いかな。正直、最初の印象とさっきまで違ってて、気になっていたんだよね」

最初、敬語なんて使ってなかったのに、俺が名乗ったら急に敬語を使い出して、猫を被られている感が凄くあったんだよね。

「まさか、私の婚約者様が騎士の真似事をして登場するとは想像できなかったから」

そうだろうね。あと、俺ここまで走ってきたしね。こんな貴族、レオと俺以外にいないだろう。

「酷いな。俺がいなかったら殺されていたかもしれないんだぞ？」

「でも、ここはボードレール領なんだから、襲撃が起こってしまったこと自体がそっちの責任になるんじゃないの？」

襲撃を依頼しているのが教国の人間なのを知っていてよく言うよ。

「まあ、それを言われるとそうなんだけど……危ない！」

「え？」

俺がアリーを押し出すように馬車から飛び出すと、馬車が大炎上した。

「な、何があったの？」

「魔法だよ。どうやらここからは、あっちも本気みたいだ」

魔法使いは希少だからね。さっきみたいな盗賊団にいるはずがない。ここからは、本職の殺し屋が相手なんだろう。

「馬車が壊れちゃったけど……どうするの？」

「簡単。どこかに隠れるよ」

「隠れるってどこに？」

「まあ、アリーが心配することないさ。ほら、舌を噛まないように気をつけて」

「え？　あ……」

俺はアリーをお姫様抱っこして、無属性魔法全開で走り出した。

「ここから、全速力で離れるよ。たぶん、忍び屋《しのや》とか雇われていなければ、問題なく逃げられるはず」

この世界で無属性魔法が使える人が少ないことは、レオから聞いた。たぶん、いくら殺しの専門だとしても、俺について来られる人はいないだろう。

それから、しばらく走った俺は、人がいない窓が開いた部屋に入り込んだ。

「勝手に入っても大丈夫なの？」

「大丈夫さ。アリーが早く着替えられればだけど」

そう言って、俺はレオから貰った魔法の袋から服を一式アリーに渡した。

「着替える？」

「そう。こうなることを予想して、アリーの分の服も用意しておいたんだ。これ着て」

襲撃されると聞いて、馬車が壊されることはすぐに予想ができた。だから、壊された後の作戦を事前に考えておいた。

その作戦は……二人で変装して歩いて家まで帰る。という非常に簡単な作戦だ。

「う、嘘でしょ……これ、平民の服じゃない」

「そうだよ。正確には冒険者の服。僕たちはこれから冒険者に変装して行動するよ」

変装するのに、貴族の格好は意味がないだろ？　それともアリー、もしかしてプライドが高い系？

「変装……わかったわ。でも、あなたがいるのに、ここで着替えないといけないの？」

「俺は外に出ているよ。着替え終わったら呼んで」

良かった。ちゃんと着替えてくれるみたいだ。変装してくれなかったら、逃げる前に俺の作戦は失敗に終わっていたからな。


「ねえ」

「何？　もう終わったの？　って、まだ着替え終わってないじゃん！」

二十分くらいして、呼ばれたから中の様子をうかがうと……なぜか下半身に何も穿《は》いていないアリーが立っていた。

「見たの……？」

いや、今の不可抗力でしょ。それに、これでも最速で外を向いたんだって。

「今のは仕方ないだろ。てか、着替え終わってないのにどうして呼んだんだよ」

「だって、ズボンなんてはしたなくて穿けないわ」

そんなことかよ……。

「緊急事態なんだから、アリーの格好に文句言う奴はいないって。てか、変装なんだからアリーって
バレたら駄目だろ」

「そうね……。わかったわ」

どうやら、納得してくれたみたいだ。

まったく……。


「今度こそ穿いたか？」

「穿いたわ」

今度はちゃんと確認してから中を覗いた。

「ふう……」

着替えだけでこんなに時間がかかっていて、どうするんだよ。

「それで、これからどうするの？」

「まだ変装は終わってないよ。とりあえず、髪をこの紐《ひも》で纏めておいて」

「え？　そこまでするの？」

「うん。その髪型の冒険者はまずいないから」

普通、女性冒険者は髪を縛っているか、短く切っているからね。

アリーみたいな、見た目重視の戦うのには邪魔な髪をしていれば、すぐバレるだろう。

「わかったわ……。これでいい？」

「うん。そしたら、目を瞑《つぶ》って手で顔を覆って」

髪を縛って、俺に言われたとおり顔を手で覆ったアリーの頭に砂をかけた。

ついでに、俺も頭から砂を被った。

「ちょっと！　何をするの!?」

「これで、少しはお嬢様感がなくなったかな。相手はプロの殺し屋なんだから、これくらいはしないと」

生半可《なまはんか》な変装では、逆に目立ってしまうだろう。

命がかかっているんだから、徹底的にやらないと。

「そ、そうね……」

俺の真剣さが伝わったのか、アリーはすぐに納得してくれた。

アリー、一々突っかかってくるけど、ちゃんと理由を言うと納得してくれるよな。たぶん、アリーは生意気なお嬢様とかじゃなくて、単なる箱入り娘なんだろう。

「よし。あとは俺が杖を持って、ダミーの鞄を二人で背負っていれば完璧かな」

魔法の袋からいろいろと出しながら、俺たちは完璧な冒険者の格好になった。

「こんな格好して、まさか屋敷まで歩くつもり？」

「まあ、一日歩けば着く距離だから」

「もう昼の時間からとっくに過ぎているわよ？　まさか、どこかで泊まるつもりなの？」

「そうだね。途中に街もないから、今日は野宿になっちゃうかな」

「嫌よ。魔物とか出て絶対危ないじゃない！」

「いや、殺し屋もまさか俺たちが野宿するとは思わないだろうから、逆に安全だと思うぞ。魔物に関しては、俺の魔法があれば大丈夫」

「そうね……。わかったわ」

やっぱり、ちゃんと理由を説明すれば納得してくれる。これが我儘《わがまま》お嬢様だったら、一体どんなことになっていたことやら。

「よし。じゃあ、出発だ」


「もう、足が痛いわ」

街の外まであと少しという場所で、アリーが立ち止まってそんなことを言い出した。

街を出てからが本番なのに……まあ、箱入り娘だから仕方ないか。

「……とりあえず、街を出るまで我慢できる？　あと少しだから」

「うん。それくらいなら」

「じゃあ、頑張ろうか」


そして、アリーを励まし、手を引きながらなんとか街から出ることができた。ここからは、多少目立っても大丈夫だ。

「よし。ここくらいならそこまで人目を気にする必要はないかな。ほら、背負ってあげるよ」

俺はダミーの鞄を魔法の袋にしまいながら、アリーが背中に乗りやすいようにしゃがんだ。

「うん……ありがとう」

「どういたしまして。それじゃあ、今日は行けるところまで行くか」

アリーを背負った俺は、さっきまでと同じペースで歩き始めた。

「さっきみたいに……速く走らないの？」

さっきというのは、街中を全力で走った時のことだろう。

「あれには魔力をたくさん使うからね。魔力には自信があるけど、もし敵と遭遇《そうぐう》した時のために魔力に余力を残しておきたいんだよ」

ちなみに、今も少しだけど無属性魔法を使っている。

俺には、ずっと女の子を背負い続ける体力はないからね。

「そういうこと……。よく考えているのね」

「まあ、俺も殺されかけたことが何回かあるからな。少しくらいは、その対策は考えておくさ」

「あなたも狙われるの？」

「俺にはそこそこ歳の離れた兄さんがいるんだ」

「兄がいて、どうしてあなたが次期当主に？」

「簡単だよ。兄さんは凄く素行が悪かったんだよ。父さんが庇《かば》えないくらいにね。だから、当主にはして貰えなかったんだ」

「それで、フランクに逆恨《さかうら》みしているの？」

「逆恨みというか、俺がいなくなれば自分が継げると思っているんだよ」

恨むとしたら、レオの兄さんを恨んでいるんじゃないかな？

「なるほどね。馬鹿な兄弟というのも、場合によっては面倒なのね」

何だその、馬鹿な兄弟のほうが楽みたいな言い方は。

「アリーにも妹がいるだろ？　教国で聖女をやっている」

「ねえ。さっきから気になっていたんだけど、どうして私のことをアリーって呼んでるの？」

あ、そういえば、いつの間にか略して呼んでたな。

流石に、会って数時間でこの呼び方は気持ち悪かったか？

「嫌だった？　単純に呼びやすいからアリーって呼んでいただけだけど？」

謝るのも違う気がした俺は、とりあえず開き直ってみた。

「別に嫌じゃないけど……まあいいわ」

アリーって強い口調の割に、言い返すのは上手くないんだな。

「そうか。じゃあ、話を続けるぞ。アリーは妹と仲が悪いのか？」

「普通だと思うわ。良くも悪くもなくって感じ？　私の妹は忙しいから、そんなに話す機会もないのよ」

「そうなのか。やっぱり、教国の聖女は忙しいんだな」

教国の象徴的存在だからな。たぶん、想像の倍くらいは公務が多いはずだ。

「さっきから教国の聖女って失礼ね……。あたかも、帝国に亡命した聖女のほうが本物みたいじゃない」

「ああ、そういうつもりはなかったんだ。普段、聖女の孫と会っているからさ」

確かに、これは良くなかった。教国と仲良くしていかないといけない以上、これは直しておかないと。

「聖女の孫……リアーナ・アベラール。今は、シェリア皇女と一緒にレオンスの婚約者だったよね？」

「そうだよ。今現在世界で一番聖魔法を使うのが上手いはずだ」

「へえ。それは随分と教国に喧嘩を売った発言ね」

俺はさっきの反省が嘘だったかのように、また教国に怒られそうな発言をした。

まあ、アリーだったら大丈夫だろう。という、からかい半分の言葉だ。

「実際、アリーの妹は先代の聖女を超えられていないだろ？」

「そりゃあ、魔王討伐を経験した先代にかなうわけが……」

「今のリーナは、たぶん先代の聖女よりたくさんの傷を癒せるよ。それくらい、リーナは凄い」

魔力の量は、確実に先代よりも多いだろう。それに、レオが改造した杖がある。

「あなたが本当のことを言っているとは信じがたいけど……魔法学校に行けば真実は知れるから良いわ」

「あ、リーナは魔法学校に入学しないよ」

残念。アリーがリーナの聖魔法を見る機会はないかも。

「え？　どうして？」

「王国の戦争の準備が忙しいからな。レオとシェリーも学校に行かないみたいだ」

別に、シェリーとリーナは魔法学校に行っても良いと思うけど、なるべくレオの傍にいたいんだろうな。

レオ、誰かが見てないと平気で無茶するから。

「王国との戦争……本当に起こりそうなの？」

「起こると思うぞ。今、レオが頑張ってくれているが、王国も勇者がいるから強気なんだよ」

「王国は本当に、非常事態以外に勇者を呼び出してしまったのね」

教国にとって、勇者が召喚されたことはまだ噂程度の情報だったんだな。いや、帝国もレオがいなかったら、まだその情報を掴めていなかったか。

「本当みたいだぞ。まあ、そうしないと帝国には勝てないからな」

「そうね。三国の中で、帝国の発展は頭一つ抜けているもの。だから、うちの国にでも帝国にあやかろうとする派閥と、王国と協力して帝国に対抗しようとする派閥で分断されてしまったのよ」

なるほどね。一対一でかなわないからこそ、そういう判断が迫られてしまっているわけか。

そう考えると、帝国は王国と教国の半分、世界のほとんどが敵なんだな。

「昔は王国には勇者、教国に聖女がいたからバランスが取れていたけど、今は帝国にはどっちもいるからな」

「さっきの話に戻るけど、もしリアーナが教国の聖女……私の妹より優れていたとしたら、教国は絶対にリアーナを殺すはずよ」

「でも、それが成功することはないかな」

「教国を舐《な》めないほうが良いわ。年に何人の貴族たちが死んでいると思っているの？」

いやいや。そんな自慢ができるのは、国としてヤバいって。

「まあ、そんなのは関係ないよ。リーナには、世界最強のボディーガードがついているんだから」

あいつがいたら、どんな殺し屋もリーナに傷一つたりともつけられないと思うよ。

「レオンス侯爵ってそこまで強いの？」

「ドラゴンを余裕で倒せるくらいには強いよ」

俺とヘルマン、ベルノルトさんが三人がかりでも倒せなかったドラゴンを、一瞬で倒してしまうくらい強い。

本当、強すぎるよな。レオが勇者のことを凄く警戒しているけど、俺には勇者がレオと互角の戦いができるとは到底思えないんだよね。

「ドラゴン？　あの噂って本当だったんだ……」

「まあ、実際はもっとヤバい奴と戦ってたりするんだけどね」

「何よそれ」

「今は秘密。いずれ、俺と結婚することになれば、会うことになるんじゃないかな」

レオの城で眠る、とんでもない怪物。そういえば、ルーはレオと互角らしいな。

まあ、あいつは魔族だから、人として数えなくて良いだろう。

「そう。まあ、いいわ。それより、馬車だとすぐなのに、歩くとこんなに時間がかかるものなのね」

「そりゃあね。まあ、気長に歩いていくしかないよ」

走るために生まれた動物と比べられても困る。

「退屈《たいくつ》しそうだわ……」

「あ、それじゃあ。魔力の特訓でもするか？」

「さっき馬車で言ってたやつ？」

「そう。あれなら、こういう暇な時にうってつけだと思うぞ」

俺も暇な授業の時によくやっていたし、あれほど暇つぶしに適したものはないだろう。

それから、やり方を教えてあげるために、一旦アリーを地面に下ろした。

「よし。じゃあ、少し腹を出してくれ。一回、俺が魔力を動かすから」

「な、何を言っているのよ！　いくら婚約者だからって、結婚前に肌を見せるなんて……」

「肌ぐらい、もうさっき見ちゃったから。腹ぐらいで気にするなって。少し、魔力を動かしてあげるだけだから」

さっきパンツまで見られてたんだから、腹ぐらいで照れるなって。

「わかったけど……あなたが魔力を動かすの？」

「そう。まずはお手本。最初から自分で動かすのは無理だから」

何も知らない状態で、自分の魔力を特定するのは難しいからな。

時間をかければ自分でもできるかもしれないが、今はそんな時間はない。

「本当？　嘘なら、あなたのお父様に言いつけるからね？」

「だ、大丈夫だよ。俺も同じ方法で習得したから」

その脅《おど》しはズルいって……俺、悪いことしているわけじゃないのに、めっちゃ後ろめたくなってしまったじゃないか。

「そう……なら、さっさとやりなさい」

「うん。じゃあ、少し触らせて貰うぞ。これから魔力を動かすから、ちゃんと魔力の場所を覚えておくんだよ？　次からは自分で動かして鍛《きた》えるんだから」

「わかったわ」

「じゃあ、いくよ」

そう言って、俺はアリーのお腹を軽く触った。

よし、魔力を見つけた。これをゆっくり動かすぞ。

「きゃあ！」

バチン！

「な、何をするのよ！」

魔力を動かすと、アリーの悲鳴と共に強烈なビンタが飛んできた。

「ご、ごめん。痛かった？　俺、人の魔力を動かすのは初めてだったから、もしかしたら変な風に動かしてたかも。本当にごめん」

俺はすぐに謝った。これは、俺が下手なのが悪い。少なくとも、レオが俺の魔力を動かした時は痛くなかったんだから。

「別に痛かったわけじゃないけど……」

「それじゃあ、どういう感じだったんだ？　詳しく教えてくれないか？」

「べ、別にビックリしただけ！　ほら、さっさと続きをしなさいよ！」

俺は真面目に聞いているのに、アリーは何故か顔を赤くしてそっぽ向いてしまった。

どうして照れる？　マジで、何を考えているか全くわからん。

「うん……じゃあ今度は、魔眼を使ってやってみるよ。だから、今度は失敗しないはず」

「魔眼？」

「ああ、俺のスキルだよ。魔力を可視化することができるんだ。便利だよ」

魔力をちゃんと見て動かせば大丈夫なはず。あ、そういえばレオは魔力感知のスキルを持っていたな。

今度、レオに頼んで俺も取得しておかないと。

「魔眼って名前は凄いけど……その能力、こういう時以外に使い道ある？」

これだから素人《しろうと》は。

「あるよ。ドラゴンが強力な魔法を使おうとしている時とかね」

「それ、ほとんど意味がないじゃない」

確かに、普通の人はドラゴンの魔法に気づけたところで避けられないからね。

実際、俺も一人だったら避けられないだろうな。

「まだあるよ。他に、仲が良い人なら顔を見なくても誰なのかわかるんだ。壁の向こう側でも、誰がいるのかわかるよ」

「魔力が見えるだけでしょ？　どうしてそんなことができるの？」

「魔力って面白くてね。人によって、魔力の色や大きさが違うんだ。毎日会ってる人なら、魔力の色と大きさくらい覚えるでしょ？　だから、見分けられるんだ」

これ、そこそこ役立つんだ。レオの城が広かったから、あそこで人を探すのに重宝していた。

「へえ。でも、地味な能力ね」

「そうかもね。実際、他の二つに比べたら地味だし、使い勝手が悪いと思うよ」

「他の二つ？」

「魔眼にも種類があってな。魔力を見る以外にも、遠くを見たり未来を見たりすることができるんだよ」

「へえ。つまり、フランクの魔眼は外れだったのね」

酷いな。俺が一番気にしていることを……。

「そんなことはないさ。現に、こうやってアリーの魔力がどこにあるか正確に知ることができるからね」

そう言って、俺はアリーの魔力を動かしてみた。

今度は、確実に魔力を捕らえられていたはず。

と思ったのだが、

「きゃ！」

アリーはさっきと変わらず、小さな悲鳴をあげた。

「やっぱり痛い？　うん……何が原因なのかな？」

今度こそ、魔力を動かせたと思ったんだけどな……。もうちょっと、丁寧に動かさないと駄目なのか？

「だから痛くないって……ビックリしただけだから」

「俺がやって貰った時はそんなビックリするくらい衝撃強くなかったんだけどな。もしかすると、成長すればするほど魔力が動きづらくなってるのかな？」

小さい時ほど魔力はよく育つって、昔本で読んだな。もしかしたら、それが影響しているのかも。

「もう、そんな考察どうでもいいから……やるなら早くやってくれない？」

「……でも、大丈夫なのか？」

「大丈夫よ。少しくすぐったいだけ！」

何でそんなに怒っているんだ？　まあ、俺が悪いのかもしれないけど。

「わかったよ。じゃあ、五分だけ我慢して」

「ご、五分も!?」

「くすぐったいくらいなら我慢できるって。ほら、いくよ」

「ん、んん～～!!」

確かに、反応的にはくすぐっている時みたいだな。

悪いけど……これくらいなら、我慢して貰おう。


「はあ、はあ、はあ……。後で覚えておきなさいよ」

五分が経ち、散々ジタバタしたアリーは、呼吸を乱しながら俺を睨んでいた。

「まあまあ。とりあえず、自分で魔力を動かせるか試してみなよ」

「ふん」

あ～あ、怒らせちゃった。どうしよう。

「できたわ」

そっぽ向いてしまったアリーをどうやってやる気にさせるか悩んでいると、急にアリーが顔だけこっちに向けてそう報告してきた。

なんだ。ちゃんとやってくれていたんだな。

「それは良かった。それじゃあ、これで暇つぶしができるね」

「そういえば、暇つぶしの為にこんなことをされていたのよね」

「そうだよ。これで、魔力を鍛えられるな」

「そうね……もう、さっさと行くわよ」

それから、お互い特に何か話すことはなく、黙々と進み続け……辺りが暗くなった頃。

「よし。今日はこの辺で休むとするか」

俺は人気がなさそうな場所でアリーを下ろした。

「随分と歩いたけど、まだなのね」

「あと半分はないと思うよ」

「そう……それで、どうやってこんなところで寝るの？　まさか、地面にそのまま寝るつもり？」

「そうだね。硬い地面が嫌なら、俺の足を枕にする？」

「信じらんない……」

冗談で言ったんだから、そんな真に受けないでくれよ。そんな嫌な顔をされると、さすがに傷つくんだが。

「まあ、とりあえずパンでも食べて落ち着こうよ」

魔法の袋に入れておいたパンを出して、アリーに渡した。

今日はずっと動き続けていたからな。もう、凄く腹が減っている。

きっと、アリーも腹が減って機嫌が悪いのだろう。

「え？　これだけ？」

「足りないなら、もっと出そうか？」

「そういう意味じゃないわよ！　パンだけなのかを聞いているの」

わかってたけど……仕方ないじゃん。実際、これしかないんだもん。

「これは非常食だからね。今日は我慢してくれない？」

「非常食……そうよね。はあ、今日だけで私の価値観がぶっ壊れたわよ」

「それは悪かったよ。でも、たまにはこういうのも良いんじゃない？　貴族の生活って窮屈でしょ？」

「そうね……案外良いかも」

「それは良かった。ほら、どんどん食え」

「太るから一つだけにしとくわ」

「パン一つくらいでそんな体重は変わらないって。ほら、もう一個くらい食べておきな」

「わかったわ」

何だかんだ文句言いながら、お腹が空いていたのかアリーはペロリとパン二つを食べ、追加でもう一つパンを食べていた。

パン、多めに用意しておいて良かったな。


「で、結局俺の膝の上で寝るんだな」

パンを食べ終わり、やることもなく、さっさと寝ることにしたら、アリーが俺の太股《ふともも》に頭を乗せてきた。

さっき、あんな嫌がってくせにどうしたんだよ？

「良いじゃない。どうせ、結婚する相手なんだから、恥ずかしがっているだけ無駄よ。今は、快適な睡眠のほうが大事」

「はあ、そうですか」

教えてはあげないけど、今日ずっと背負っていた鞄を枕にできるんだけどな……。まあ、教えてあげないけど。

「あなたは寝ないの？」

「見張りをしておかないと。寝ている間に殺されるかもしれないでしょ？」

魔物だって、襲ってくるかもしれないし、二人とも寝るのはよくない。

「それなら私も……」

「いいよ。今日一日、慣れないことをして疲れたでしょ？」

「う、うん……」

「俺は大丈夫だから寝なよ。おやすみ」

「おやすみ……その……」

「ん？　なに？」

「ありがとう」

「どういたしまして」

照れながらお礼を言って目を瞑ったアリーに、思わずドキッとしてしまった。

今、なんか心に突き刺さった気がする。

「すう……すう……」

「良かった。ちゃんと寝れたみたいだな」

俺は、眠ったアリーの頭を優しく撫でてあげた。

「随分と気が強いお嬢様だけど、こうして寝てしまえば可愛らしいもんだな。ふあ〜。俺も眠くなってきたな。魔法で特性の壁を造って寝るか」

アリーには、見張りをしないといけないとか言っていたが、本当は魔法で造った強固な壁で誰からも攻撃されないようにしてから眠るつもりだった。

普段、攻撃には向かないから使っていない金属魔法も混ぜながら、時間をかけて俺たちを囲うと、俺はそのまま木に寄りかかって目を瞑った。

実を言うと、俺も野宿は初めてだったんだけどね。アリーがいたから強がってみたら、案外上手くいってしまった。


そして次の日。

「よ〜し。到着！」

途中で昼休憩を挟みつつ、ようやく屋敷がある街にまでやってきた。

「長かったわね。それに、結局あれから私たちは襲われなかったし」

「やっぱり、見失っていたんだと思うよ。たぶん、この街で待ち伏せされているんじゃない？」

俺たちがこの街に来るのはわかっているからな。昨日の夜のうちに、皆こっちに移動しているんじゃない？

「え〜。どうするの？」

「こうする」

俺はアリーを背負ったまま、魔法で足場を造りつつ無属性魔法を使って全速力で城壁を駆け上がった。

ここから屋敷まで、全速力で走り抜けてやる作戦だ。

「魔力、大丈夫なの？」

「この距離だったらね。あ、やっぱり、待ち構えてた」

俺が屋根の上を走っていると、四方八方から魔法が飛んできた。

「この距離なら、走りながらでも当てられるな」

俺は魔法を避けつつ、魔法を飛ばしてきた奴らに向かって魔法を飛ばしていく。

よし。全部当たった。

「本当、あなたの魔法は凄いわね」

「ありがとう。ほら、見えてきた。あれが目的の屋敷だよ」

街の中心にある、立派な家が見えてきた。ゴールまであと少し。

「あそこが……あ！」

アリーが叫ぶと、何十人もの件を持った男たちが俺たちを取り囲んできた。

「だい……じょうぶ！　こう見えて、剣術の成績も良かったから」

俺はスピードを落とさず、邪魔な奴を蹴り飛ばしながら進み続けた。

逃げることができれば勝ちだからな。わざわざ倒していく必要はないだろう。

「凄い……」

「そんな褒められたら照れるな。ほら、着いたよ」

屋敷の塀《へい》を跳び越え、屋敷の裏庭に着地した。

ふう。任務完了だな。

「もう安全？」

「うん。絶対ってことはないけど、外よりは安全だと思うよ」

「そう……。良かった」

安心したのか。アリーの俺にしがみつく力が弱くなった。

「とりあえず、綺麗にして父さんのところに向かうか」

すぐ無事を知らせてあげたいけど、今は二人とも砂を被って汚いからな。しっかり、風呂で汚れを落としてからのほうが良いだろう。

「うん。ねえ、フランク」

「なに？」

「助けてくれてありがとう」

「どういたしまして。ほら、入り口はこっちだよ」

「もう、待ちなさいよ。まだ終わってないわ」

俺が風呂場まで案内しようとすると、アリーが手を掴んでまで止めてきた。

「ん？　まだ何かあるのか？」

「これはお礼」

チュ。音が鳴りそう程、勢いよく俺の唇にアリーの唇がくっついた。

「……え？」

しばらく固まってしまった後、俺はようやく自分がキスされたことに気がついた。

「今の私があげられるものといったら、これくらいしかないからね。じゃあ、先に中に入っているわよ！」

え？　待って、やり逃げ？　ちょっと状況を整理する時間をくれても良いだろ？　おい！

あまりの突然な出来事に頭が追いつかず、キスされた実感がわくまで随分と時間がかかってしまった。

いや、いくら婚約者だからって、会って二日の男にキスをするのは良くないって。

「遠路遥々《えんろはるばる》ようこそボードレール領に。そして、無事で何よりです」

風呂に入り、正装に着替えたアリーに、父さんがペコペコと挨拶していた。

「いえ。フランクさんに助けて貰えたおかげで、無傷で済みました。それで、私の同行者たちは……？」

「死人が二人、怪我人が複数名出てしまいました。守ることができず、申し訳ございませんでした」

二人も死んでしまったのか……。助けることはできた……いや、あの状況でアリーを守ることに専念したのは良かったはずだ。

他の人も守っていたら、たぶん俺はアリーを守り切れなかっただろう。

「いえ。あの襲撃の中、それだけの被害に抑えることができただけで十分だと思います。私の命だって、フランクさんがいなかったらどうなっていたかわかりませんし」

「そう言って頂けると……」

「それより、これからのご予定を聞かせて貰っても？」

「はい。婚約に関する細かいことは、怪我を負ってしまった方々が屋敷に到着しないことには決まらないのですが、とりあえず魔法学校に入学するまでの流れを大雑把《おおざっぱ》に話させてもらいますね。フランクとアリーン殿には二カ月後、魔法学校に向かって貰おうと思っています。魔法学校は三カ月後に始まります。それまでに、少しでも帝国の文化に慣れて貰えればと思います」

二カ月なんて、婚約について話し合っていればすぐだろう。

でも、その間ジョゼと会えないと思うと長くも感じるな。はあ、ジョゼと会いたい。

「はい。わかりました」

「それでは、今日はお疲れだと思いますので、部屋でお休みください」

「はい。そうさせて頂きます」

「フランク、アリーン殿を案内してあげなさい」

「はい」


「ここがアリーの部屋。ちなみに、俺の部屋はそこ」

「そう……。後で、あなたの部屋に行っても良い？」

「ああ。別に見られて嫌な物もないし、遠慮なく入って良いぞ」

てか、俺の私物はほとんど寮に置いてあって、それはもう魔法学校のほうに送ってあるから、こっちにはほとんど俺の物はない。俺の部屋と言っても、ただジョゼに手紙を書いて寝るだけの場所だな。

「わかった。じゃあ、また後でね？」

「ああ。またな」


「お坊ちゃま、お帰りなさい。ジョゼさんからの手紙が溜まってますよ」

部屋に入ると、ケーラが二つの手紙を差し出してきた。

「あ、昨日返せなかったんだ。早く書いて送らないと」

やっちゃった。たぶん、一日送らなかっただけでも、ジョゼは心配するよな……。

俺は、昨日遅れなかったことを謝罪する書き出しで、手紙を書き始めた。

ＳＩＤＥ：アリーン

「はあ、疲れてるはずなんだけどな……」

さっきまでの興奮で、私は眠れなかった。

勢いに任せてフランクにキスしちゃったのが頭から離れなくて、ずっと寝返りを打ち続けていた。

「ああ～恥ずかしい。私、昨日からはしたないことしかしてないじゃない。はあ……お母様やお父様に知られたらと思うと怖いわね」

キスもそうだけど、ズボンを穿いたり、パンを手掴みで食べちゃったり……普段やったら怒られるようなことをたくさんしてしまった。

でも、フランクが言っていたとおり、ちょっと日常と違って楽しかったかも。

「はあ、フランクは凄いな……私と同じ歳なのに、あんなに凄い魔法が使えて、頼りになって……」

フランクの背中、抱きついていて頼もしかったもんな……。

「って。あ～もう。私、やっぱり変だわ……。もしかして私、こんな短期間で好きになっちゃった？」

おかしいわ。だって、まだ二日も一緒にいないのよ？　好きになるにしても、早すぎよ！

「はあ～。一人でいると、どんどん考えが変になってくる。やっぱり、あいつのところに行こうよ」

本人が遠慮しなくて良いって言っていたんだから、良いよね？

そんな誰に聞いているのかわからない質問を心の中でしながら、私はフランクの部屋に向かった。

「入るわよ？　あれ？　誰もいないの？　あ、寝てる」

ドアを開けて中を覗くと、フランクが机に突っ伏して眠っていた。

「やっぱり、あれだけ動いていれば疲れるよね……。本当、感謝しないと」

よく考えたら、私を背負ってあの距離を歩いたんだもんね。

ただ歩くだけでも疲れるだもん。よっぽど疲れたはずだわ。

「ねえ。こんなところで寝ても休まらない……手紙？」

ベッドで寝させようと起こす為にフランクに近づいたら、机の上に書きかけの手紙が広がっていた。

「宛先は……ジョゼ？　誰かしら？　あ、この手紙の山、全部ジョゼからの手紙だわ」

机に置いてあった箱に入ったたくさんの手紙にも、すべてジョゼッティアと書かれていた。

私は、いけないいと思いつつ……ジョゼからの手紙を読んでしまった。

「そ、そんな……」

このジョゼって人は、フランクのことが好きなんだ。そして、フランクも……。

そんな事実を知ってしまった私は、フランクの部屋に居づらくなり、自分の部屋に戻った。


「やっぱり、あいつも表面だけだったのね」

部屋に戻った私は、声を出さず静かに泣いていた。

「結局、誰も私を心から愛してくれる人はいないのよ……。所詮、私は妹の付属品」

教国にいたときから、一度も私は私と認識されたことがない。いつも、聖女の姉としてしか思われていなかった。

近づいてくる人皆、私じゃなくて妹だと勘違いして話しかけてきた人たちだった。

そして、皆私だって気がつくと嫌な顔をしながら離れていく。

離れていかなかったとしても、どうにか私に妹を紹介して貰おうとするだけ。

誰も私を見てくれない……妹を知らないフランクなら……と思ったけど、フランクも駄目。結局、私を私じゃなくてフォンテーヌ家として見てる。

本当に好きな人は他にいて、私との結婚は政略結婚。

一生、私が誰かに愛して貰える機会なんてないんだわ。


「晩飯の時間だぞ……ん？　元気ないみたいだけど……大丈夫か？」

しばらく泣いていると、フランクが入ってきた。

私は慌てて目を擦ったけど……遅かったみたい。

泣いて腫れた目を見られてしまった。

「大丈夫。気にしないで」

「いや、気にしないのは無理でしょ。どうしたんだ？　教えてくれないとわからないじゃん」

「気にしないでって言っているでしょ。ほっといて」

今、あなたと話したくないの。

「そうは言っても、そんな泣いていたら心配になるに決まってるじゃん」

「どうせ、その心配も上辺《うわべ》だけなくせに……」

私を心配しているんじゃなくて、婚約がなくならないようにするため。

家の利益の為なんでしょ？

「え？　……何か誤解されてる？」

「誤解じゃないわ！　だって、あなたにとって私との結婚は飾りなんでしょ?!」

「えっと……どうしてそう思ったのか聞いても？」

「とぼけないでよ！　あなたが他に好きな人がいることなんて知っているのよ！」

私が知らないいからと思って、平気で私を騙して……本当、信じられないわ。

「確かに好きな人はいるけど……ちゃんと、アリーが正妻だって理解して貰ってるから……」

何それ、正妻にしてやるから文句を言うなってこと？　ふざけんじゃないわよ……。

「そんなの関係ないわ。だって、手紙上での私はまるで二人の関係を邪魔する悪者じゃない」

「手紙を読んだのか!?」

「やっぱり、読まれて困るものだったの？　だってあなた、私に見られて困る物は置いてないって言ったでしょ？」

「そうだけど……。うん……口で説明するのは難しいな。でも、これだけは信じてくれない？　俺はアリーをジョゼと同じくらい愛するつもりだ。まだ、二日くらいしか一緒にいなかったけど、凄く話しやすくて楽しかったんだ。キスされたのはびっくりしたけど、嬉しかったよ」

何よ……何がこれだけは信じて、よ……。ふざけんじゃないわよ。

「キスくらい、そのジョゼって女といくらでもしているんでしょ？」

「してないよ。アリーより先にするのは申し訳ないって、ジョゼに断られてたんだ」

「そんなの嘘よ……」

「嘘じゃない。信じてくれ」

「信じられない」

「じゃあ、どうしたら信じてくれる？」

「手紙のやり取り、私の気が済むまで読ませて」

「……わかったよ。夕飯を食べたら、俺の部屋で気が済むまで読んでくれ」

「そうする。じゃあ、さっさと食べちゃうわよ」


夕飯を食べ終えた私は、本当に気が済むまで手紙の内容を確認した。

さっきは偶々《たまたま》手に取った手紙しか読んでないから、ジョゼについて性格に判断できてなかったけど、最初の手紙から順番に何枚も読んでいくと……ジョゼの優しさが少しずつ伝わってきた。

それに、フランクも親からの圧力に耐えながら……ジョゼの為に手紙を続けてあげるところとか、格好良すぎるでしょ。


「ねえ」

「何？」

「ジョゼと今から会うことはできるの？」

手紙を読んだら、ジョゼと会って話してみたくなっちゃった。

しっかりと会って話してみたい。なんか、ジョゼとは仲良くできそうだから。

「いや、ジョゼは北端のルフェーブル家だから、会うのに一カ月くらいかかるはず。それなら、学園都市で会っても変わらないと思う」

「そう……。それじゃあ、私もジョゼに手紙を書いてみようかしら」

フランクとジョゼに倣《なら》って、手紙から始める関係も良さそうよね。

SIDE：ジョゼッティア

「フランクから手紙が来ない？」

「はい。毎日かかさず来ていたはずなんですけど……」

ここ最近、義姉様《おねえさま》とお茶をしながら、私の相談に乗っていただくことが私たちの日課です。

今日の相談は、旦那様から急に手紙が送られてこなくなったことについて、相談させて貰っていました。

「何か、配達側で問題があったんじゃない？　ここからボードレール家まで、どんなに速い馬でも十日はかかるんだから」

「そうですよね……」

まさか、旦那様が手紙を書き忘れるなんてことはないと思いますし。

「そんな心配する必要ないって。あなたたち二人は、アレックス兄さん並にラブラブだったのよ？　フランクがジョゼを嫌うはずがないって。一日くらい手紙が届かないくらいで落ち込まないの」

「はい……そうですよね」

「バートなんて、会えない期間、私が気まぐれで送った手紙を楽しみに生きてたんだから」

お兄様……相変わらず意気地なしだったのね。届かないなら、自分から毎日書いちゃえば良かったじゃない。

「義姉様は、毎日手紙を書かないと気持ち悪くなったりしませんでした？」

「毎日書くのなんて面倒で嫌だったわ」

「そうですか？　毎日書いていれば、そんなに面倒ではありませんよ？」

「そりゃあ、そうだろうけど。毎日続けるのが大変なんじゃない」

「確かに、そうですね……」

お兄様たちは毎日顔を合わせて会話することができましたけど、私たちは会うことも許されず、手紙だけが頼りでしたから。そこら辺で、考え方が違うのかもしれません。

「ジョゼ様。お手紙です」

「あら、ちょうど良いタイミングね」

メイドが駆け寄ってきて二つの手紙を私に渡すと、頭を下げてすぐに出て行ってしまった。

「手紙が二つ？」

「やっぱり、運送側の手違いだったのよ」

「いえ……これは旦那様からの手紙じゃありません」

片方は、確かに旦那様からの手紙でした……。しかしもう片方には、違う差出人の名前が書いてありました。

「え？　じゃあ、誰から？」

「アリーン・フォンテーヌ。旦那様の正妻になる人です」

怖いです。どのような経緯で私を知ったのかはわかりませんが、急に手紙を送られてくるなんて凄く怖いです。

「ええ……。とりあえず、フランクからの手紙を読んだら？　何か、事情が書かれているかもしれないわ」

「そ、そうしてみます」

義姉様に言われて、私は急いで旦那様からの手紙を広げた。


やあジョゼ。昨日は手紙を送れなくてごめんね。昨日、何があったのかちゃんと説明するから、あまり怒らないで貰えるとありがたいな。

昨日、僕はお父さんの命令で、国境を越えてから家に着くまでの間、アリーを護衛することになってしまったんだ。

教国には、帝国と仲良くしたい派閥と、王国と仲良くしたい派閥があるらしくてね。今回は王国と仲良くしたい派閥がアリーの襲撃を企てたらしい。

最初は盗賊らしき集団だったんだけど……どんどん強くなって、最後は本物の殺し屋が大人数で襲ってきたな。

そんな相手だったから、早々に馬車が壊されてしまって……変装して二人で歩いて家に帰ることになってしまったんだ。

馬車なら半日もかからない距離が、歩きだと一日以上かかってしまうんだ。

という理由で、昨日は手紙を送れなかったんだけど、少しは許す気になって貰えたかな?

あ、それと、ジョゼも心配しているだろうから、アリーについて二日でわかったことを書いてみるよ。

アリーって、ちょっと口が強くて一見我が儘に見えるんだ。でも、よく話してみると、ちゃんと理由を言えば言うことを聞いてくれるし、案外素直だったりするんだ。

生意気なわりに、ちょっと寂しがり屋なところがあって可愛らしい子だったよ。

あとは……隠すのも違うと思うから言っちゃうと、アリーにキスをされてしまいました。

本人は助けてくれたお礼……って言っていたけど、彼女の本意はまだよくわかってないんだ。分かり次第、ジョゼに報告するよ。

たぶん、不安にさせちゃってるよね……。ごめんよ。でも、俺のジョゼへの気持ちは変わってないことだけは信じてほしいんだ。

ジョゼ、愛しているよ。


「……」

手紙を読み終わって、私はしばらく頭の中の整理に追われていた。

え？　旦那様、アリーンさんと仲良くなるのが早くない？

あんな格好良い人に助けられたら、惚れてしまうのはよくわかりますが……。

アリーって呼んでいたり、キスをしたり、絶対旦那様も随分とメロメロじゃないですか。

旦那様……。私、覚悟はしていましたが……嫉妬で狂いそうです。

「ちょっと。そんなに力を入れたら手紙が破れてしまうわよ？　それとも、破りたくなるようなことが書かれてたの？」

「いえ……そんなことはありません。どうやら、アリーンさんは教国に命を狙われていたらしく、旦那様はその護衛で昨日手紙を書けなかったみたいです」

「やっぱり、教国はそういう国よね。いつも、帝都に帰ると聖女様が言っていたわ」

「そうなんですか……」

聖女様がそこまで言わせる国ってことは……旦那様が言っていたことは本当なんだろうな。

不謹慎《ふきんしん》なのはわかっているけど……旦那様に守って貰えるなんて羨ましいな……。

「それで、アリーンの手紙について何か書いてあったの？」

「いえ。特に何も……アリーンさんがどんな人なのかは書かれていたのですが……」

「もしかして、嫉妬してる？」

「そ、そんなことありません」

義姉様に図星を突かれ、私は誤魔化すようにそっぽを向いた。

「顔に出ているわよ。まあ、本人いないんだし、素直になって良いんじゃない？」

そんな義姉様の優しい言葉に、私は抱きついてわんわん泣いた。

「う、うう……ぐす。うわ～ん」

「よしよし。辛いわね。そんなに、フランクはアリーンちゃんのことを褒めてたの？」

「はい……キスまでして貰ったそうです……」

「ああ、それは嫉妬しちゃうわね。どうする？　もう一つのほうは落ち着いてから読む？」

「いえ。今読んじゃいます」

私は涙を拭って、もう一つの手紙を開いた。

これから、私はアリーンさんとも上手くやっていかないといけない。

なら、これくらいでくじけていたら駄目だわ。

始めまして。急な手紙に驚かせてしまったら、ごめんなさい。あと私、普段手紙を書かないから……多少読みづらくても許してね。

まず、自己紹介をさせて貰うわね。

私はアリーン・フォンテーヌ。歳はあなたと同じ十四だわ。趣味とかは特にないけど、帝国に来たからには魔法を頑張ろうと思っているわ。

さて、初めの挨拶はこの辺にして、本題に入るわね。

本題といっても、私はあなたたちみたいに上手く自分の気持ちを文字にする力はないから、結論から言わせて貰うわね。

私、フランクのことが好きになってしまったわ。自分からキスをしてしまうくらいにね。

ねえ、私に遠慮してフランクとキスをしていなかったらしいけど、本当なの？

もし本当なら、そんな遠慮は必要ないわ。フランクを奪い合うにしても、共有するにしても、正々堂々やらない？　なんか、それで私がフランクを独占してしまっても、譲って貰ったような気がして、ちっとも嬉しくないわ。

私より、あなたのほうがずっとフランクのことを好きなのは、あなたの手紙を読んでいればわかるわ。

フランクも私とあなただったら、今はあなたを取ると思う。

だから、これから一、二カ月だけハンデとして私に時間をちょうだい。

あなたの六年に比べたら随分と短いんだから、良いでしょ？

それと、正々堂々と書いた以上、あなたがフランクにキスをするまで私がフランクにキスすることは絶対にないから、それは心配しないで。

あと……もし良かったらで良いんだけど……これからも手紙を送っても良いかしら？

私、あなたとも仲良くなってみたいのよね。

それじゃあ、返事を待っているわ。


「大丈夫？　何か嫌なことを書かれた？」

手紙を読み終わって私が顔を上げると、義姉様が心配そうな顔で私を見ていました。

そんな義姉様に、私はニッコリと笑って答えた。

「そんなことないです。むしろ、早くアリーに会ってみたくなりました」

確かに、旦那様が言っていたとおりちょっと言葉にトゲがありますけど……根はいい人みたいですね。

確かに、寂しがり屋な一面も見えました。

ふふ。あと、正妻にキスの許可を貰えたのは大きいです。

正々堂々なんて、本来正妻が気にする必要ないんですけどね。なんなら、私が邪魔だったら私を結婚させないことだってできるのに。

これは、アリーさんにもしっかりと毎日お手紙を書かないといけませんね。

「それは良かった。あと、一カ月後だっけ？」

「はい。あと一カ月後、旦那様たちに会えます」

「楽しみね。じゃあ、今のうちから女を磨いておかないと」

「はい」

今、アリーさんが必死にアピールしている間、私は少しでも旦那様の気を引けるように頑張らないといけませんね。

「てことで、魔法の特訓よ」

「え？　あ、はい」

女を磨くのに魔法の特訓？　いえ、美人な義姉様が言っているのです。これは従っておくに越したことはないはずです。

「ふふ。この一カ月、あなたがいてくれて楽しかったわ」

「こちらこそ、義姉様がいなかったら寂しくて毎日泣いていました」

「あら、嬉しいこと言ってくれるわね」

だって、お兄様は忙しくて相手してくれないでしょうし、お父様やお母様と話していてもつまらないですから。たぶん義姉様がいなかったら、旦那様のところには毎日凄い長文の手紙が届いていたかもしれませんね。ふふ。

義姉様にギュッとされながら、そんなことを思ってしまった。

書き下ろし短編

二人は仲良し

continuity is the father
of magical power

ＳＩＤＥ：フランク

「もうすぐ？」

「うん。そろそろだと思うよ」

現在、俺たちは魔法学校のある学園都市に向かっている。

領地が国の端にあると、移動に時間がかかって本当に不便で仕方ないよ。

この一カ月半、婚約の話はしっかりとまとまり、晴れて今はアリーと正式な婚約を結んでいる。

アリーとの仲も、二日目の手紙を読んで泣かれてしまった時から随分と良くなった。

暗殺とかが怖かったから、外に出てデートをしたりとかはしなかったけど、魔法を教えたりして二人の時間を過ごすようにしていた。

というか、アリーが魔法に夢中になっちゃって、暇さえあれば魔法を教えてって頼まれていた。まあ、俺も魔力操作を覚えたばかりの時は、魔法を使うのが楽しくて仕方なかったし、気持ちはわからないでもないんだけどね。

そして、アリーとジョゼの関係だが、思ったよりも上手くいっているみたいだ。

アリーが毎日嬉しそうにジョゼから届く手紙を読んでは、黙々と手紙を書いていた。

どんな手紙を書いているのかは、二人とも教えてくれないからわからないけど、喧嘩しているわけではないから、必要以上に詮索《せんさく》しないようにしている。

「あ、見えた！　あれが学園都市ね」

アリーに言われて馬車から顔を出すと、確かに大きな街が見えた。

魔法研究者たちが集う帝国領学園都市だ。

「やっと着いた～。本当、遠かったわね」

学園都市内にあるボードレール家が所有している屋敷に到着し、アリーがぴょんと馬車から飛び降りた。

「そうだね……あ」

アリーに続いて馬車から降りると、玄関にジョゼが立っていた。

待っていてくれたんだ……。

「旦那様……」

「ジョゼ……久しぶり」

俺が両手を広げると、ジョゼが走って抱きついてきた。

そして、大声で泣き始めた。

「うわ～ん。本当、寂しかったんですからね！」

「俺もずっとジョゼと会いたかったよ」

わんわん泣くジョゼを、優しく抱きしめた。


「落ち着いた？」

「はい。もう、大丈夫です」

しばらく泣いて目は真っ赤だけど、気が済んだのかジョゼはニッコリと笑っていた。

「それじゃあ、紹介させて貰うよ。こちらがアリー。細かい説明は必要ないね？」

散々手紙でやり取りしていたみたいだし、お互い自己紹介は済んでいるはずだ。

「……はい。えっと、はじめまして。私がジョゼです。これからよろしくお願いします」

「こちらこそ。よろしく。それより、手紙で言っていたじゃない。あれ、しなくていいの？」

あれ？　なんか、会ったら二人で何かしよう、とか約束していたのか？

「あ、あれ……？」

「何よ。恥ずかしくなっちゃったの？　あれだけ、手紙でしたいしたい言っていたのに」

ジョゼがしたかったこと？　それに、ジョゼが恥ずかしがることって何だろう？

「そ、それは旦那様の前で言わない約束です！」

「それじゃあ、さっさとしなさいよ。あなたがしないと、私もできないんだから。それとも、私がお手本を見せてあげる？」

ジョゼがしないとアリーができない？　アリーがお手本？　一体、二人は何の話をしているんだ？

「な、なに？」

「いえ、結構です。そうですね……わかりました。旦那様」

何をされるかわからないなか、ジョゼが緊張しながら近づいてくるから、思わずビビってしまった。

何をされるのか聞ける雰囲気でもないし……凄く怖いんだけど。

「ちょっと、お顔を貸して貰ってもよろしいでしょうか？」

「う、うん」

「それじゃあ……失礼しますね」

顔をしっかりと摑まれて、ジョゼの顔が少し近づいてきた時、俺は二人が何をしようとしていたのかようやくわかった。

まあ、もう遅かったんだけどね。気がついて俺が何か行動を起こす前に、俺の唇にジョゼの唇が触れていた。

「ふふ。初めてのキスの感想は？」

「恥ずかしくて……幸せな気持ちです」

アリーの問いかけに、ジョゼが顔を真っ赤にして答えていた。

たぶん、俺の顔も真っ赤なんだろうな……。

「私の時もそんな感じだったわ。それじゃあ、中に入ってゆっくり話さない？」

「はい。そうしましょう。旦那様？　どうしたんですか？」

「どうせ、ジョゼにキスされて固まっちゃっただけよ。フランク、何だかんだジョゼのこと大好きだからね」

はい。そうです。俺は、ずっと好きだった人にキスをされて、動けなくなっています。

「ふふ。それは当然です。私も愛して貰うって約束しましたから」

もちろん。その約束を破るつもりはないさ。

「そう。ほら、フランク。行くわよ」

「旦那様、行きましょ？」

「う、うん」

俺は二人に手を引かれて、家の中に入っていった。

「へえ。あなたもここで暮らすことになったんだ」

家に入り、ジョゼからとある報告を受けた。

その報告の内容とは、俺たちが魔法学校に通う四年間、ジョゼも俺とアリーと同じ家で暮らすことになったというものだった。

どうやら……アリーとジョゼが手紙のやり取りをしていて、どうやら仲が良いということを知った父さんが、ジョゼの父さんと掛け合って、そういうことになったらしい。

まさか、そんなことになっていたとは。

「これで、私だけ省かれることはありませんね」

「そうね。でも、婚約前の私たちの距離がこんなに近くて大丈夫なの？　普通、一緒に生活を始めるのは結婚してからじゃない？」

「大丈夫だよ。俺の知り合いでも、もう夫婦であるかのように暮らしている人たちがいるから」

まあ、レオたちなんだけど。皇女様が大丈夫なんだから、俺たちが怒られることはないだろ。

「そうですね。それとも、アリーがそこまで旦那様と一緒に暮らすと言うのなら、私の家に来ますか？　私がお父さんに頼めば、許して貰えると思いますよ？　これで、旦那様と適度な距離を取れるから良かったですね」

「じょ、冗談に決まっているじゃない。私だって、フランクと一緒に生活したいわ」

嬉しいことを言ってくれるじゃないか。それにしても、ジョゼって人をからかったりするんだな。

普段、ジョゼは誰に対しても丁寧で優しく接しているから、こんなジョゼは想像できなかったな。

「ふふ。実際のアリーさんが手紙のアリーさんと変わらなくて良かったです。アリーさんは優しいです。

ねえ、旦那様？」

「うん。優しいよ」

照れ屋で、なかなか素直にはなってくれないけど、なんだかんだ優しいよね。

「な、何よ急に……。あなただって、十分優しいじゃない。普通、あんな喧嘩を売られたような手紙が届いたら、怒るでしょ？」

え？　アリー、手紙で喧嘩を売ってたの⁉

「そうですか？　私には、あの手紙は『仲良くしましょう？』と読めたのですが？」

ああ、アリーお得意の照れ隠しか。それならアリーの手紙らしくて納得だ。

「き、気のせいよ！　ねえ、フランク？」

「いや、知らないけど……どんな手紙を送ったのさ」

いつも手紙の内容を教えてくれないのに、こういう時だけ頼るってくるのはやめて貰いたい。

「お、教えるはずないでしょ！」

じゃあ、どうして俺を頼った。

「ふふ。そういえば、今度はアリーさんがキスをする番じゃないんですか？」

おいおい。キスをする番ってどういうことだよ。俺とのキスは、いつから順番制になったんだ？

「あ、あれは！　別に、ジョゼがしたらすぐにするって意味じゃなくて……」

「だとしても、早くしてください。アリーさんが早くしてくれないと、私が好きな時に旦那様にキスができないじゃないですか」

「何よそれ。それじゃあ、私が好きなタイミングでできないじゃない」

確かに、アリーの反論はもっともだ。てか、さっきからふざけてるだけだと思うけど、ジョゼの発言が自己中心的なんだが？

君、元々そんなキャラじゃなかったよね？

「でも、このルールを決めたのはアリーさんですよ？」

「うう……わかったわ。フランク」

「え？　今するの？」

え？　アリー、ジョゼの本気にしちゃってるの？　たぶん、冗談で言っているんだぞ？

「つべこべ言わず、さっさと顔を出しなさいよ」

アリーは俺に有無を言わせず、襟首《えりくび》を摑んで豪快《ごうかい》に俺を引っ張りながらキスをしてきた。

「ふふ。それじゃあ、私も」

俺が気持ちを整理する間も与えず、俺の唇からアリーの唇が離れた瞬間にジョゼがキスしてきた。

し、心臓に悪い……。二人とも、俺の心臓を止めるつもりか？

「ちょっと！　それじゃあ、今私がした意味がないじゃない」

いや、元々アリーのキスに意味はなかったんだよ。

ジョゼに遊ばれただけだな。ついでに、俺も遊ばれている気がしないでもないが。

「仕方ないじゃないですか。私は今、キスしたくなってしまったんですから」

「ああ、そうですか」

「あ、そうだ。旦那様、私の魔法を見て貰えませんか？　私、家に帰ってから、レオさんのお姉さんに魔法を教わってたんです」

そういえば、ここ最近のジョゼからの手紙には、必ずレオの姉さんの話が入っていたな。

レオの姉さん、凄く強いってヘルマンが言っていたもんな。俺より魔法の使い方も上手いはずだ。

そんな人に教わったんだから、ジョゼの魔法は凄く成長しているだろうな。

「へえ。それじゃあ、見せて貰おうかな。ついでに、アリーもこの一カ月の成果を見せてやるか」

「わ、私はまだいいわよ」

「大丈夫だよ。ジョゼも魔力操作を教わったばかりでしょ？」

魔法の基礎は魔力操作だからね。確か、ジョゼは魔力操作を教わっていなかったはず。だからきっと、二人の魔法は良い勝負になるはずだ。

「はい。義姉さんに教わったから……。え？　も、ってどういうこと？」

「ん？　いや、ジョゼも魔力操作を教わったのかな？　と思って」

あれ？　何か俺、変なことを言ってしまったか？　普通に、魔力操作を習ったのか聞いただけだよな？

「だから、『も』ってどういうことですか!t　もしかして、旦那様があれをアリーさんにやってしまったってことですか？」

「あれって何だ？」

さっきから、俺が何か悪いことをしてしまったみたいになっているが……俺、アリーに何か変なことをしてた覚えはないんだけど。

「あれというのは……その……アリーさんの魔力を旦那様が動かしてあげたってことですよね？」

「まあ、そうしないと教えられなかったから……。何か駄目だったのか？」

確かに、急に肌を触ったのは良くなかったかもしれないけど、それはスキルを得るのに必要なことだったんだから、仕方ないじゃん。

「い、いえ……あれ？　もしかして、旦那様はあれを知らない？　ちょっとアリーさん、二人でお話ししませんか？」

「うん。いいわよ」

俺が自分の何が良くなかったのか考えていると、二人で部屋の端に行ってコソコソと話し始めてしまった。


「……わかりました。旦那様、アリーさんと同じだけ、私の魔力を動かして貰えませんか？」

何がわかったのかは全くわからないが……二人での話し合いが終わって、ジョゼが俺の手を自分の腹に当てて、訳のわからないことを言い始めた。

「いいけど……やる意味ある？　だって、ジョゼはもう魔力操作を使えるんでしょ？」

俺が魔力を動かす必要性ないでしょ。

「これは平等に受けないと駄目です。ねえ、アリーさん？」

「そんなことアン！　ちょっと何するのよ！」

たぶん、そんなこと知らないとか言おうとしたのかな？　言おうとしたら、ジョゼに魔力を動かされて邪魔されてしまった。

「アリーさんもそう思いますよね？」

再度アリーに確認しながら、ジョゼがもう一度アリーの魔力を動かした。

いや、確認というか脅しだな。

「んん！　やめなさい！　もう、こうなったら私もやってやるんだから！」

流石にジョゼがしつこかったな。怒ったアリーにジョゼが反撃を食らっていた。

「ちょっ。ダメ！　はぁん」

それにしても、二人とも変な声を出すな……。くすぐったいだけなんだよね？

お互いに魔力を動かし合って、二人で悶《もだ》えている姿は……なんか、じゃれ合っている子供みたいだな。

「うん。二人は仲良しだな」

初めの頃は二人が上手くいくか凄く心配だったけど、まさかここまで仲が良くなるとは。

なんか、今ならレオとより仲良くなれそうだな。

レオもシェリーの嫉妬に苦労していたりしていたけど、嫁たちが仲良くしているのを見ているだけで幸せそうにしていたもんな。

俺も、こうして二人がじゃれ合っているのを見ているだけで、凄く幸せだ。

これから三人での生活、凄く楽しいだろうな……。

「お坊ちゃま！　少し、荷物について確認したいことが」

「ん？　了解。じゃあ、ちょっと行ってくるよ。二人とも、喧嘩はほどほどにね」

ケーラに呼ばれて、俺は二人にやりすぎないように注意してから部屋を出た。

「アン、ちょ、待ってください！」

「んん～～。この状況でスルーはおかしいでしょ！」

あとがき

まず始めに、『継続は魔力なり６』を読んで頂き、誠にありがとうございます。また、ＷＥＢ版の読者様、ＴＯブックス並びに担当者様、イラストのキッカイキ様、一～五巻を読んでくださった読者の皆様、ｅｔｃ．……今回の六巻制作に関わって下さった全ての方々に感謝申し上げます。

皆さん、また会いましたね。六回目のあとがきです。一巻の時は書くのに凄く苦戦したのですが、六回も書けば少しは慣れてきました。といっても、あとがきの内容を考えるのに一話書けるくらいの時間がかかってしまっているんですけど……。

さて、今回の内容はどうでしたでしょうか？

今回は、転生者たちが続々と登場しましたね。新魔王が凄く印象に残ってしまっていると思いますが、今回新しく明かされたもう二人も今後のキーマンなので、二人のことも頭の片隅に残しておいて貰えるとありがたいです。

そして、ヘルマンとアルマ、カイトとエレーヌ、フランクとジョゼ。今回はいつも以上に恋に偏った回になってしまいましたね。特に、ヘルマンとフランクは一巻からずっと主要人物として出ていて愛着があったので、二人がそれぞれ自分の思い人に告白するシーンは書いていて感慨深かったですね。

あの、脳筋ポンコツキャラだったヘルマンが格好良く表紙絵になってしまうんですからね……。一巻でレオに無属性魔法を教わっていた騎士見習いの頃から、随分と男前に成長してしまいました。まあ、物語の中では約六年経ってしまっている訳ですから、成長していくのは当然なのかもしれませんね。

そして、今回の番外編で主役だったフランクも、また面白い成長を遂げましたよね。フランクは成長するにつれて、性格がレオに似ていってしまいましたね。危ない橋は渡らない。親の言うことには逆らえない。そんな性格が、レオに色々と振り回され続けたせい（おかげ？）で、二人のお嫁さんを獲得という結果になりました。番外編のネタバレになってしまいますが、アリーを襲撃から助けるシーンなんて、いつものヒロインを助けているレオみたいでしたよね。

さて、本編に話を戻しますと、次巻は三国会議から話が始まると思います。そして、遂に王国との戦争です。本来なら、五巻で戦争準備編、六巻で戦争編を書こうと思っていたのですが、カイトたちの結婚式が思ったよりも長くなってしまいました。まあ、流石に次巻は戦争が始まっていると思います（もしかしたら三国会議が長引いて……）。

という感じで、次巻もお楽しみに。

先が気になって仕方ない方は『継続は魔力なり　小説家になろう』で検索して、WEB版で先読みしてみてください。

これからも応援よろしくお願いします。

それじゃあ、また七巻のあとがきでお会いしましょう！

おまけ漫画　コミカライズ第３話（前半）

漫画：鶴山ミト

原作：リッキー

キャラクター原案：キッカイキ

continuity is the father
of magical power

第3話
魔剣エレメナ
ここにいたのかい？
おばあちゃん！
追手は⁉…見られてないか
ねぇ おばあちゃん！
旅行って楽しいんだね！
……
さぁ もう着くよ 支度おし
はーい！

ベクター帝国
帝都
「フォースター家」邸
ええっと
今日から
お世話になります！
ってあれ!?
じいちゃんは!?
いない!?
キッチンだよ
レオが来るのが
待ち遠しくて
ソワソワ
しっぱなしさ
遠慮は
いらないよ
カリーナ・フォースター（62）
元・魔術師
これからは
レオの家なんだ
楽におし
ありがとう
ばあちゃん！
兄さん《ディオルク》が
いい加減だから
飛び出して
来たんだろ？
違うよ
ダミアン
おじさん

…この前ね
僕の適性魔法が無能魔法って言われてるの知って…
あ 落ち込んでるんじゃなくてね
適性魔法って生まれ持ったスキルでしょ？
「使える」「使えない」で分けるのなんてもったいないなって思うんだ
無能って言われても僕は僕の適性魔法気に入ってるんだ
だからね
「使えない」魔法って考えを
「使える」に変えられたらすごそうだなって！
さすがは儂の孫じゃ！

じいちゃん!
なんせ世界を救った勇者《わし》も
無能魔法持ちだからの
ケント・フォースター(58)
元・勇者
おう!儂の適性魔法の無属性魔法は無能魔法らしい
がっはっはっ
そなの!?
さぁ!熱々のうちに食ってみてくれ!
その名も…勇者ラーメンじゃ!
ラーメン!? この世界にラーメンなんかあったっけ!?

さぁ レオや
2年ぶりに どれくらい 成長したか 見てやろう
ステータスカードよ …出ろ!
どれどれ
まだまだ かわいいのぅ
そういえば じいちゃんのST《ステータス》って どんななんだろ?
スキル… 鑑定!
もそ もそ
わ!? さすが 勇者だ!
ケント・フォースター(58)
Lv.164
種族:人族 職業:元勇者
状態:老化 属性:無
スキル:無属性魔法Lv.MAX
剣術Lv.MAX
刀術Lv.MAX
空間収納
限界突破
称号:魔王のダンジョン踏破者
英雄
異世界から来た者
…ん?
え!?
異世界から来た
じいちゃんも 転生者なの!?

聞いてみたい！でも本当の孫じゃないって知られたら…
何じゃと!?
他トじゃないか！
とっとと出てっとくれ！
ば ばあさん！見ろコレ！
どうしたって言うんだい
ままま魔力が儂を超えとる！
レオンス・フォースター(7)
体力 90/90
力 60
魔力 31400
速さ 75
運 1000
力 5080→3060
魔力 880/970
速さ 4090→2980
そりゃあんたは脳き…!?
な！すごいじゃろ!?
!?
こりゃ鍛え甲斐がありそうじゃの！
久しぶりに腕が鳴るね！
ははっ！
張り切らないでよ！
おじさんも笑ってないで助けて〜〜〜!!

ベクター城
レオ今頃どうしてるかなぁ…
また…お泊りしたいなぁ

ばあさん見てみ！
こくっ
こくっ
おや！
長旅で疲れたんだね
レオやベッドでお休み
おやすみなさ～～い
♪♪
トッ
トッ
？
…歌？…
トットトッ

きのせい？
!?

気のせいじゃなかった!!
ッ!!
キィ…
わ！武器や鎧がこんなに!?
…どこ行ったんだろ？
ん？

なんかこれだけ雰囲気が違う…
剣…なのかな?
な何だコレ!?
魔力がどんどん吸いとられてる!?
スキル…

貴様！
私が見えるのか？
魔剣エレメナ
・持ち主と念話が可能
・持ち主の魔力を吸収し切れ味と耐久性を強化
・自己修復機能あり
・創作者：不明
!?
さっきの人!?
ごごめんなさいエレメナさん！
なに!?私の名まで!?
貴様いったい何者だ？
私に触れたのに平然としているとは…
見た目はガキだが魔力は相当のようだな

貴様 名は？
レ レオです
気に入ったぞ レオ！
貴様には 私を持つ資格が ありそうだ
え！ もらえるの!?
せっかちだな レオは
見ての通り 私はここに 囚われてる
貴様の魔力が より高まれば 封印が解けるやも しれないが…
意志を持った 剣なんて 絶対面白いよ！
日課だけじゃ 足りないなら… やっぱり じいちゃんたちに 鍛えてもらうしか ないか！
わかったよ！ エレメナさん！
僕頑張る！
がんばる…？

[著] イスラーフィール。
[絵] 碧風羽《みどりふう》
2020年11月20日
最新第九巻発売!

いっちょ、
大陸の未来とやらを
救ってやるとしよう
剣聖らと魔王討伐のため他大陸へ！
気ままな神様ライフ
第2ラウンドSTART！

自由度、超加速！
異世界創造のすゝめ
スマホアプリで惑星を創ってしまった俺は神となり世界を巡る
II
2020年冬発売決定！

継続は魔力なり6
～無能魔法が便利魔法に進化を遂げました～

2020年11月1日　第1刷発行

著　者　リッキー
編集協力　株式会社MARCOT
発行者　本田武市
発行所　TOブックス
〒150-0002
東京都渋谷区渋谷三丁目1番1号　PMO渋谷Ⅱ　11階
TEL 0120-933-772（営業フリーダイヤル）
FAX 050-3156-0508

印刷・製本　中央精版印刷株式会社

ISBN978-4-86699-062-0